有爱的青春陪伴者

图书在版编目（CIP）数据

汹涌：全2册 / 鸡蛋我只吃全熟著. -- 南京：江苏凤凰文艺出版社，2024.5
ISBN 978-7-5594-7949-5

Ⅰ.①汹… Ⅱ.①鸡… Ⅲ.①长篇小说-中国-当代 Ⅳ.①I247.5

中国国家版本馆CIP数据核字(2023)第158579号

汹涌（全2册）

鸡蛋我只吃全熟 著

责任编辑	王昕宁
特约编辑	裴欣怡
责任校对	言 一
出版发行	江苏凤凰文艺出版社
	南京市中央路165号，邮编：210009
网 址	http://www.jswenyi.com
印 刷	长沙鸿发印务实业有限公司
开 本	880mm×1230mm 1/32
印 张	18
字 数	541千字
版 次	2024年5月第1版
印 次	2024年5月第1次印刷
书 号	ISBN 978-7-5594-7949-5
定 价	65.80元

江苏凤凰文艺版图书凡印刷、装订错误，可向出版社调换，联系电话025-83280257

目 录
— 上册 —

001 / **第一章**
　　　　初来乍到

024 / **第二章**
　　　　意外事件

051 / **第三章**
　　　　墨菲定律

071 / **第四章**
　　　　文艺晚会

101 / **第五章**
　　　　作弊风波

131 / **第六章**
　　　　野草疯长

164 / **第七章**
　　　　在意的人

199 / **第八章**
　　　　不期而遇

222 / **第九章**
　　　　漫天大火

252 / **第十章**
　　　　暗流涌动

目 录
— 下册 —

460 / 第十七章
全校第一

283 / 第十一章
高三来临

483 / 第十八章
尘埃落定

313 / 第十二章
生日快乐

503 / 第十九章
无比耀眼

342 / 第十三章
三点一线

526 / 第二十章
我好爱你

374 / 第十四章
海边烟花

550 / 番外一
岁岁年年

406 / 第十五章
不断靠近

557 / 番外二
在你身边

433 / 第十六章
我带你走

第一章
初来乍到

"她好像撞破了一个青涩的秘密。" ♪

比起桃江岛,前海市的马路要宽敞得多。

和岛上或高或低的山林不同,这里的树很整齐,宛如沉默的士兵一般,对路上的车流行着永恒的注目礼。

这景色单调又陌生,任佳看得出了神,直到有辆车猝不及防地鸣了声喇叭,她才慌忙拎起了大包小包,跟跟跄跄地往公交站走去。

到达南巷巷子口时,天已经笼上了一层朦胧的灰绥带。

隔了有十多米,才刚刚看见巷子口女人的模糊身影,任佳就急切地喊了声"妈妈",声音里浸满了委屈。

"怎么这么慢?"胡雨芝面色不佳,一把抓过了任佳手里的包,"明天就要去新学校了,你还非得多留一天和老同学聚会,以后又不是见不到了!"

"你老说以后……"任佳气喘吁吁地打断了她,"以后保不准一面都见不到了!"

这话一出,母女俩就不约而同地安静了下来,心事重重地走进了小巷。

进巷时,天已经黑了,任佳收拾完行李,胡雨芝炒的菜也正好出锅。

饭桌上,胡雨芝神情沉重:"任佳,和妈妈说实话,你是不是怨我,非要逼着你转学?"

001

任佳急忙摇了摇头，她心情确实很复杂，迷茫、焦躁、不安……各种情绪混杂在一起，但唯独没有埋怨。

在过去的十几年里，任佳从来没有意识到，自己的妈妈有这么雷厉风行的一面——她一个在小岛上靠烙饼为生的女人，没念过什么书，更不认识什么人，只是因为偶然听了个孟母三迁的故事，便也嚷嚷着要送任佳去市里最好的学校。

当时，人人都以为胡雨芝在说胡话，就连任佳也不例外，可打那以后，胡雨芝只要一有空就会往前海市跑，多的时候，她两个月能去十几次。

至于她究竟是怎么去找人求人，去够她能够得着的一切关系，把自家闺女成功地送进前海一中的，胡雨芝却从不多说。

旁人每每问起来，胡雨芝都只会挥挥手，浑不在意地说一句："哎呀，一点小事而已，我家佳佳只要安心读她的书，其他的交给她妈就行！"

吃完饭，任佳站在门口，好奇地环视起了周围的环境。

屋前有一棵粗壮的樟树，樟树叶遮天蔽日般向四方延伸而去，几乎与楼顶持平，树下则摆了几张石板凳，闲情满满。

看着看着，任佳眼神就暗了下去，底气不足地问起了房租。

"哎呀，一点小事而已！"厨房里，胡雨芝的声音仍然带着笑意，"我找了个超市的工作，工资够的。再说了，这些事用不着你担心，读好你的书就行，其他的你妈来解决！"

又是这一句话。任佳心下了然，胡雨芝不爱听她问这些，她便没再继续问。

路过树下成排的植物时，任佳看见了樟树后一辆孤零零的单车。

这辆车应当是改装过的，通身都是泛着金属光泽的红色，在褐色树干的映衬下分外跳脱，和胡雨芝那辆老式大二八截然不同。

看来这地方也有年轻人。

任佳一边想着，一边又往外走了几步，端详起了小院之外的建筑。

这地方叫南巷，离前海一中只有两站公交车的距离，上学非常方便。

明天就是前海一中的开学日了，一想到此，才放松心情的任佳又紧张了起来。

将她那紧张心绪抬至顶点的是一阵响彻小巷的引擎声。

一片轰声之中,任佳抬眼,看见了一群骑着摩托的青年。

他们的摩托是统一的黑色,体积庞大而笨重,像是一头头蛰伏在夜里的幽暗野兽,存在感十足。

停了车后,那群人便不约而同大步朝前,走向路灯下一个身影颀长男生,姿态个顶个的嚣张。

路灯下那人站得很直,穿着件再简单不过的黑T恤,黑T恤之上,一小段柔软的耳机线经由锁骨向下垂落,在风里微微晃动着,让他看起来有些冷寂,和不远处气势汹汹的一帮人仿若来自两个世界。

任佳看不清他的脸,但能看清他肩上搭了件校服外套,外套上写着四个大字——前海一中。

显而易见,这帮社会青年不是什么善茬,群狼们盯上了一只可怜的小羊。

一时间,欺凌、勒索、保护费……这些负面词汇一股脑涌进了任佳的脑海。她开始飞速计算起了时间,从巷子跑到居民楼,五分钟,再叫大人们过来帮忙,又五分钟,不知道他能撑多久。

但接下来发生的一切,令任佳咋舌。

她才刚走几步,笑声忽然响了起来,那帮人扯着嗓子叫了几声"好久不见",俨然一副实打实的熟人语气。任佳回头,只见那"无辜的小羊"面无表情地摘了耳机,看向了眼前一个正吞云吐雾的黄毛。

"别抽了。"

——他的声音很好听,任佳的脚步被粘在了青石板上。

"太久没见了,都忘了你不喜欢烟味。"

那黄毛一边笑着,一边毫不犹豫地灭了手里的烟。

哦——

任佳这才反应过来,原来是一只披着羊皮的狼。

任佳心不在焉地回到家时,胡雨芝正提着一双运动鞋往院子里走来。

两人直直迎上,任佳发现妈妈看自己的眼神带着几分愠怒。

"佳佳,怎么回事。"胡雨芝严肃发问,"你这鞋才买一个月吧?"

任佳不用看都知道是怎么回事，心虚道："不小心磨的，我以后注意一点。"说完，还不等胡雨芝继续说下去，她就匆匆跑回了自己的房间。

那群人不知走了没有？

在窗前坐下后，任佳回想着刚刚在巷子口看见的景象，第一次，分外真切地意识到自己离开了桃江岛，离开了她生活十六年的地方。

不知呆坐了多久，一阵夜风从窗缝中涌进屋内，任佳伸手关实了窗户，起身预备收拾行李，再一回头，就不可避免地看见了那双划痕可怖的运动鞋。

鞋面上那片突兀的黑宛如一个开关，让任佳的记忆再次回溯到了一个月以前，她第一次来到前海市的那天。

那天是周六，天才蒙蒙亮时，任佳就穿好了胡雨芝买给她的新鞋，辗转几个小时，坐车来到了前海市。

要去见的教师夫妇住在市中心，按响门铃后，开门的是个小男孩。

任佳迷茫地走进门，又在胡雨芝的招呼下，小心翼翼地对着屋里的两位大人叫了声"老师好"，再然后，面容慈祥的夫妇拿出了几张试卷，守着她掐表做起了题。

屋子里的大人很亲切，但任佳还是紧张得过了头，直到交上试卷，夫妇俩朝她笑了笑，轻声说了句"开学见"，她紧张的心绪才终于消散。

只是不承想，离开时，尴尬的事情还是发生了。

任佳在玄关处穿鞋时，小男孩不知从哪儿冒了出来，好奇地打量起了她。

没过多久，他就像发现新大陆一般，眼睛一亮，"唰"地伸出手，指了指任佳身前的鞋柜。

任佳顺着小男孩的手看了过去，系鞋带的动作瞬间变得十分扭怩，手更是有意无意地遮住了鞋面上的品牌图标。小男孩却浑然不觉，兴奋道："姐姐你看，我妈妈也有一双和你一样的运动鞋！"

但分明不一样。

任佳脚上的这双是胡雨芝无意中买到的假鞋，品牌的标都是岔开的，仿得分外低级。

她始终记得大人们脸上尴尬又同情的表情，他们应当是想收的，但没收住，眼神生硬地在任佳的山寨鞋上游弋了一圈后，就停留在了胡雨芝手里的塑料布包上。

任佳那时几乎是逃出门的。

回岛不久后，她就收到了前海一中的入学通知。

离开桃江岛的前一晚上，任佳整理着行李，看着那双鞋发了半晌的呆。

她发现自己有股害怕被注视的窘迫，这窘迫混杂着对未知的恐惧、对新鲜世界的不知所措，让她失眠了整整一个晚上。

当晚半夜，任佳就去屋外捡了几块粗糙的碎瓦，把鞋面上那一道钩，磨成了一团模糊不清的黑影……

在南巷的第一夜，任佳再次失眠了。

早晨，她浑浑噩噩地走出门，沁人的凉风拂面而过。任佳看着白日里古色古香的小巷，只觉所有的一切都是新鲜的，那一点由失眠而带来的疲惫感也被吹散了几分。

然而，刚走出门，她就看见了一个似曾相识的背影。

印有"前海一中"的校服，手里随风晃荡的耳机线……还有，那辆与小巷格格不入的红色单车。

任佳关门的动静不小，站在樟树下的少年没有回头，不动声色地戴上了耳机。

"戴围巾呀，岩儿！"屋内有位老奶奶追了出来，"外面多冷哇！"

说着，步伐蹒跚的奶奶踉跄着下了楼。

"知道了。"

被唤岩儿的少年语气里满是不耐，却仍然快速跨过了几步台阶，顺从地俯过身去，任由老人把花花绿绿的围巾往他脖子上裹。

呵出的气冻成了水雾，任佳的厚镜片一片朦胧，她还站在原地，惊讶于樟树对面的那户人家居然是昨晚那人。

少年回头的刹那，任佳一瞬间失了神。

她从没见过长成这样的人，眉眼如浓墨，看她时眼皮轻轻撩起，打量的眼神随后而至，邪得很。

与少年擦肩而过时，任佳加快了步伐，无端地有些紧张。

"小姑娘，你是新搬来的？"陌生的老太太叫住了她。

"奶奶好，我叫任佳。"任佳连忙站定。

"哎呀！咱对面可算有人来了！"这位老太太说话嗓门挺大，人也热情，"小姑娘，你别太拘谨啊。我姓'向'，积极向上的'向'，你叫我'向奶奶'就行。至于这小兔崽子嘛，他叫陈岩，耳东'陈'，岩石的'岩'，他的小名是——"

"陈岩。"老太太一句话才说到一半，她口中的小兔崽子已经回过身来，面无表情地看着老太太，"大名小名都是陈岩。"

话一说完，他便大步向前走了，压根儿没给老太太一点面子。

"岩儿！"向奶奶立即喊了一声，"你懂不懂礼貌？"

说话时，陈岩仍然没回头，向奶奶面色凝了一瞬，一扭头，见任佳仍傻愣在她跟前，乐道："赶紧去上学吧小姑娘！新学期第一天，可千万别迟到！"

迟到？

任佳被这么一提醒，转头瞧见那辆火红的单车消失在了视线尽头，赶忙也朝前而去，风风火火地跑出了巷子口。

一中管理向来严格，学生们都被要求统一着装，于是，站在校门口放眼望去，人人都套着被厚外套撑大了的蓝白校服，土得非常统一。

而任佳的校服还没发下来，她穿了件褐色夹克，领口已经发旧了，两手还戴着袖套，相较于其他人，土得更是别具一格。

由于还没领到学生证和校服，任佳还被门卫大哥扣了下来。

"下半学期才来的转学生？"

门卫大哥一边问，一边自顾自拨通了一个号码，接起电话的是一个年轻女人，声音爽朗而豪放，不用开免提任佳都能听清她在说什么。

"对，是叫任佳，是我班上的。"

"那就对了，徐老师，那您和她说？"

按照徐老师的指引，任佳顺利找到了致远楼。致远楼是高二理科班的学生集中上课的教学楼，任佳要去的理科（9）班就在第五层。

此时此刻，各个教室里的学生们已经开始早读了，任佳"噔噔噔"地跑上楼，到达班级门口时心"怦怦"直跳。

九班的班主任徐原丽站在讲台上，一眼就瞄到了任佳。

"任佳是吗？"徐原丽领着她往教室里走，"你先做个自我介绍？"

一时间，所有的脑袋都抬了起来，好奇地看着教室里的新面孔。

任佳走上讲台，硬着头皮开了口："大家好，我叫任佳。"

说完这七个字，任佳上下嘴皮颤了好一会儿，台下的人也等了半晌，她却自此哑了火。

"这就完啦？"

不知是谁忽然问了一句，教室里立即爆发出一阵笑声。

任佳咬紧了嘴唇，茫然地抬起头，一抬头，她就看见了最后一排的人，是陈岩。

陈岩也看见了她，视线却只略微停留了两秒，不像她那般惊讶。

"干什么？安静！"

班主任一出声，教室里瞬间安静了下来。

徐原丽回头，拍了拍任佳的肩膀："任佳，那你先坐在班长旁边吧，等到这周五大扫除过后，咱们还会重新排位。"

话音刚落，陈岩斜前方的一位男生举起了手，示意自己就是班长。任佳感激地朝他点了点头，立即朝座位走去。

任佳刚一坐下，自己的新同桌就开始了自我介绍。

"你好任佳，我是九班的班长，裴书意。"

"你好,裴书意。"任佳连忙重复起了自己先前的一句话介绍,"我叫任佳。"

"记得。"裴书意朝她一笑，"你刚来，有什么不明白的随时找我。"

任佳点了点头，旋即，又更加快速地摆了摆手。不知为何，尽管处在一个并不熟悉的新环境里，她却只想把自己闷在壳里，下意识地不愿麻烦任何人。

下午，众人期待的体育课来临，任佳孤零零地跟在结伴的同学身后动身前往操场时，就没了坐在教室里埋头看书的那种自在感。

"喂！那个没穿校服的，帮忙把球踢过来！"

任佳正低头走着，脚边忽然滚来了一个篮球。她闻声回头，看见不远处有几个高个子男生望着自己，陈岩也在其中。

陈岩穿得比其他人单薄，脖子上系了条与其气质分外不搭的围巾，半张脸陷在了柔软的围巾里，表情难辨。

见任佳傻愣着没动作，朝她喊话的那人干脆自己跑了过来。

"帮个小忙都不肯。"

"我……"任佳磕磕碰碰地解释，"我刚刚没反应过来。"

男生嗤了一声，俯身要去捡球，就在他弯腰的那一瞬间，任佳触电般往后退了一步，而男生的动作已经停住了。

"你这阿甘鞋的钩怎么还有个分叉？而且还黑漆漆的。"

他的声音不大不小，却正好够任佳身前的一小撮人听见。她立即站定，看见不少九班的同学回过了头，似笑非笑地扫了她几眼。

任佳再次想要逃走。

那种被注视的窘迫感再度朝她袭来，她忽然觉着自己很像一颗突兀的螺钉，周围是严丝合缝的齿轮世界，再没有一处多余的地方可以供她落脚。

"任佳。"

打断任佳胡思乱想的是突然出现的裴书意。任佳抬起头，看见捡篮球的男生已经跑远，那人把篮球递给了陈岩，像是发现了什么令人发笑的事情一般，一脸不屑地朝陈岩比画了起来，而陈岩什么也没说，径直朝前走了。

"怎么了？"裴书意走到了她身边。

"没事。"任佳收回视线，轻轻摇了摇头。

裴书意端详任佳片刻，继续道："徐老师让我转告你，一会儿下体育课去办公室找她。对了，这节体育课打羽毛球，你球打得怎么样？"

任佳诚实回答："不太好。"

"没事，我也不太好。"裴书意笑着说，"我们可以一组。"

体育课的时间总是过得快一些，上完课，一直磨蹭到课间十分钟快要结束，学生们才依依不舍地走向了教学楼。

教室办公室里，班主任徐原丽随手拿起了一张 A4 纸，往提前赶回来的任佳额上扇了扇。

"出了挺多汗,今天体育课活动量很大?"她一边说话,一边搬了把椅子让任佳坐下。

任佳刚一坐下,就看见了 A4 纸上自己的名字,是成绩单,她的名字出现在了纸张偏下的位置。这一眼让她立刻忘记了班主任提出的问题,不可置信地绷直了身体。

徐原丽会意,直接把手里的成绩单递给了她:"之前你去龚老师夫妇家做的那套试卷,其实就是我们学校上学期期末的考卷,龚老师给了我你的成绩,我收到后马上就把你的分数排进咱们班了。"

任佳抖着手点了点头,早已看清自己名字下方只有一个人,陈岩。

九班总共才四十个人,而她居然排到了……第 39 名?

"任佳,你不用太担心这个。"徐原丽见她一脸失神,安慰道,"理科(9)班学生的成绩要比其他班好,所以,你虽然在班里排名不高,在年级里还是能进前 150 名的,只要保持下去,冲击名校也是有可能的。"

闻言,任佳轻声道了谢,只是她心底的目标从来都不止一个模糊而笼统的名校,更不止一个"有可能"而已。

强忍着失落,任佳开始仔细浏览起各科分数。她发现,她昔日的强项,化学和数学,在班里的排名仅仅只是中游,而她最不擅长的英语,更是毫不意外地排到了垫底的位置,甚至,唯一一个名字处在任佳底下的陈岩,他的英语也甩了她一大截。

"对了,你后座的陈岩没影响你吧?"

任佳正看得认真,徐老师突兀地提起了陈岩。任佳一怔,脱口而出"没有"。

"那就好。"徐原丽把成绩单放回抽屉,"之后还会换位置的,放心。"

闻言,任佳不明就里地点了点头,心底却没明白徐老师口中的"放心"是什么意思。

而徐原丽亦沉默半晌才继续说了下去:"陈岩下学期就出国了,不用靠高考挣前程,所以行为举止向来没什么规矩。总之,如果他影响到了你,你直接和我说就行。"

任佳返回教室时，离上课只有几十秒了。体育课过后，众人的思绪还没彻底归位，教室里的躁动气氛也迟迟未散。

英语老师姜悦夹着课本走上讲台，又故意咳了两声后，九班众人才终于停下了闲聊，依依不舍地拿出了听力书。见状，任佳明白这节课要听听力，迅速翻找起了听力教材，可不知怎么回事，徐老师发给她的那一摞教材中唯独少了一本听力书。

与此同时，讲台上的姜悦"咦"了一声。

"陈岩人呢？"姜悦几步走向任佳所在的方向，"他这节课又不在？"

任佳立刻朝后瞥了一眼，发现陈岩的课桌空落落的。

前排的几位男生几乎异口同声："姜老师，陈岩胃痛，去医务室啦！"

"又胃痛？"姜悦皱了皱眉，"他怎么动不动就胃痛？"

"不知道啊。"男生们嘻嘻哈哈地笑，"老毛病了！"

他们说话时，前奏音乐已经播放完毕，广播中的女音即将念读题干。姜悦从任佳身边经过，发现她没书，随手拿起了陈岩桌上的那本。

"喏，反正陈岩不在，你先用他的吧。"姜悦把书递给了任佳，叮嘱道，"这个是我自己汇编打印的，配套教材里没有，下课去办公室找我拿份新的就行。"

十五分钟后，听力播放完毕，裴书意见任佳久久没有翻页，提醒起了她答案所在的位置。

任佳却像是入了定似的，眼睛一眨也不眨地盯着手里的听力书，看上去甚至有些惊慌。

"答案在第三十二页，听力不讲解的。"裴书意于是又解释了一遍。

任佳这才回神，立即"唰唰"往后翻了几页，忙不迭捂住了手里的书。

见状，裴书意低下头不再看她，专心对起了答案。

任佳也赶紧摘录起了正确答案。摘录完毕，她迅速把书放回到了陈岩的书桌上，动作利落得像是甩掉了什么烫手山芋。

长头发、黑眼珠、嘴角有两个明显的梨涡……

陈岩听力书的书页空白处勾勒出了一个女孩的侧脸，非常漂亮。

更引人注目的是画面正下方被涂得乱七八糟的数行小字，其余字迹已经面目全非,仅有最下面的一行字,力道遒劲、笔触锋利,任佳一眼就辨认出了形状。

  念念难忘,行却迟迟。

  这八个字似乎宣示着某种隐晦的心思,一整个下午,任佳都在努力把那幅画从脑海中赶走。
  令她没想到的是,下晚自习之前,画上的人真实出现在了她的眼前。
  彼时,陈岩早已若无其事地回到了教室,正有一下没一下地翻着手里不知打哪儿来的旧杂志,而班上则响起了一阵兴奋的窃窃私语。
  "是童念念!"
  "好漂亮啊!"
  任佳比喧闹的人群更早发现童念念。
  乌黑的长发、白净的脸,嘴角的梨涡若隐若现,真人和画上一样灵动,而她身后,原本低着头的陈岩,也缓缓抬起了头。
  ——念念难忘,行却迟迟。
  任佳几乎是立刻就懂得了这八个字的真正含义。原来,她无意中撞破的根本不是什么普通的钢笔画,而是一个青涩的秘密。

  "盯着我干什么?"
  一声略带不耐的问句,立即把任佳的思绪拉回到了现实里。
  "啊?没事!"任佳迅速转身,背朝着陈岩慌慌张张地收拾起了书包。
  由于心虚,她动作比平常大了许多,手肘一不小心就撞到了桌上的笔。
  刹那间,一声清脆的"啪"突兀地响起。任佳意识到不妙,立即弯下了腰伸手去捡,却不想,那支笔早已经滴溜溜朝后滚去。
  与此同时,陈岩拿起书包起了身,而任佳的手也正好跨过了课桌后方的横梁,指尖触到了一片温热。
  一开始,任佳没反应过来是什么,只觉得那触感有些奇怪,于是下意识捏了一下,下一秒,陈岩僵硬地"喂"了一声。任佳闻声低头,在狭窄的课桌空间中向下一瞥,当即石化,恨不找个地缝钻进去。

陈岩由于个子高，起身时校裤刚好短了一小截，而好巧不巧，她正好摸到了人家的脚腕。

不止摸了一下，还用力地捏了一下……

一种名为尴尬的气氛开始在空气中弥漫，任佳讪讪地缩回了手，陈岩则意识到自己踩到了什么东西，一抬脚，鞋后忽然滚出了一支笔。

"你的？"陈岩问。

"对……"任佳答得有气无力。

说完，任佳再次埋下了脑袋，刚要继续伸手去够，视线正中忽然出现了一只骨节分明的手，那只手施施然夹起了任佳的笔。任佳一愣，不可置信地抬起头，发现陈岩正兴致缺缺地看着她。

"还想蹲多久？"

任佳于是起身，刚想说谢谢，陈岩却把手里的笔往课桌里一扔，又随手从桌上拿了一支自己的给她。

"笔盖被我踩裂了，这支给你。"

话音刚落，一道漂亮的黑色弧线从任佳眼前闪过，稳稳荡进了她的课桌。

这一系列动作简直行如流水。任佳后知后觉，才意识到陈岩的那支墨水明显是满的，根本没怎么用过，而自己的那支，其实早就快要"退休"了。

"谢谢。"任佳很不自在。

陈岩无所谓地"嗯"了一声，再次看向了走廊上的童念念。

任佳发现，大部分时候，陈岩都是那副游离于众人的无谓模样，可这一刻，当童念念和裴书意并肩而立，渐渐消失在走廊上时，他却像是遇到了什么令人棘手的事情一般，眉头轻轻拧了起来。

搬离桃江岛后，胡雨芝比以往要忙上不少。

这一周，任佳有好几次起了床，洗漱完毕往桌上一坐，都只能瞅见凉了的早餐。

其实来前海市之前，任佳就预料到了妈妈的辛苦，她曾提过不少次，干脆住宿算了，却不想学校里的宿舍楼有限，几乎都留给了有需要的高三生，虽说教职工宿舍经常会空出几间，但全都得靠抢的，母女俩根本摸不着边儿。

"妈，你什么时候炒了辣酱？"

这还是第一次，任佳赶在胡雨芝出门前收整完毕，有一搭没一搭地和妈妈聊了起来。

"昨晚。"胡雨芝囫囵喝了口粥，"厨房里还有几瓶新的。妈今晚上夜班回家迟，佳佳，你放学记得给咱四周的邻居送过去，尤其是樟树后那家，人家老太太可热情了，昨晚和我聊了好一会儿天呢。"

邻居家的热情老太太？那不就是陈岩的奶奶吗？

闻言，任佳有些不想去："怎么忽然想起要送这个？"

"哎！"胡雨芝一听这话，声音都提高了几度，"你是不是嫌你妈这东西给你丢面儿？"

"我不是这个意思！"任佳连忙投降，"行了，我会送的。"

胡雨芝走后，任佳盯着桌面犯起了愁。转来前海一中整整一周，除开那晚陈岩随意扔给了她一支笔，两人再没了其余的交流，因而此时此刻，她无论如何也想象不出来，自己抱着一瓶辣酱"咚咚咚"敲响陈岩家的大门后，他会用怎样莫名其妙的眼神看自己。

上午是两节连着上的数学和物理大课，分外消耗脑细胞。

两节课上完，铃声终于响起时，一个班的人都已饿得晕头转向，几乎是以百米冲刺的速度奔向了食堂。

由于缺乏经验，任佳去迟了一步，到达食堂时，队伍已经排成了长龙。

排着队翻看着手里的单词本时，任佳再一次见到了童念念。

长发、细眉、一对标志性的梨涡、笑起来眼睛微弯，任佳不禁再一次感叹，陈岩的画确实神形兼备。

"这样效率很低，其实偶尔可以放松一下，别绷得太紧。"裴书意已经打好饭了，这会儿正好从任佳身旁经过，视线停留在了她手中的单词本上。

"我……"任佳捂上了单词书，不好意思地解释，"我英语太差了。"

裴书意笑了笑，刚要说什么，不远处的童念念小跑着靠近了他。

"书意！明天周六，要不要一起去图书馆？"

童念念叫裴书意叫得很亲切，裴书意的表情却瞬间冷了下来，撂下一句"周六有事"后，抬脚就出了食堂。

气氛一时间有些尴尬，童念念静默一瞬，转头看向了任佳："之前去你们班时没见过你呀？你是新来的吗？"问完，她就开始热情地做起了自我介绍，"我是文科(1)班的艺术生，童念念，学播音主持的。"

任佳对播音主持没什么概念，她只知道，童念念的声音确实很好听，和听力广播中的女声有些像，清脆悦耳，一开口就让人记忆深刻。

她又想起了陈岩听力书上那利落遒劲的字迹，念念难忘。

任佳连忙对童念念打了个招呼。与此同时，不远处几个女生忽然大声喊起了童念念的名字，兴奋地问她周末到底要去哪儿玩。

"这周不出去玩啦，我想自己去图书馆！"童念念应完，转身对任佳挥了挥手，"那我先走啦！周末愉快！"

临近周末，班里的氛围确实和平常大不一样。

第三节课刚下课，男生们就跑到了陈岩的座位旁叫他打球，言语间满是雀跃。

"陈岩，明天去市体育馆打球吗？二中那几个人放狠话了，要'虐'我们。"

陈岩一点头，男生们瞬间更兴奋了，不知是谁起了个头，他们便你一言我一语地讨论起了球场战术，完全没回座位的打算。

任佳和陈岩座位离得近，此时被班里一群男生包围着，耳畔回响的全是她不甚了解的各个人名，听着听着，心情就难以自抑地低了下去。

她发现，尽管陈岩向来话少，身边却从不缺少朋友，不像她，好像从来都只会把脑袋往书里埋，就连下了课也是把自己牢牢钉在课桌上，欲盖弥彰般掩盖着自己难以融入的事实。

"别吵了！安静！"

教室里正聊得热火朝天，班主任徐原丽抱着新领来的卫生工具进了门。

"老规矩，周五最后一节课打扫卫生！"徐原丽边说敲了敲桌子，"打扫完咱们换座位，早换完早放学。"

说完，徐原丽就开始分配起了卫生任务，任佳负责教室左侧的窗户，知道自己要干什么后,任佳就利索地行动了起来。

任佳挺瘦,以前的朋友们老和她开玩笑,说她是根营养不良的芦苇秆,但好在这根"芦苇秆"长得够高,干完自己的活,她瞧见前方擦门的何思凝够不着门顶,就主动走上前去,帮对方一起擦了起来。

何思凝是班里的学习委员,任佳刚来时,各科练习册就是她帮忙领的。

"要不我还是搬个凳子吧。"何思凝怪不好意思的,"上面那截还是擦不到。"

"没事儿,我跳一跳就能够着。"任佳也有些不好意思,她一边回话,一边伸直了手拿着抹布朝上一蹦一蹦地擦了起来。

她动作有些滑稽,逗得身边人一秒破了功。

"谢谢你。"何思凝看着任佳直笑,"你这样好像一只兔子呀!"

"兔子?"任佳从没被人这么形容过,茫然地偏过了头。

何思凝肯定地点了点头,说着还伸出两只手,费力踮起脚尖,在任佳头上比了两个"耶"。

与此同时,一道颀长的身影出现在了任佳视线之中。她转头,余光瞥见陈岩不知何时出现在了门口——陈岩应当是要进门,但被她们挡住了,沉默地等在了一旁。

任佳反应过来,连忙退后一步,往旁边挪了挪。

何思凝仍然陶醉在自己的世界里,陈岩进门时,她甚至提高声音和他搭起了话:"陈岩你看,新来的小兔子给你开门了!"

闻言,陈岩身体僵了一小下,完全没理会何思凝,径直朝前而去了。

由于盼着放学,大家都异常积极,不一会儿,整个教室就焕然一新了。

验收完成果,徐原丽清了清嗓子,当即念起了新座位。

"何思凝。"

看来,徐原丽是按身高排位的,由于个子不高,何思凝坐在了第一排正中的位置。

几分钟过去,当徐原丽念到裴书意和任佳时,教室里几乎坐满了。

任佳还是和裴书意坐同桌,她顿时轻松了不少,裴书意就是有这样的魔力,能让刚认识他几天的人感到异常亲切。尽管,通过这一周的相处,任佳大概已经摸清楚了，班长对谁都是一副彬彬有礼的模样，天性如此。

最后一个念到的是陈岩，他仍然坐在最后一排，不同的是，这次他被调到了最后一排靠墙的角落，前后都没有人。

任佳瞄了他一眼，下一子就想起了妈妈交代给自己的辣酱任务，心事重重地回过了头。

"黑板上的作业都记下来了吧？"

"记下来了！"

男生们答得洪亮无比，仿佛只要徐原丽一声令下，他们就能以火箭般的速度冲出教室。

"好，我说一下，这次排座位有两个依据。"徐原丽清了清嗓子，"一个是身高，还有一个就是偏科情况，这么说吧，你的弱项就是你身边人的强项，这学期结束就高三了，我希望大家互帮互助，查漏补缺，努力提高短板。"

原来如此，徐老师果然用心良苦，任佳记得裴书意英语很好。

一想到此，任佳瞬间又有些不好意思，总感觉自己欠了裴书意太多，都不知道要怎么还了。

裴书意却像能猜到她在想什么似的，温和地朝她笑了笑："以后可要互帮互助了。"

第一周的周末就这么仓促来临了。

傍晚，四下寂静，刚一吃完饭，任佳就让自己定在了书桌旁。

放学前裴书意告诉她，单词要在句子中去记。这话任佳听了进去，当晚就拿着张被划得密密麻麻的英语试卷，抱着本厚而老旧的牛津字典，把所有生词的典型例句都摘录到了笔记本上。

写完时，已经是晚上九点半了。

彼时，窗外一片漆黑，任佳肚子忽然叫了一声，即刻想起妈妈自己炒的辣酱，迅速冲到了厨房。

可不能让妈妈回家时看见这些东西还原封不动地放在台面上！

任佳双手抱着四瓶辣酱出了门，先敲响了对面的门，支支吾吾地说出了事先准备好的台词，又在人家莫名其妙的眼神中"噔噔"上了楼，顺利完成了两个指标任务。

最后还剩一瓶,任佳出了楼栋大门,穿过夜色里影影绰绰的樟树叶,到达了陈岩家门口。

只是,她右手刚一抬起,却又像哑了火的发动机般陡然滞在了空中。

任佳忽然想到,老人家一般睡得早,这个时候敲门,是不是很有可能会吵醒向奶奶和陈爷爷?

她正犹豫着,楼道里的声控灯忽然熄灭了。就在黑暗来袭的那一秒,任佳肩上忽然一重,有人拍了她一下。

"谁!"

随着一声玻璃瓶落地的脆响,任佳吓得叫出了声。

摇摇欲坠的声控白炽灯骤然亮起,一片光亮中,任佳惊恐回头,看见了眼里满是戒备的陈岩。

陈岩就站在任佳一步远处,正单手抱着只刚出生的、眼睛还没睁开的小狗,直勾勾盯着她的眼睛。

而那狗像是怕她似的,缩着脑袋往陈岩怀里拱了又拱,边拱边发出了细小的呜咽声。

任佳迅速捡起了地上的辣酱,谢天谢地,居然没碎!

"你怎么在这儿?"陈岩审视般看着她。

"找你。"任佳语速飞快,攥紧了手里的小瓶,"给你这个……"说完,她不由分说地把手中的辣酱塞到了陈岩手中。

一个红彤彤的玻璃瓶被硬塞进陈岩手里,陈岩微微拧起了眉,像盯一颗不明炸弹一样盯起了自己手中的瓶子。

"我妈的秘制配方,特别好吃!"任佳忙解释,"拌饭拌面拌饺子都行,送给你们,不够还有!"

说完,任佳一步并三步出了门,刚走到楼栋大门口,她又似想到了什么不得了的事情一般,蓦然停下了步伐。

彼时,陈岩钥匙已经插进了锁孔,动作没停。

"这个很辣的陈岩!"台阶下,任佳忽然提高了声音,"如果你经常胃痛的话，千万别一次吃太多！"

"咔嚓"一声，门锁已经被打开，陈岩却没急着进，意味不明地盯起了任佳。

几秒过后，声控灯蓦地灭了，寂静让夜色更加幽深。

见状，任佳只以为自己没说清楚，刚想重新解释，陈岩却在黑暗里要笑不笑地"嗯"了一声。

任佳还是第一次听见陈岩笑，她先是愣了几秒，紧急着，脸"唰"地就红了。

此时此刻，她已经彻底反应过来了，胃痛不过是眼前人懒得上课的借口，而这么明显的敷衍，她居然傻傻信了。

他是在嘲笑她的天真。

"哎！这校服穿上身就是不一样。"

樟树下，胡雨芝拢了拢任佳的衣领，踱着步子看了她好几圈。

"佳佳，你白了不少。"胡雨芝感慨。

"现在又不是夏天，当然会白。"任佳被她看得老不自在，又瞥见前方巷子口一个火红的单车冲了出去，明白时候不早了，急忙也向外跑去。

意识到自个儿铁定会迟到，完全是因为在过去的一周里，陈岩从来都是踩着铃声进教室的，而此时此刻，就连他都把任佳甩下了一大截，任佳难免不会着急。

只是等到火急火燎地冲进学校大门，任佳才发现，今天根本早得不同寻常——综合楼侧面挂着个巨大的圆盘时钟，时钟显示，距离早自习正式开始居然还有二十分钟。

时间还早，任佳沿着圆梦湖往教学楼走，不自觉地放慢了步伐。

过去的一周她没仔细留意，今早忙里偷闲，才发现前海一中的校园景色很是不错，有湖，有花，湖边还有绿树成荫的小道和雅致的凉亭。

晨风沁凉，水波微漾，任佳经过一条鹅卵石小道，来到致远楼，发现楼梯旁的多媒体教室忽然开了。

在她的印象中，这间教室一直是关着的，可今天不仅开了门，教室里还依稀传来了一个分外好听的女音。

直到走近了，任佳才发现讲台上并没有老师在说话，这声音来自于两个立体的音响。

大屏幕上，一个一身黑西装、眼角有一颗红色小痣的女老师正上着课，授课内容正与播音主持有关，只是她的课不像是近期录好的、看画质有些久远，似乎已经是十几年前录制的影片了。

然而，远山淡影，惊鸿一瞥……尽管是年代如此久远的视频，依然掩盖不了她足以令人忘却呼吸的美。

任佳不自觉看入了迷，也因此，当她一步三回头走过教室后门，一转身，转角楼梯处倏然冒出一张脸时，她才吓得直接跳了起来。

"陈岩，你怎么在这里？"

幸好，任佳没有被吓得当场失声。

陈岩却没立即答话，看她的神色实在算不上友好。

任佳讪讪闭了嘴，一下想起童念念说过自己是播音主持的艺术生，而就在几天前，她好像还听身旁的同学聊到过，文科班所在的求知楼是没有多媒体教室的，因此，播音生每周一早晨都会在致远楼一楼上专业课，非常热闹。

原来……

霎时，宛如开窍一般，任佳恍然大悟，立刻就理解了陈岩在周一这天破天荒早起的理由。她一边想着，再次回头往教室里鬼鬼祟祟望了一眼，果然，倒数第二排那个马尾高高扬起、身体挺得笔直的女生，可不就是童念念？

那幅钢笔画于是又一次浮现在了任佳脑海之中。任佳一回头，瞧见陈岩已经走了，忽然觉得很不好意思，心底缓慢升腾起了几丝窥得秘密的负罪感。

周一第一节课是语文课。

第一节课结束时，语文老师袁红合上书本，在一片刺耳的铃声中，努力提高了说话的音量。

"有不少同学的作文还是一塌糊涂！我知道你们没多少课外时间，但经典名著总归还是要读的，不然考到名家赏析怎么办？打算在考场上抓瞎吗？"

台下一阵沉默，这是理科班不少男生的通病——语文要相对薄弱一些，作文尤其如此。

"行！"下课铃还没响完，袁红见不少学生已经提前翻开了数学课本，更是气不打一处来，"你们就不重视作文吧！别以为我不知道你们，一个个的，三脚踹不出一个响屁，情书都得从百度文库里找！"

这话一出，学生们瞬间爆发出了一阵哄笑。

"老师您说什么呢？我们又不会早恋！难道您以前收了不少情书？"

袁红是刚毕业一年的师范老师，为人随和，向来和学生开得起玩笑，比起其他老师，学生们在她面前要放松不少。

话题已经起了个头，等到老师一走远，学生们就敞开了聊起了八卦。

任佳对于尖子生的刻板印象再次被打破，她发现，班里有些同学知道的八卦还真不少。

由于陈岩一下课就离开了教室，并不在场，任佳清楚地听见了他的名字。

提起他的人还不少，都压低了声音猜测着他有没有喜欢的人，作为一个误打误撞了解到相关信息的知情人士，任佳简直听得惴惴不安。

离上课还有五分钟，任佳拿起水杯，终于决定远离八卦现场去透口气，却不想，还没走到门口，童念念就出现在了她眼前，任佳没看错的话，童念念的视线竟然停在了她身上。

"任佳。"童念念竟小跑着来到了任佳身旁，"我想找你帮我一个忙！"

一边说着，她自来熟十足地把一封信塞到了任佳手里："你是裴书意的同桌，离他最近，能不能帮我把这个给他？"

任佳一怔，不用想都知道信封里装着什么……

鬼使神差地，任佳回头看了眼刚刚入座的陈岩，撞上他审视的视线后，连忙藏好了手里的信。

回到教室座位上后，任佳故作轻松地把信往裴书意桌上挪了挪，而裴书意只用余光扫了眼她，沉默着把信塞进了课桌里，做这些时，任佳只觉得身后冷飕飕的，直到最后一节课结束，她都再没敢往角落里望一眼。

说起来，任佳从来没想过，童念念会这么频繁地出现在九班门口。

毕竟文科班所在的求知楼与理科班所在的致远楼分别在圆梦湖的两端，距离不近，更别提九班还在致远楼的五楼，上来一趟得费不少功夫。

每一次见到童念念时,她总是大口大口喘着粗气,狼狈不已。

"他看了吗?"

距离上次送信已经过去三天了,再一次,童念念倚着栏杆喘着气,又一次问出了这个问题。

裴书意从来没有在教室里打开过童念念的信,甚至有一次,任佳亲眼见他把信扔进了废纸篓,任佳想安慰她,却又不知怎么撒谎,强笑着点了点头。

见状,童念念眼眶一下就红了,哭笑不得道:"任佳,有没有人和你说过,你真的很不会撒谎……"

任佳心情也跟着低落了下去,回到座位,察觉到裴书意同样有些低气压,便没头没尾地来了一句,童念念好像哭了。

"不用告诉我这个。"裴书意翻开英语书,生硬地转了个话题,"昨天的课文背了吗?"

看来裴书意一点也不想提起这件事,任佳小声说了句抱歉,继而拿出英语课本,更加小声地默念起了课文。

任佳的英语发音很不标准,以往就不自信,转来前海一中后更不自信,从来都只敢小声读,就怕被人笑话,只是,偏偏怕什么来什么。

上课铃响完,姜悦刚往讲台上一站,就抽查起了课文背诵情况,而第一个被抽到的人,就是任佳,她需要背诵出前三个段落。

任佳站起来,磕磕绊绊地开了口:"It's almost impossible to go through life without(生活中几乎不可能没有)……"

一句话还没背完,教室里就爆发出了一片笑声,任佳脸红得快要滴出血来,却仍然硬着头皮往下背。

"without experiencing some kind of failure(没有一些失败的经历)……"

任佳一边背着,右边有个男生小声模仿起了任佳极不标准的英语口音,双手还夸张地挥舞了起来。在断断续续的窃笑中,任佳终于成功忘记了下一句是什么。

"还能背下去吗?"讲台上,姜悦关怀地朝她笑了笑,温和道,"没关系,可以坐下来再记记。"

闻言，任佳第一个想法就是逃。

不必犹豫，说不能，然后坐下，这场滑稽戏就会就此打住，可她仍然僵硬地挺立在教室里——任佳发现，自己根本没法说不能，嘴皮刚一嚅动，就会不可抑制地想起妈妈带着她去龚老师家里参加考试、一遍遍小声重复谢谢的那个下午。

看向她的人渐渐越来越多，前排也有不少人回过了头。

十六七岁的少男少女并不擅长伪装，他们或许没什么恶意，可眼里的好奇、同情、嗤笑……全都是明晃晃的，刺得任佳心底发慌。

任佳咬紧了嘴唇，垂下的双手逐渐握成了拳，原来，她比自己想象中更加讨厌这种感觉。

"坐下吧。"姜悦朝她挥了挥手，轻轻叹了口气。

比起那些明晃晃的嘲弄，这声微不可闻的叹气反而更让任佳难过。

"people（人们）……"

任佳于是背过身去，将那些陌生而熟悉的面孔统统放置于自己身后看不见的地方，紧接着，她再次低下头，继续起了她那蹩脚的课文背诵。

教室里窸窸窣窣的起哄声忽然滞住了，姜悦翻开课本的动作也陡然停住了。

"people who do so possibly live so cautiously that（那些如此谨慎生活的人）……

"……that they go nowhere（他们哪儿也去不了）。"

到后来，任佳已经不记得自己是怎么背完最后一句的，她只记得，当她抬起头时，姜老师已经含笑站在了自己身前，眼里尽是欣赏，而其余人的表情，她一概看不见。

当然，除了陈岩。

陈岩就在教室最后方的角落里，即使任佳躲开了全班所有人的目光，也躲不开他的。

只是，在任佳的潜意识中，这个人应该连头都懒得抬，但是此时此刻，陈岩却分外认真地盯着她，尽管看上去有些冷漠，脸上却没像其余人那般挂着让她难堪的各种表情，和平常并无二异。

"坐下吧,任佳,你很了不起。"姜悦朝任佳笑了笑,走向了任佳余光所及的位置。

"剩下两个段落,你来背。"姜悦笑着站定,"怎么样陈岩同学?胃痛的老毛病好点了吗?"

下课后,童念念又满血复活地出现在了九班门口。

把第四封信塞进任佳手中时,童念念还偷偷瞄了眼在走廊上罚站的陈岩。

"这不是陈岩吗?怎么在走廊上一动不动。"

"额……"任佳不想在陈岩暗恋的女生面前揭露他被英语老师罚站的事实,只好含糊开口,"看风景吧。"

"好吧。"童念念又瞥了他几眼,喃喃自语,"我周一上播音课时,也经常在走廊上看见他,他很喜欢去一楼看风景吗?"

"唔……很有可能。"

闻言,任佳简直想光速逃离现场,不知为何,她本就不是对八卦感兴趣的人,却总是莫名其妙被卷入各种思春期旋涡之中,就拿对裴书意有意思的童念念来说,就因为自己是裴书意的同桌,童念念俨然已经把她当成了联络邮差。

而且她这邮差还是单向联络的,裴书意从来都既不直接拒绝、也不直接回应,搞得任佳找不出任何由头和童念念撂下这活儿,每次童念念亲切一叫,她就老实巴交地跑过去,继而更加老实巴交地承受着角落里某人有意无意的视线流连,万分别扭地把信递给裴书意。

不过说到底,任佳无法拒绝的原因只有一个。

几天前,任佳和童念念再一次在食堂相遇时,童念念热情和她打起了招呼,她身边的女孩想来没见过任佳,好奇地问了一句这是谁。

而童念念毫不犹豫就说出了那句话。

"任佳,我新认识的朋友!"

朋友——她对这两个字无法抗拒。

第二章
意外事件

"现在看来,是她自作多情了。" ♪

樟树下的水仙得到了向奶奶精心的养护,在二月末抽出了雪白的花茎,日子就这样一点一点往前,转眼,任佳来前海市已经三周了。

这三周里,最令她感到惊奇的一件事情就是,姜悦指定了她当英语课代表。

于是,当周五又一次来临时,任佳硬着头皮走上讲台,在黑板上兢兢业业地布置起了周末的英语作业。

"任佳,你的字挺好看的。"

这突如其来的夸奖来自何思凝,任佳回过头,发现她正目不转睛地盯着自己。

"任佳。"看着看着,何思凝又忽然来了一句,"你笑起来眼睛亮晶晶的,你应该多笑笑,很漂亮。"

何思凝性格活泼,表达起赞美来非常自然。而任佳很少被人这么夸过,一方面压根不知道怎么回,一方面又不愿让人家的话掉到地上,只好傻兮兮地朝何思凝笑。

而她自己都没发现,那笑里明显带着几分惊恐,引得周围几个男生都笑了起来。

"哎!我发现咱班英语课代表其实可好玩了。"

"确实蛮好玩的!可我总担心她把全班的英语口音带偏。"

"对了,她那句 failure(失败)怎么读来着的?'肥李二'?"

依旧是有关口音的调侃,但自从上次磕磕绊绊把英语课文背完后,任佳的心情反而放松了不少,毕竟对于她而言,值得在意的事情还有很多,而最近的一件就是,二十天后的第一次月考。

"分数就是最好的检验!"讲台上,徐原丽敲了敲黑板,"但是我们班有的同学,连作业都不好好完成,这个态度怎么面对考试?"

班里每个人都能看出来,说这话时,徐原丽瞪的人是陈岩。

在九班待了近一个月,任佳也渐渐了解了陈岩的风格,他和其他班一些不爱学习的学生完全不同,本质是一个沉默到有些疏离的人。

被独自安排在班级的角落似乎对他完全没什么影响,上课时他总是有自己的事情,要么很安静地翻看稀奇古怪的杂志,要么拿着笔随手画一些黑白涂鸦,偶尔不想听课了,就会径直起身离开,样子都懒得装一下,仿佛教室在他眼里不过是个生意不错的咖啡厅。

要不是亲眼见过巷子口那个昏黄夜灯下的颀长背影,任佳可能最多只是觉得他有些厌学,无论如何也不会把他和校外那群吞云吐雾的人联系在一起去。

"陈岩,这一周都要过完了,可今天姜老师向我反映,你连上一周的英语作业都没交齐?"

徐原丽越说越恼火,陈岩却连头都没抬。

"行,这学期英语课代表选出来了是吧?"徐原丽直接下了圣旨,"那让陈岩交了作业再走。"

徐原丽一声令下,不到片刻,教室里就只剩两个人了。

任佳从未见识过如此宁静的教室,订正错题时颇有些不习惯,而角落里的陈岩则比她自然得多,正倚着墙有一下没一下转着手里的笔,不知在想些什么。

犹豫片刻后,任佳慢吞吞地朝陈岩走了过去。

"你不用等在这里。"

几乎是在任佳站定的同一瞬间,陈岩淡淡开了口。

闻言,任佳催作业的话一下子哽在了喉咙里,无端有些局促。

而陈岩语调未变:"徐原丽只是想给自己找个台阶下而已,不管我再怎么敷衍,她也不会真的找到你身上去。"

任佳轻轻点了点头,心里却完全不这么认为。徐老师作为班主任,让陈岩交完作业再走难道不是情理之中的事情吗?

陈岩见她点头应和得比谁都快,脚上却纹丝不动,没再说什么,拿着笔在试卷上随意地勾画了起来。

任佳则小心翼翼地扫了陈岩几眼,却见他一直低着头,神情难辨。

半晌,仿若是能够感受到任佳探寻的眼神一般,陈岩倏然抬起了眼,两人视线相交,任佳立刻扭脸看向一旁,整个人也连带着往后退了一步。

"就这么怕她?"陈岩轻嗤出声,语调轻飘飘的。

"我等你写完。"任佳避而不答,声音发闷。

"知道。"这句话倒是答得干脆。

可他桌上那张试卷简直比冬日新雪还干净,任佳在心底深吸一口气,已经坐好了苦等的准备,不想刚准备转身,陈岩已经紧跟着起身,不打招呼地将试卷塞到了她手里。

任佳低头看着手里的试卷,除了清一色选了 A 的选择题外,上面分明只有两个龙飞凤舞的字,陈岩。

"徐老师说让你写完。"任佳着急地重复了一句。

陈岩扔下笔:"会写的都写完了。"

意思是……剩下的都不会?

任佳盯着手里的试卷,想起成绩单上陈岩甩出自己一大截的英语分数,还想再说点儿什么,却见陈岩已经冷着脸拿起了书包,终究还是咽下了心里的话,转身朝办公室去了。

拿着试卷到达办公室时,徐原丽已经不见踪影了。

任佳蹑手蹑脚地走进办公室,小心将试卷放在办公桌上后,才看清试卷上已经用力到划破了纸张的两个大字。后知后觉,她又意识到今日的陈岩好像也有些不同以往……

刚刚在教室里时,他分明是压着情绪在和自己说话的,整个人透着一股说不清道不明的低气压。

出门时,两个有些眼熟的实习老师正好打办公室前经过。

"别说小孩子狠不下心,他亲爸都不救的,怎么说都是一条活生生的人命呢。"

"你确定?听说还是九班的呢?"

任佳依稀听见"九班"两个字,视线不由得跟了过去,一转身,裴书意赫然出现在了走廊尽头。两个实习老师与裴书意擦肩而过之际,任佳清楚地看见裴书意像是听见了什么不可置信的事情一般,若有所思地拧了拧眉头。

"裴书意。"走近后,任佳好奇道,"刚刚好像有实习老师在说九班的事情?"

"是吗?"裴书意和任佳并肩往楼梯口走去,"我没太听清。"

正好遇上了,任佳便和裴书意并肩走出了致远楼。

校门口的家长已经很少了,因此,那唯一一辆停靠在校门边的黑车才格外引人注目。

那辆车很长,黑漆漆的车身锃光瓦亮的,一看就保养得非常得当,此时不声不响地停在路边,竟无端有种冷静的压迫感。

任佳和裴书意一同打车前经过,快走到达公交站时,脚步不约而同一慢,都看见了不远处被几名女生簇拥着的童念念。

裴书意一来,那几名女生就心照不宣地往后退了一步,其中还有一个胆子大的,笑着把童念念往前推了一把。

"别闹了。"童念念见身旁的人存心要拿她打趣,干脆大大方方地走到了二人身旁,"书意,任佳,听说附近有家新开的豆花店特别好喝,我和朋友们打算去尝尝,你们想一起吗?"

任佳没想到能在这儿遇见童念念,心底有些惊讶,悄悄瞄了眼裴书意,却见他偏头看向了别处,又换上了那副事不关己的神情。

"我没看错吧?那好像是陈岩?"

"就是陈岩,不过那辆车怎么回事,干吗一直跟着他?"

由于隔得近,身旁人的谈话声一字不落地进到了任佳的耳朵里。

被她们语气里满满当当的好奇所感染,任佳回过头去,看见一辆熟悉的红色单车骑得飞快,而那辆存在感不低的黑车连连按着喇叭,紧随其后。

"说起来那车好像挺贵的……是吧念念?"女生又问。

"什么车?"童念念回头看了一眼,答得心不在焉,"嗯,确实不便宜。"

裴书意也看见了那辆车,盯着看了几秒后,他突然开了口:"任佳,我先走了。"

话毕,他竟头也不回地离开了公交站,刻意忽视掉了一直认真凝望着他的童念念。

童念念的笑刹那间凝住了,任佳回过头来,只见她自嘲地勾了勾嘴角,眼里尽是落寞。

回到巷子口时,南巷已经彻底静了下来。

走在巷中小路上时,任佳回想起童念念一行女生提及的豆花店,不由得也想起了在桃江岛的那些日子。

那时妈妈远没有现在这么忙,会变着法子给她做好吃的,豆花是最常出现在桌上的甜品。

冬天温热,夏天沁凉,四时四季,母女俩在那张木已泛旧的小桌上相对而饮,一晃就过了好多年。

如今回想,这样的日子好像刹那间就有些遥不可及了。

回到家时,家里仍是黑漆漆的一片,胡雨芝依然不在。

任佳早已习惯了这样的景象。她径直回到书桌上,将窗户推开,从书包中拿出一支笔准备先完成作业,刚一摘下笔盖,动作又停住了。

这支笔与任佳包里的其余笔都不一样,笔帽处刻着一串隽逸的英文,想来是国外的品牌。

任佳看了它半响,眼皮一抬,视线便落到了樟树后的那扇小窗上。

说起来,要不是每天望见陈岩进进出出,任佳都不会相信那儿住了人,毕竟,不论何时望去,除了窗前那辆火红的单车,其余一切都是分外沉闷的模样。

而今日,窗外寂静更甚,就连那辆存在感不低的单车也没了踪影。

这一夜半梦半醒,任佳始终没睡安稳。

闹钟一响,她顶着黑眼圈起了床,睡眼蒙眬地跑去洗漱,一边刷着牙,一边慢吞吞地往厨房走,含混不清地叫了声"妈",没人应,才陡然清醒过来,转头看向餐桌,果然瞥见了被压在碗底的几张零钱。

家里又只剩下她一人,水柱的声音蓦然刺耳了起来。

洗漱完毕,任佳闷闷不乐地拿起了钱,直奔巷子口的早餐铺去了。

南巷一片都是老式的居民楼,面貌虽然尘旧了些,烟火气却不输给任何地方。

巷子口东西两侧都是店铺,东侧那一头林立了好几家早餐店,此时正是热闹时刻。

任佳还没在这附近吃过,昂头瞅着店门口泛了黄的几块小店招牌,正犹豫着该进哪家,一团黄影从她腿边一闪而过。任佳的视线跟随而去,没过一会儿,那只毛茸茸的小狗就端坐在了其中一家店铺门口。

这小不点儿胖墩墩的,两只小爪子乖巧地撑在胸前,尾巴摇得比风车还快,任佳看得认真,回神才发现自己已经坐进了店里。

后知后觉,她意识到这只小狗正是陈岩那夜抱在怀里的那只,那时才那么小一团,怕生般瑟缩在他怀里,这时却已经这么圆鼓鼓了,可见这阵子吃得不赖。

"吃什么?"老板见店里来了新客,手上动作不停,面上已经溢出了笑。

任佳点了最不会出错的招牌,牛肉面。

几乎是话音刚落的同时,白花花的面条下锅,老板一手拿起碗,另一手从佐料碗中利落扫过,白净的碗底立刻有了酱醋盐的底色,等了十几秒,长而细的筷子伸入冒着朦胧水汽的沸水中,一搅、一掂,"唰"一下,面条被高高夹起,放进筛碗里抖了几抖,即刻有了几分晶莹剔透的质感。

"吃辣吗?"

"吃的。"

褐色小坛被揭开,"咕噜咕噜"冒着泡的牛肉汤已经到了火候,汤勺从汤面上一掀而过,老板手腕一抖,浓汤涌进了碗里,红白相遇,绿色的葱花不知何时已点缀其上,冒着热气的面被递到任佳手中。

任佳接过,只觉碗边的空气也像是一同被煮过一遭一般,热而香。

她坐下,频频回头,望见巴巴盯着自己的小狗,便筷子在碗里搅弄一阵,发现老板够实在,全是大块大块的牛肉,没给她骨头。

老板见状,"扑哧"一笑:"小姑娘你不用操心,这狗福大命大,有人喂的。"任佳一窘,安心埋首吃面,老板却似陷入了回忆里。

"哟,那一天可真是够冷的!陈家那孩子不知打哪儿捡来这样一只狗,才巴掌大,脱了外套裹在怀里,抖得跟筛糠似的。"

一个"陈"字像一个不和谐的单音节,一下子吸走了任佳的注意,她听得认真,面上依旧不显山不露水,等了半晌,始终等不来老板的后话,却又实在挨不过心里的好奇,只好抬起了头。

"后来呢?"

"后来啊……"

老板从堆叠的碗筷中看向任佳,粲然一笑:"后来当然就像你现在看到的嘛!它活蹦乱跳了。要不怎么说它命大呢?我跟你说,这小东西灵的哩,附近这么多店,它偏偏就只进我这家,这是知道是谁救了它,认人的!"

"救它?"任佳立刻反问,"不是陈岩吗?"

"原来你认识那孩子啊!"老板脱口而出,又见任佳像被噎住了似的,回忆的语速便慢了几分,"那晚陈岩打我这儿路过,慌里慌张地捧着只刚出生的小狗,我一看,都快冻死了,赶忙让他抱进来,找了个电暖炉,裹了块毛毯,一边烤着暖气一边给那小东西喂水,喂着喂着,居然就那么活了下来。不过,小东西这命是捡回来了,他却养不了,说是家里老人对小猫小狗过敏。"

任佳一边听着,一边回头看向那圆滚滚的小胖狗,发现它像是能听懂似的,低低呜咽一声,缩到了铺子的角落里,耳朵和尾巴一齐耷拉了下来。

于是,任佳不禁想象起了自己把它带回家该是怎样的情景。

刹那间,胡雨芝绷着脸的画面浮现了出来,任佳心脏一跳,缓缓收回了视线,心情也随之低落了几分。

"不过幸好。"老板又说,"那孩子说是找到了想养的人,这几天就来接——"

一句话还没说完,一阵撕心裂肺的咳嗽声忽然响了起来。

任佳回头,看见咳得厉害的中年男人,不由得愣住了。

男人不知自何时起就站在了店门口,此时此刻,他正死死盯着角落里瑟缩不已的小狗，神情之阴鸷，竟像是恨不能从它身上生生剜出一块肉来。

"你说什么？"半响，他冷冷抬起了眼皮望向面馆老板，"你说陈岩花了这么大力气，就为了救一个畜生？"

巷子尾，胡雨芝不知何时回到了家。

她见任佳携着一身清寒回来，一副心神不宁的模样，便停下了手里的动作。

"怎么了？巷子里的早餐不好吃？"胡雨芝问。

"还以为你又得傍晚才能回呢。"任佳答非所问，恹恹地踩上拖鞋，语气里明显蕴着几丝委屈。

"我这不是忙着在超市干活嘛！"胡雨芝答，"今儿有空，我一大早就买来了你爱吃的菜，不过菜场里那家有名的热卤店还没开门，我一会儿再出去一趟！"

任佳点了点头，视线停留在了桌面上。桌上是几个崭新的账本，她自然而然地拿起了其中一本。

"我帮你一起算……"

任佳话才说到一半，胡雨芝忽然放下了手里的活计，几步走向任佳，用力抢回了账本。

"去去去，"她声音发虚，连推带赶地把任佳打发回了卧室，"你做作业去，这些小事不用你操心。"

"砰"一声，门被关上，光线霎时暗了许多。

任佳仍没忘记餐馆门口那一脸阴鸷的男人，便没把胡雨芝不同寻常的反应放在心上，思绪有些恍惚。

缓了几秒后，她深吸一口气拉开窗帘，像以往每一个周末一样，强迫自己在书桌前入了定。

一张试卷做完，任佳放下笔，转了转脖子。

"吱呀"一声，伴随着关节"咔嚓"一响，对面的大门被打开，向奶奶提着小菜蓝，精神抖擞地出了门。

同一时间，任佳意识到自己坐了太久，揉揉肩膀起了身。

走出卧室时，客厅空荡荡的，餐桌上那几个账本早已没了踪影。

看来，妈妈真出门买热卤去了。

院子里传来几声熟悉的小狗呜咽，任佳眼睛一亮，拿了桌上的零钱跑出门，发现小不点儿撒欢似的咬着陈岩自行车的车胎，她顿时起了坏心思，不但没阻止，反而慢悠悠跑去小卖部买了一根火腿肠。付完钱，任佳又后知后觉感到自己不大地道，回程的脚步快了不少。

快到家门口时，任佳看见了石凳上的身影。

是不久前出现在早餐店的那个男人，任佳一眼就认出了他。

此刻他坐在樟树下的石板凳上，明明肩膀微微耸着，整个人却透露着一股过分绷紧的怪异感。任佳盯着他的背影，脑海中回想起了他看周围人的眼神——蛇的信子一般，猝不及防地吐出、又猝不及防地缩回，偶尔一寸一寸、徐徐地往外送，似乎也只是为了让人放松警惕。

任佳敛神往前踏出几步，或许是由于脑袋里的弦绷得太紧，青天白日的，她居然听见了几声极孱弱的动物哀叫。

然而，院子里除了背对着她的男人，分明什么也没有。

任佳不确定地环顾了一圈，不禁怀疑自己出现了幻听。

可才踏出一步，那声音又出现了。

虚实难辨的余音裹着颤抖的气流，像是一根隐形的细线一般，"刺啦"一下从任佳脑中穿过，惊起了她一身的鸡皮疙瘩。

猛然间意识到了什么后，任佳再也顾不得其他，加快步伐朝前，竟在经过石凳的刹那，被眼前的景象震得几近失声。

根本不是什么幻听，更不是什么梦魇！

男人低着头，一手狠狠掐着小狗的喉咙，另一手夹着尚未燃尽的烟头，双眼血红地烫上了它的耳朵。

小狗的喉咙被狠狠捏着，发出的哀嚎一声更比一声破碎，任佳大脑一片空白，愣了两秒，勇气从身体深处迸发而出，猛地向前撞了出去。

男人没留意到任佳的出现，更没想到她能在顷刻间爆发出这么大的力气，半截烟掉在地上，身形也跟着一颤。

任佳眼疾手快地抱起了地上的小黄狗，刹那间，她对世界的感受慢了下来。

手中那小小的、温热的、颤得不像话的一团……给任佳一种分外不真实的错觉，她紧了紧胳膊，确认自己能感受到它的心跳，虚浮的脚步才终于重新扎稳。

而下一秒，虎口处却传来一阵钻心的刺痛，任佳瞬间松开了手。

小狗瑟缩着跑没了影，任佳低头，看见手背上不断涌出的大滴血珠，心里明白，这是动物的求生本能——经历过命悬一线的时刻后，再温和的动物也有亮出獠牙的时刻，它应当是惊吓到了极点，在她收紧怀抱的那一刻，把她也当成了需要防范的危险分子……

而同一时间，对上男人阴风一般的眼神，任佳忽然有种感觉，或许……自己在这人眼中，也不过是一只砧板上的、轻轻松松就能被捏住喉咙的动物。

一想到此，任佳不由自主打了个寒战，右手在口袋里飞速摸索起了钥匙。

一步、两步……

与此同时，男人朝她跨出了步伐，速度越来越快。

于是，他那张脸也越来越近……

即使一身用料考究的灰西装，也掩不住那腐木一般、远超年龄的疲态。

"陈元忠！"

任佳惊慌失措之际，一声惊雷一般的大吼响彻小院。

是向奶奶！

任佳立刻有了股得救般的庆幸，她竭力保持着面上的镇静，快步朝向奶奶跑了过去。

跟随着向奶奶走进她家大门时，任佳从未想过事情会发展成如今这个局面。

陈岩自从昨晚离开学校之后，就没再在南巷出现过，而她作为一个和陈岩只说过几句话并不太熟的邻居，此时却正大光明地坐在了他的卧室里，想走都走不了。

"别动。"

向奶奶戴着老花镜，在任佳右手虎口处小心翼翼地缠着绷带。

伤口并不大，但挺深，血更是流了不少，向奶奶因此阵势十足，不一会儿，任佳的手就被她包成了一只白花花的"蹄子"。

陈岩桌下的抽屉还大敞着，里面有不少棉签、绷带、消毒水之类的医用物品，任佳看得入了神。

向奶奶注意到了她的走神，目光一同落在抽屉里颇为凌乱的杂物上，叹了口长长的气。

"有段时间，这孩子每周都去老街附近打篮球，回家时身上总带着伤，我就往他抽屉里塞了不少跌打损伤药。"

每次回家都带着伤？

陈岩和那群吞云吐雾的校外男生并肩而立的晦暗画面再次闪进了任佳脑海，她一愣，对上向奶奶眼含苦笑的寂寥神情，含糊说了句打篮球确实很容易受伤，说话间没忍住又往抽屉里瞄了一眼。

纱布之下有一个黑框照片，框不大，被堆叠的物品挤着，只露出了全家福的一小半。

相框中，一个男人和一个女人笑望着镜头，女人戴着大大的墨镜，墨镜右下方那颗红色的小痣分外惹眼，而男人的相貌……

刹那间，任佳不可置信地睁大了眼睛，她心底那个隐隐约约的猜测不是假的，被向奶奶唤为陈元忠的男人不是别人，真是陈岩的父亲……

"伤口不能沾水，记住，纱布千万得勤换。"说着，向奶奶随手拿起了抽屉里的纱布，统统塞给了任佳。

纱布一被拿开，照片的全貌就露了出来。

在笑望着镜头的男人和女人之间，还站了个偎偎着他们的小男孩，小男孩凝望着镜头，一张小脸笑得天真而烂漫，黑眼睛里仿佛盛满了细碎的星光。

只这一眼，便让任佳更加恍惚，实在难以把照片上的人与她认识的陈岩联系在一起……

包扎完毕，任佳在向奶奶忧心忡忡的叮嘱中离开了房间。

走出陈岩的房门之时，她鬼使神差地又回头看了一眼，意识到陈岩的房间根本简单得过了分。

一张床，平整的水洗灰棉被，看上去没有丝毫温度。

一张桌子，桌上物件寥寥，像是家居馆里随意而无用的陈设。

天花板上的顶灯则亮得有些刺眼，更将白晃晃的家具勾得棱角分明，就好像，这根本不是一个可以被称之为"家"的地方，而只是一个无所谓的中转站，一个随时就能干脆弃下的落脚所。

回到家后的一整个上午,任佳都有些心神不宁,直到热卤浓郁的香味飘满整个房间时,她才终于回过了神,慌张地藏好了自己受伤的手。

"佳佳,买回来了!"

胡雨芝高举着手里的袋子,兴高采烈地进了门。

她几步走到卧室门边,见任佳手里拿着笔,立刻又敛了动静,似是生怕打扰到任佳一般,悄无声息地踱了回去。

余光瞥见胡雨芝走远,任佳才小心翼翼地舒出一口气,心不在焉地放下了手里的笔。

说实话,她自己都没预料到会这么紧张,藏在口袋里的左手竟出了一层细密的汗。

干燥柔软的纱布早已沾上了几丝黏腻的湿意,虎口处仍在隐隐作痛,任佳维持着一动不动的姿势,直到厨房里传来淅淅沥沥的水声,她才终于敢伸出那只缠满纱布的手,有些惆怅地望起了窗外的风景。

就算伤的是左手,一直藏在口袋里也不是办法,过不了多久还得出卧室吃饭,胡雨芝迟早会察觉到异样的。

可任佳实在是不想让胡雨芝知道这事儿,她清楚妈妈对自己有多紧张,因此,也才格外害怕。

窗外,碧绿的樟树叶被阳光燎上了一层暖融融的细边,树叶随风轻摇,细边向外缓缓拓展,凝成了任佳视线里几个摇摇欲坠的圆形光斑。

那光斑晃啊晃啊,便晃出了一个满目苍翠的桃江岛。

任佳记得,桃江岛总是艳阳高照,不论在何时抬头望去,每一处幽绿繁密的枝叶间隙,都盛放着一颗金灿灿的太阳。

记忆中的金色光亮仿佛越来越刺眼,又一次,任佳听见了小女孩伤心无措的号啕哭声,也看见了胡雨芝那张比如今年轻许多、同样也严肃许多的铁青面孔。

那是她有记忆以来和胡雨芝爆发的第一次争吵,而事情的导火索,正是一只奄奄一息的小狗。

和每一个处在童年时期的小孩一样,小任佳也有过偶遇路边刚出生的可怜小狗,便再也挪不动脚的时刻。

那时她几乎想尽了她能想到的一切办法——

灰头土脸地满世界为小狗寻找安全的庇佑地、偷偷翻出家里废旧的棉絮给小狗做窝、竭力省下就寥寥的零花钱给小狗买吃食……

大人们总是认定,孩子们的喜爱不过是贪图一时新鲜,根本当不得什么正儿八经的大事,殊不知,孩子们的世界本就很小很小。

家门外琳琅满目的小卖部是他们永远探索不尽的云边梦境,溪水里一闪而过的银色鱼尾能激起他们心头久久难忘的清澈涟漪,更别提身边切切实实的生命。

好奇、怜悯、喜爱、由衷地想要竭尽全力去庇佑……

那是在尚不知世界之大、对生老病死还全无概念之时,对生命最懵懂也最原始的感触。

因此,当发现一切后的胡雨芝强行扯走任佳为她的小狗精心搭建的小窝、狠狠拽着她往回走时,还不够胡雨芝一条腿长的小任佳才能爆发出那么中气十足的哭号。

那时,就连胡雨芝都感到诧异,她向来安静内敛的闺女,竟然能在大马路上哭出狼嚎一般的怪叫。

金色的光从树叶缝隙中倾泻而下,小任佳那时哭得泪眼模糊,路过小卖部橱窗时,她透过一人高的玻璃,看见了被拽着踉跄前行的熟悉小人儿。

灰扑扑只看得清眼睛的小脸,拧成了八字的眉毛,哭得紧紧皱起的鼻头……要多狼狈有多狼狈。

"刺啦"声乍然响起,数不清的沙砾被急切而至的自行车车胎从地面碾过,任佳一惊,揉揉眼眶看向玻璃,又猛地眨了眨眼,灰头土脸的圆脸小女孩顷刻间被一张素净的鹅蛋脸所取代。

再一眨眼,一个高高瘦瘦的身影就跳进了视线。

由于院子本就不大,即使隔着一层玻璃,任佳也感受到了陈岩的目光。

脱下校服的周六,他穿着成套的黑色运动服,腿部线条笔直地延伸下去,刀锋似的，衬得整个人冷峻而萧瑟。

细看，比起往常，这一秒他的目光也有些不同寻常，如同叶片边缘将落未落的雨珠一般，浸泡着一整个水季的寒凉，悠悠淌开在了任佳缠满纱布的左手上。

紧贴着皮肤的那层纱布凉意更甚，任佳刚准备缩回手，"啪"一声，陈岩手里的自行车钥匙已经被他随意地仍在了窗台上，而他亦默不作声地收回了目光，连车锁都没落，径直往屋里去了。

"佳佳！吃饭了！"

胡雨芝高八度的声音将任佳的思绪拉回到了现实，她定了定神，小心翼翼地将左手揣进口袋，深吸一口气走出了房间。

任佳碗里，白米饭高出了碗缘一大截，小山坡似的堆了起来。

胡雨芝连饭都帮任佳贴心盛好了，自己却火急火燎地往里屋去了。

随着门被"砰"一声关上，她的声音也隔着厚重的门板传了出来。

"愣着干啥？吃嘛！"

霎时，里屋传来一阵不小的动静，"轰"一声，又有什么重物落了地，兵荒马乱的，听得任佳没来由些不安。

"你没事吧妈妈？"

"没事没事！我找点儿东西！你吃你的，不用管我！"

任佳于是又坐了下去，她把椅子往桌前挪了挪，伸出右手，费力缩在袖子里虚端着碗，心神不安地张望着里屋的方向。

胡雨芝住的那间房说是次卧，实则是一间不到五平方米的杂物间，一张床就占了屋子四分之三的面积。

租房里面积最大的一间卧室被理所当然留给了任佳，任佳当时不肯，胡雨芝立刻就沉下了脸，说她们千里迢迢来到前海市不为别的，就是来送任佳读书的，因此，她闺女的房间无论如何都要能容下一张书桌才行。

一张书桌，一张书桌……

那时任佳一遍一遍在心底默默重复着这四个字，心头渐渐就压实了一张书桌的重量。

终于出门时，胡雨芝已经脱下了围裙、扎起了头发，甚至还换上了她第一次带任佳来前海市时穿着的那件外套。

"要去哪儿？"任佳问。

胡雨芝语气焦急道："你小雨姐结婚，我回桃江岛一趟，钱放你床头抽屉里了。"

"小雨姐结婚？"任佳激动得一下站了起来，"那我也回桃江岛！"

说完，她即刻想起了自个儿揣在口袋里的手，生怕胡雨芝察觉到异样，又老老实实坐了回去。

胡雨芝却皱起了眉："我是去帮忙的，你个还要念书的小孩凑什么热闹？趁这功夫，不如多做几道题！"

说着，胡雨芝已经拎好了包，匆匆往外走了，她走得急，一会儿便没了影，声音却仍在院子里回荡，中气十足地飘至了任佳耳畔——

"你一个小孩独自在家！出门前一定记得关水关电！陌生人敲门，千万别开！"

胡雨芝彻底离开后，任佳怅怅地盯起了桌对面的空座位，心想，我才不是小孩呢。

手上的伤口比任佳想的还要严重，又渗出了血，隔着层层纱布，仍能看见一片洇开的深红。

吃完饭，在厨房艰难地用单手洗着碗时，任佳数不清第几次感慨，幸好伤的是不用拿笔的右手。

不过，这么深的伤口，应该第一时间去打狂犬疫苗才对吧？

一意识到这回事儿，任佳心底生出了几丝愈演愈烈的后怕。

最后一个碗洗完，任佳匆匆翻找出了胡雨芝留下的一沓零钱。

胡雨芝留给她的钱皱巴巴的，任佳数着钱往外走着，路过那个由杂物间改造而成的狭窄卧室，心头莫名就生出了一阵难以形容的滋味。

盯着胡雨芝卧室的旧木门看了许久后，任佳缓缓垂下头去，用了几分力气将皱巴巴的零钱展平，又重新将其放回到了口袋里……

与此同时，忽然响起敲门声，一声又一声，宛若急雨。

胡雨芝不在，她们又是新搬来的，这个时间，会有谁来敲门呢？

霎时，白日里那张阴鸷面孔猛然荡进脑海，任佳鼓起勇气朝门边走去，呼吸的动静都不自觉弱了下去。

到达门边的刹那，敲门声却忽然滞住了，房间一瞬陷入寂静。

任佳抖着手握上了门把手，凝神屏气，始终没有听见有人离去的声音，于是她确信，不速之客仍然站在门边，不曾走远。

一秒，两秒……

这一刻的宁静近乎诡异，时间仿佛慢成了永无尽头的海岸线。任佳忽然觉得有些讽刺，明明几个小时前，她还在因胡雨芝仍把自己当成小孩而深感不满，此时此刻，她却比任何时候都更渴求妈妈能够从天而降。

"砰"一声，敲门声再次打破了宁静。

任佳的心理防线几乎就要彻底溃灭，幸而，虚浮着脚朝后迈出一步的那一刹那，少年的声音响了起来。

陈岩站在门口，眼里裹着夜的清寒。

任佳哑然片刻，没想过敲门的人会是他。

半晌，任佳刚脱口而出一个"你"，陈岩就毫不留情地打断了她："藏什么？老太太都告诉我了。"

说话时，陈岩的眼神毫无遮掩，直勾勾的，如同锋利的箭矢一般，像是要隔着那层薄薄的布料，把她口袋里缠着纱布的左手给盯穿。

由于不知道他的来意，任佳微微昂着头，有些疑惑地打量起了来人。

这人应当刚洗完澡，发梢微湿，以至于空气里都氤氲着几丝淡淡的肥皂沁爽。他似乎出门也出得很急，只穿了件单薄的黑外套，给人一种几乎要融进幽夜的错觉。

"走吧。"陈岩转身向外迈出几步，"今晚不去处理就超过二十四小时了。"

被动物咬伤后打针的黄金时间正是二十四小时，任佳这才知晓了他的来意，惊讶于陈岩居然会因为这事儿来半夜敲门。

而陈岩明显没什么耐性，看了眼腕上的时间后，冷声道："我还没来得及给狗打疫苗，你最好去一趟。"

任佳这才反应过来，陈岩此举应当是责任使然——毕竟是他捡来的小狗，过意不去也是自然的。

顷刻间，那种不想麻烦人的心绪再次占据了上风，任佳连忙冲陈岩笑了笑，故作潇洒地解释了起来："当时那种情况，小狗咬那一口明显只是应激反应而已，我看它昨天还好好的，不打紧。"

她说得头头是道，可话音刚落，陈岩却一把抓起了她的胳膊，忍无可忍道："两公里之内就有医院，去一趟耽误不了你多少时间。"

话一说完，陈岩就自然而然地松开了手，任佳却怔住了，她发现，和陈岩本人给人的感觉很不一样，他的手很温暖，纵使隔着衣物，她胳膊上也仍有余温徐徐传来。

夜色之下，余温缓缓流连，纵使二人接触不过短短一秒，任佳仍觉颇不自在……

可不知为何，就是在那再短暂不过的一秒钟内，任佳竟第一次忘了要用客气和礼貌来武装自己，鬼使神差地点了点头。

时间不算早了，两人赶在科室关门前挂到了号，免去了去急诊室排队的步骤。

挂完号得先去交钱，挂号单不知何时到了陈岩手中，任佳跟在他身后几步远处，边走攥紧了口袋里的钱——这些天妈妈给她的生活费都在这儿了，不知道兜里的钱够不够结清打针的费用。

几丝困窘浮上任佳心头，刚从电梯前路过，她身前的陈岩忽然停下了步伐。

"跟着我干什么？"

任佳险些撞在了他背上，站稳后开口解释："我得先去缴费。"

闻言，陈岩扭头似要发作，瞧见任佳一脸无措的模样，眉头反而拧得越发紧了。

过了几秒，"啪"一声，陈岩伸手就拍下了身旁的电梯按钮，面无表情道："你直接去四楼打针就好。"

电梯门应声而开，任佳还要再问，陈岩已经不由分说地推着她一同走进了电梯。

标印着楼层"4"的圆形按钮亮起红灯,下一秒,陈岩收回手,一步向外走去:"在大厅等你。"

任佳微张着嘴,不知该说什么,少年的脸已经消失在了光线渐弱的最后一道竖缝之中。

科室内的护士在电脑里输入任佳的姓名,在电子病历中确认缴费成功后,就从冷柜里麻利地拿出了针剂。

任佳一伸出手,护士的眉头就皱了起来。

"不该包这么严的。"她道,"消完毒最好充分暴露伤口。"

打完针,任佳出门,还未到达一楼,就听见了救护车尖锐的高鸣。

电梯门打开的那一刹那,一阵烧焦味浸入了任佳鼻息,几名护士抬着一张担架床匆匆冲向电梯,任佳连忙让位,擦肩而过的瞬间,她发现病人全身都已焦黑。

烧焦的气味越发浓厚,事发突然,任佳看见担架上那黑漆漆的躯干,脚下不由得有些发软,四肢百骸都涌进一片震颤。

再往前走出几步,她就看见了陈岩。

陈岩坐在大厅最角落的椅子上,微微偏着头看着窗外,仿佛对周遭的一切都无动于衷,任佳走近了,才发现他两手都颤得厉害。

"陈岩?"任佳试探性地叫了一句,声音一出口就被门外救护车的鸣笛音淹没了。

门外的鸣笛声一声更比一声刺耳,几辆救护车相继而返,又有几张担架床被抬了进来。

陈岩这才抬眸看向她,声音发哑:"打完了?"

任佳点了点头:"护士说要留观半小时。"说完,她在陈岩身旁坐下,没忍住问,"你怎么了?"

陈岩却答非所问:"出去透口气,到时间再来找你。"

说着,陈岩起身迈步而出。与此同时,又有一名烧伤病人被抬了进来,那人半条腿都没了皮,身上的消防员制服被烧去了一大半。

任佳看得眼酸,只觉喉中也有火焰在翻腾,再一回过头来,她就看见陈岩像是被施展了定身术似的,身体僵硬地站在了她身前,面上升起了几丝茫然至极的错愕。

任佳这才意识到不对劲,连忙也跟着站了起来。

可令她始料未及的是,担架床消失在电梯里的那一瞬间,陈岩像是被抽走了脊骨一般,从来挺拔的脊背一瞬间塌了下去,蹲身向下干呕了起来。

"陈岩!"任佳迅速朝前跨出一步,发现陈岩深埋着头,垂下的双手紧紧握成了拳,手背上的青筋都绽了出来。

"你不舒服吗?"任佳忙问,伸手想把他扶起来。

"别碰我。"陈岩声音比起刚才更加喑哑了。

任佳立刻往后退了一步,紧张道:"陈岩,你看上去不太好……"

"没事。"半晌,陈岩用力闭了闭眼,静默几秒后重新起身,"低血糖而已。"

回程的路上,陈岩始终不发一言。

任佳心绪难以平静,问了几次他还好吗,陈岩却始终都是一副没事人模样,半是乏味半是困倦地望着车流,淡然地点了点头。

这一夜过得极其恍惚,第二日,周一如期而临。

返校之日,南巷一早就下起了小雨,雨丝淅沥,随风轻颤的樟树叶尚处在一片朦胧的晨雾之中,任佳就背着书包出了门。

走出小巷时,树后那辆红色单车已经没了踪影。

到达学校后,不出任佳所料,致远楼一楼,昔日常闭的多媒体大教室已经坐了不少人,而任佳从门口路过,也果然看见了一个熟悉的身影。

陈岩今日把校服穿得很规整,只是身姿依旧随意,放空般倚在教室后门不远处,安安静静地看着花坛后的湖面。

任佳与陈岩擦肩而过时,鼓起勇气挥了挥手,而陈岩眼皮一抬,不但一句话没说,面上更是没什么过多的表情,任佳一窘,讪讪缩回了手。

原本,任佳还以为,经过昨天的际遇,她和陈岩就算够不上"朋友"二字,也至少是碰上可以互相挥挥手打个招呼的关系了。

但现在看来,是她自作多情了。

半小时过后,人渐渐来齐,铃声一响,九班就开始按部就班地进行起了英语早读。

任佳是英语课代表，一整个早自习，英语试卷如雪花般从四面八方向她传来，下课铃响起时，她桌上已经堆了好几摞英语作业。

课间，任佳清点了好几遍试卷，无一例外都是三十九份，她习惯性回头望去，见教室角落，陈岩正枕在大大咧咧摊开的英语书上补眠。

犹豫片刻后，任佳还是抱起试卷朝陈岩走了过去。

不想，还没走到陈岩桌前，就被他前座的姜馨拦了下来。

"他好像有点不舒服。"这话姜馨说得小心极了，说话时，还伸出一根食指比了个嘘的动作。

不舒服？

任佳挑了挑眉，一想起陈岩昨夜在医院忽然出现的反常状况，催作业的话就生生哽在了喉咙里。

她还想细问，姜馨的脸却兀地有些发红……

意识到什么后，任佳连忙收回了视线。

喜欢陈岩的女生本就不会少，由于他平日里太过生人勿近，任佳差点忽视了这一点。

不过……姜馨没说错，陈岩的状态似乎真的不太好。任佳不由得又想起了他昨天的样子，以及他难受之时脱口而出的那三个字，低血糖。

送作业的路上，任佳从隔壁八班路过，望见窗边的几个女生正分食着一小包水果硬糖，心里一动，但顾及小卖部离教室太远，而上课铃又即将打响，只得暂时压下了念头，匆匆回到了教室。

第二节课刚一结束，教室里就趴倒了一片人。

这是每日二十分钟的大课间，经历一个昏昏欲睡的早自习，大部分人都在利用这一时间补眠，当然，也有一小部分起晚了没来得及吃早饭的学生，这时候就会飞奔去小卖部"扫荡"一番。

任佳也是跑向小卖部的其中一员。

九班教室在五楼，而学校小卖部在一楼东侧，由于隔得远，当她跑进小卖部时，店里的队伍已经排到了门外。

任佳只得一边喘着气,一边在队伍末端缓慢前移。

队伍前行到一半时,人群中忽然发出了一阵低低的唏嘘声,任佳回头,看见几个穿着田径训练服的男生进了门,他们挑好东西后,没选择排队,而是径直走向了队伍前方。

随着这几个人高马大的男生向队伍靠近,队伍里的窃窃私语反而消失了不少,任佳没搞清状况,直到看见他们直截了当地扒开了一名戴眼镜的小个子男生,又大摇大摆地站到了他前面,才反应过来,这几个男生应当是插队的惯犯了。

任佳有些不满,但在其中一人视线朝后方扫来时,她还是慌里慌张地低下了头。

低下头时,任佳第一反应就是羞愧,意识到四周皆是一片缄默,所有人都在默契地视而不见时,心里的难为情才稍稍缓和了几分。

"插什么队啊?"

突然,结账的阿姨扯着嗓子喝了一句。

任佳腾地再次昂起了脑袋,眼睛都亮了。

"没插队啊!"那人却一把搂过了身后的小个子男生,"这是我们班的杨瑜,知道田径队没吃早饭,特意提前来帮我们排个队而已。"

说着,他重重拍了拍小个子男生的肩膀,皮笑肉不笑道:"说话啊,杨瑜?"

一句听上去漫不经心的话,其中却蕴含着几分明晃晃的威胁。

被唤为杨瑜的男生脸色发青,徒劳地张了张嘴后,一言不发地离开了队伍,前方的那几个人嘻嘻哈哈地结起了账。

任佳的视线则跟随着离队伍而去的那名男生,离开时,那男生始终低着头没看任何人,而离开队伍后,他也没去重新排队,而是缓缓挪去货架前,把自己手里那袋面包原封不动地放了回去。

买完糖,离上课时间只剩五分钟了,为了赶时间,任佳一步并作两步,从东侧的楼梯匆匆而上,路过三楼尽头的杂物间时,却听见了一个分外刺耳的声音。

致远楼每层楼的东西两侧尽头都分设有两个杂物间,用来集中盛放各班卫生工具,一般而言,除开周五最后一节大扫除,杂物间是不会有人出现的。

而此时此刻，声音却清晰地从杂物间传来，显然还不止一个人。

"说说呗，你刚刚那表情是怎么回事啊？"

"怎么，你不会还想告状吧杨瑜？"

伴随着话音落下的，是一声再清脆不过的耳光响，霎时，任佳脚步重重一滞，心脏剧烈地跳了起来。

这个时间，大课间快要结束，楼道里已经没有多少人了，而任佳怔愣在原地，既做不到全然无视，又没办法鼓起勇气冲进去，一时间不知如何是好。

第二声巴掌声传至耳畔之际，她还在说服自己不要多管闲事，但当第三声清脆的耳光伴随着有人倒地的重响轰然来临的时候，她再也无法坐视不管，慌里慌张地开了口——

"李主任来了！"

李主任是高二年级的教务主任，原名李屹良，名字虽斯文，但由于平日里不苟言笑，对待学生违纪行为铁面无私，久而久之就有了个"一中李逵"的称号，再调皮的学生也惧他三分。

果不其然，李主任的名号一出，杂物间里就没了声音。

与此同时，任佳再度跨过几步台阶匆匆而上，只想立刻逃离三楼，无奈前路并不通畅，才刚到达楼梯拐角处，就有人伸手拦住了她。

"刚刚是你喊的？"

这人身着田径训练服，虽然刚没在小卖部出现过，但一看就是和那群人一伙的。

任佳心一惊，没想到他们还有在楼梯上放风的人。

所以……

她抬头朝他看去。对于这伙人而言，在杂物间堵人根本不是什么心血来潮的恶趣味行径，他们如此娴熟，有人当"打手"，有人当"眼睛"，分明就是不知道这样干过多少次了。

任佳后退几步，竭力镇静道："我要回去上课了。"

"你还想回去？"男生嗤笑一声，声音紧接着一沉，"'李逵'人呢？你要我们？"

这人嘴唇很厚，眼睛斜着向上，不说话时都有股凶相，更别提这时还恶狠狠地盯着任佳。任佳被他看得心里发怵，转身向前跑出一步，校服外套却被用力扯了一把。

拉扯的力道不小，任佳差点崴在台阶上，扶住侧边的扶手才堪堪站稳。

紧接着，再一抬头，她就看见了陈岩。

陈岩从四楼平台上向下走来，自然也看见了三楼的她。

此时此刻，二人正处在一层楼梯的首尾两端，一高一低的位置，刚好够他将任佳的狼狈尽收眼底。

任佳重新起身，不自觉就攥紧了手里的糖，出乎意料的是，后边的人没再伸手拦她。

"陈岩？现在这个点你去哪儿？不上课了？"

——甚至，他还笑着和陈岩打了个招呼。

原来他们认识？一阵说不清道不明的感受涌上心头，任佳看向陈岩的眼神顷刻间有些复杂。

"作业放你桌上了。"

擦肩而过时，陈岩轻飘飘抛下了一句话。

作业？

陈岩竟然会主动来找她交作业？

任佳深感意外，顺势回头望去，却见那名厚嘴唇男生拧紧了眉，似是看到了什么不可思议的场景一般，视线在她和陈岩身上来回转了几个圈。

"是谁说'李逵'来了！徐锋，你看见'李逵'了吗？"

"陈岩？"

"你聋了？刚刚是女生喊的！"

"我又没说是陈岩！我只是没想到他也在这儿！"

一阵喧嚣之下，杂物间里的几个人已经相继出了门。

最后出门的小个子男生神情萎靡，走到楼梯口还被人拍了两下脑袋。

"不错啊杨瑜，今天气儿都没出一声！"

话一出，就引来一阵夸张的大笑。

陈岩从他们身旁走过时，任佳一直在看着他，认真到没遗漏他脸上每一个细微的表情……

直到那点儿可以被称之为失望的情绪拢上心头,她才意识到自己在做什么。

她居然在寻找认同——不知为何,潜意识里,任佳总觉得陈岩和这伙人才不是一起的,甚至,她还执拗地认为,他一定和她一样,也很讨厌这群恃强凌弱的人。

而事实证明,她根本想多了。不论是对于这伙人还是对于杨瑜,陈岩都是一副完全不关心的样子,路过他们时,他甚至连眼皮都没抬一下。

"徐锋,刚刚假喊'李逵'的人就是她?"有人看见了任佳,说着就要往楼梯上走。

陈岩步伐顿了一下。

"算了。"徐锋忽然伸手拦住了其余人,阴沉道,"别和女生计较。"

回到教室后,任佳一坐下就在课桌上翻找起了陈岩的试卷。

桌面上没有任何多出的东西,她找了几遍,仍是不死心,又在课桌里翻了起来。裴书意见状,放下了手里的笔,询问她是否需要帮忙。

任佳向后方空荡荡的课桌瞥了一眼,认真道:"我没找到陈岩的作业。"

裴书意却挑了挑眉,仿佛她说了句很奇怪的话。

"怎么了?"任佳有些迷茫。

"他一般都不会写。"裴书意笑了笑,正色道,"你下次可以不用收他的。"

话音刚落,"丁零丁零"的上课铃终于打响,任佳只得收回心绪,拿出课本开始认真听课。

这节课是徐原丽的化学课,徐原丽一进门就注意到了陈岩的缺席,面上虽不悦,嘴上却没多说什么,按部就班地上起了课。

任佳发现,徐原丽不愧是年纪轻轻就当上班主任的骨干教师,讲解知识点深入浅出,节奏控制得刚刚好。等她讲完新课,布置好作业,宣布完本周四有一场综合科目的模拟周考后,叮嘱几句就下了课。

周考算是前海一中非常有特色的一种考试形式。

不需要划分考场和全校排名,选在每周四的下午进行,持续两节课的时间,学生们自主选择薄弱的科目报名来考。

学习委员何思凝来统计众人的自选科目时,任佳毫不忧虑地报了英语。报名完毕后，她就拿起书包里的水果硬糖，转身走向了陈岩空荡荡的课桌。

到达陈岩桌前，任佳刚放下糖，就看见了姜馨一脸奇怪的表情。

原本，她丝毫不觉自己的行为有什么不对劲的地方，然而此时此刻，当她站定，发现除开姜馨，周围几个人也在频频看她，她才意识到，送零食这一行径，在他人眼里似乎是有些暧昧的……

天知道，她不过是把这包水果硬糖当作回礼的一点微小心意而已，毕竟，陈岩昨晚不由分说地替她付了打针的费用，就算人家没当回事儿，她也有些不好意思……

"你……"

姜馨终于还是没忍住开了口，纵使语气艰难，想问的问题却已明晃晃写在了脸上。

任佳深吸一口气，自觉解释不清，小声扯了个谎："有人让我给陈岩的。"

平日里，陈岩桌上经常时不时会多出点儿奶茶、巧克力之类的东西，那么任佳偶尔"无中生有"一回，说这包糖是人家托她带给陈岩的，大体也说得过去。

果然，姜馨面上的审视表情消失，取而代之的是几丝如临大敌的紧张。

"是谁呀？"她小心翼翼地问，"隔壁八班的吗？还是文科班的？"

任佳扶额，一看姜馨那过分忧虑的表情就明白了，原来随便哪一个女生来找陈岩，都比她更让人紧张……

"不知道。"任佳心虚道，"我没看清是谁。"说完，便转身回到了自己的座位上，匆匆翻开了课本。

直到下午，陈岩才重新回到了教室。

和平常每一天一样，坐在座位上时他总是没什么动静，任佳因而始终没机会搞清楚，他到底有没有看见那包糖。

转眼，数日过去，周四下午的周考就到了。

由于任佳选择的是主科英语，相较于其他的科目，考试时间会长一些。

考试结束后，任佳卡着点交了卷，一走出门，瞧见走廊上人影寥寥，便意识到食堂里可能已经没多少菜，直奔一楼小卖部去了。

晚饭时间，一楼各个教室空了不少。

任佳急着回九班订正错题，买完晚饭原来返回，经过一楼最东侧的教室时，视线里倏然多出了一张熟悉的侧脸。

那人就在靠近窗户的位置，垂在课桌之下的两手赫然捏着一张小抄！

眼前人是那天在三楼楼梯口拦住她的徐锋！

任佳怔怔后退一步，她撞见徐锋作弊了……

反应过来后，任佳迅速低下了头，刚欲继续向前，徐锋竟已倏然扭过了头。

与任佳四目相对时，徐锋眉头一拧，眼神一瞬间变得极其凶狠，顷刻间，任佳大脑一"嗡"，莫名地，第一反应就是"糟了"。

回到九班坐下后，任佳仍有些心悸，直到晚自习来临，教室里黑压压坐满了一大片人，那点没来由的紧张心绪才终于消散至尽。

却不想，就在第二天的周五中午，学校里传出了这样一件事情。

有人作弊被李主任抓到了，学校预备通报批评。

"一次周考，有必要全校通报吗？"

"不止要通报，还要记过呢。"

"毕竟是'李逵'亲自抓到的，据说一开始死不承认，被搜出小抄才终于松口……"

教室里，断断续续的相关对话不断传进了任佳耳里，任佳心神不宁地翻开课本，听见身旁有人问起了传闻中的作弊学生是谁。

很快就有人给出了答案，徐锋，而且是被人举报的。

"徐锋？难怪啊……'李逵'不是早就看不爽他了？"

"不过谁想不开要去举报那个刺头？"

"想举报他的人多了去了，他有段时间不是经常在学校附近堵人吗？"

耳畔的声音越来越嘈杂，"啪"一声，任佳手里的笔掉在了地上。

过了几秒，她心神不宁地捡起笔，再一抬头，就看见了不常出现在五楼的一张张面孔——徐锋和一帮高个子男生正阴沉着脸从九班经过，视线如游鱼般粘在了教室里的一众学生身上。

而看见任佳时，突然，他皮笑肉不笑地勾了勾嘴角，紧接着屈起食指，在窗玻璃上狠狠叩了两下。

敲窗之时，徐锋的嘴唇无声地一开一合着，几乎只一瞬间，任佳就看懂了他在说什么。

简简单单两个字:等着。

九班学生所言并非空穴来风。

最后一节课,任佳跑到杂物间去拿抹布的路上,就看见了墙上张贴着的记过通报。

通报前围了不少人,但纵使如此,隔着老远她也看见了那个明晃晃的名字,徐锋。

一阵寒凉从脊背上蜿蜒着向上而去,条件反射一般,任佳立刻环视了一圈,确信以徐锋为首的那群人不在周围,狂跳不止的心脏才缓缓平和了下来。

虽然很不想承认,但这种反应,她明白,就是恐惧。

徐锋敲玻璃时的画面犹在眼前,他看她的眼神,比那群人看杨瑜的眼神更加轻蔑,仿佛比起杨瑜,她其实还要不值一提得多,草籽一般,轻轻松松就能由人踩在脚下。

第三章
墨菲定律

"越是害怕什么，就越是会发生什么。" ♪

又一次周五大扫除过后，教室内又恢复了昔日窗明几净的面貌。

放完工具，九班众人陆陆续续回到了教室。

任佳发现，陈岩平日里虽说经常性地早退晚到，赶上大扫除倒是从不含糊，就比如此时此刻，一把再普通不过的拖把，到了他手里居然能被拿出长枪的气势。

任佳看着看着，忽然想到了什么，心头一动，刚迈出一步，就做贼心虚般缩回了脑袋。

简直疯了……

任佳坐回原位，不敢相信自己能胆小到这种地步，有那么一瞬间，她居然指望去找陈岩，意欲以顺路回南巷的名义"忽悠"他一起回家。

许是九班学生这次周考表现还不错，讲台上，一结束每周的例行叮嘱，徐原丽就爽快地宣布了下课。任佳则早早就收拾好了书包，徐原丽一声令下，她便腾地站了起来。

许是从没见任佳走这么早过，身旁的裴书意看她的眼神或多或少带了点儿诧异，而同一时间，任佳刚一转身，一个带着笑意的熟悉女声就喊出了她的名字。

是姜悦。

姜悦不知何时抱着一沓试卷等在了后门处，看来是有事找她。

"姜老师？"

任佳放下书包，小跑着向姜悦而去时，突然就想起了曾在不知哪本书上看见过的一个心理学概念"墨菲定律"，越是害怕什么，就越是会发生什么。

走廊上，任佳和姜悦并肩而行，看见三五成行的学生不断与她擦肩而过，心里的不安愈加浓厚。

姜悦找她是因为前一日的英语周考。一到办公室，姜悦就和任佳分析起了她的考试表现："任佳，我仔细看了你的答题卡，你是下了功夫的。"

听见姜老师的表扬，任佳却有些羞愧地低下了头。

是的，她确实下了不少功夫，然而，作为一名英语课代表，她试卷上的分数绝对算不上亮眼，没准就像裴书意曾委婉提起过的，其实她有很多行为都是不必要的笨功夫。

"任佳，你不会以为我在昧着良心安慰你吧？"姜悦见她心事重重的模样，翻找出试卷，随手在题号上打起了钩，画完就递给了她，"你先看看，我钩出来的这些选择题有什么规律？"

任佳看了半晌，没发现有什么特别的规律，她感到不解，而姜悦眼中笑意更浓。

"规律就是这些你全都做对了。"

这算什么规律？

任佳一窒，终于认定姜老师就是在安慰自己。

"好了，不逗你了。"姜悦拿回试卷，正色道，"开学以来我讲解过的所有语法点，全都蕴含在这些考题里了，而其余的，要么是考的高一和高二上学期的知识点，要么有些超纲，当然，更多的还是综合考察的题目。"

说这句话时，她的语气一瞬间变得无比认真，任佳一怔，隐隐明白了老师想表达什么。

"这说明，基础不好，不代表你学不好。"姜悦看着任佳的眼睛，神情坚定得几乎有些严肃，"你知道吗任佳？只要是老师在课上讲过的，你都会竭尽全力去弄懂，这一点其实非常难得。"

那种心情任佳很难描述。

当姜悦把前海一中的学生们自高一至今用过的所有英语资料和考过的所有英语试卷打印完毕后一次性递到她手中时,她突然就像失去了语言功能一般,连个"谢"字都没立即说出口。

走在回教室的走廊上,任佳没忍住,再一次盯起了自己手中被划满了诸多红圈的试卷——手中的资料并不算太重,身体却仿佛因为这几摞 A4 纸而多了一份沉甸甸的重量,任佳先是感到惶恐,紧接就体会到了几分脚踏实地的暖意。

直到……

直到那张被撕得面目全非的违纪通告再次出现在了任佳的眼前。

徐锋还剩一半的名字就像某种无声的警醒,让她如战士般高高飘起的心顷刻间落进了满是瘴气的沼泽地里。任佳加快了步伐往前走,发现十四班已经空了,十三班、十二班……同样空无一人。

路过杂物间时,任佳想到杨瑜曾在三楼杂物间所经历过的一切,几乎是立刻就跑了起来,万幸的是,杂物间大门紧闭,并没有什么反常的动静。

回过神来时,任佳已经气喘吁吁地重新站定到了九班的门口。

而此时此刻,九班的教室里居然还有一个人,陈岩。

这一次,任佳收拾书包的动作比先前慢了许多。

然而,直到磨磨蹭蹭地把最后一沓英语资料塞进书包,角落里的陈岩仍然纹丝不动,看起来丝毫没有要走的打算。

又过去了二十分钟,任佳已经把这周累计过的错题看了好几遍,终于没忍住,回头看向了陈岩。

"陈岩,你不回南巷吗?"

"不回。"

陈岩一句话答得干脆利落,说话时,他更是连头都没抬。

闻言,任佳当即攥紧了手里的书包带,犹豫片刻后,起身向外走了出去。

正是冬末初春的时节,教室外,柔和的太阳高悬在无云的天幕上,慵懒地烘烤着大地,独属于春的绿意虽还未翩跹而至,整个世界都是亮堂堂的。

收回向楼下眺望的视线后,任佳一边快步下着楼,一边努力安慰起了自己,徐锋才刚被学校记了过，怎么可能大白天闲得慌去堵人？再说了，就算他真的觉得举报作弊的人就是她，那么既然单反面认定了她这人爱打小报告，干吗还要想不通去招惹她？

这么想着，任佳心情终于放松了不少。

不想，走到第三层，最后一级台阶还未踏下去，一个哑着嗓子的男声就飘了过来。顿时，任佳心中警铃大作，直到看清来人，她才急速呼出了一口长气，是杨瑜。

"刚刚是你叫我吗？"任佳于是向杨瑜走去，"你知道我的名字？"

杨瑜两手紧紧握着，十指绞在一起，看上去非常忐忑，说出口的话也带着颤音："你平时是不是坐公交车回家？"

任佳拧起了眉头，狐疑地点了点头。

杨瑜颤声继续："徐锋认定举报他作弊的人就是你，一早就叫好了人，准备放学后去公交站附近堵你。走吧，我知道一条小路能避开他们，我送你回去。"

杨瑜个子和任佳几乎齐平，在男生中不算高，步速却快得惊人。他紧张兮兮地在任佳前方带着路，每走几步路都要朝四周张望一圈，分外谨慎。

不知为何，看着杨瑜此刻仓皇得过了头的模样，任佳心里的不安竟不知不觉消散了不少，转而被愈加浓厚的愤怒所取代。

"他们那伙人经常欺负人吗？"

半晌，任佳忽然开了口，问话之时，连她自己都没意识到，她的声音已然肃穆了不少。

"都是看人来的。"

他认命般的语气，听得任佳心里一沉。

接下来便是一路无话。

十分钟过后，杨瑜带任佳拐进了一条巷子里，拐弯之时，任佳看见了他肿起的右脸。

"那你有试着和家长说吗？"任佳又问。

"试过。"杨瑜回头，嘴角勾出一个自嘲的笑，"他们人都在外地，我打电话过去时，他们反过来质问我，为什么偏偏就是我。"

说着，杨瑜忽然退后一步，低下头盯着自己的脚尖，声音小得几乎快要听不见："我知道，你一定觉得我很懦弱。"

"没有！"

任佳连忙摆了摆手，杨瑜却不由分说地打断了她，轻轻说了句"对不起"。

"对不起什么？"任佳不明就里，而杨瑜脚上像是灌了铅一般，步速比起方才慢了许多。

紧接着，一阵熟悉的笑声在身后响起。

任佳听出了是谁，愣了两秒后，她不由得抬起头重新审视起了这条小巷——小巷道路逼仄、围墙高得遮住了日光，而巷子前方，一辆大型建材车拦住了一半的去路。

"……你故意带我来这里？"

视线重新落回到杨瑜身上时，任佳就连声音都有些飘忽。

而在任佳身前，杨瑜已经和徐锋一行人站在了一起，面色苍白地咬着牙，不发一言地避开了她的视线。

"跑什么跑？"徐锋见任佳想跑，嚣张道，"既然敢告状，那就别跑嘛。"

任佳后方的小巷出口旁，庞然大物般的建材车不动如山，只给她留出了一个两人宽的窄口，而那个窄口处，抱臂看好戏的"守门人"正眼睛一眨不眨地望着她。

看这情况，他们对这条巷子很熟。

多么精妙的计划，在她必经的车站旁堵人太过显眼，在人来人往的校门附近堵人又容易丢失目标，于是守株待兔，利用她对杨瑜同病相怜般的信任，把她一步一步引到这条死巷里来，与此同时，照旧还留出了望风的人，谨慎至极。

此时此刻，凝望着这张得意扬扬的脸，除开愤怒，任佳还感到了一阵令人反胃的恶心。

"这么看着老子做什么？"徐锋眉头一拧，几步向任佳走去，"老子作弊和你有个屁的关系？跑去找'李逵'告状，显着你了是吧！"

任佳艰难朝后退了几步："告状的人不是我。"

"不是你？"徐锋低笑一声，"你当我傻？"

说罢，他的手蓦地一挥，后面几个人就迎了上来。

"这……怎么是个女生啊锋哥？"瞧见任佳后，有人故意装出了一副万分为难的模样，"哥几个不好发挥啊！"

"有什么不好发挥的？"徐锋笑看着他们，"既然她先给脸不要脸，咱们该怎么办就怎么办喽！"

"不是说是九班的好学生吗？之后可别有什么麻烦吧？"又有人不放心道。

"你看她这样子像有麻烦的吗？"徐锋不屑，"我早打听清楚了，就是个从犄角旮旯转来的穷鬼，家里也就一个老娘，连爹都没有。对了，我还是让杨瑜打听的呢！"

说罢，他演示般捏住了任佳的衣领，蓦地往前一带，又往后狠狠一推。一声闷响后，任佳直接跌坐在了地上，疼得"嘶"了声。紧接着，徐锋突发恶趣味一般，伸手就扯开了任佳头上的发带，另一手扯住任佳的校服外套一扬一抛，一脚踩脏了她崭新的蓝白校服。

"我没看错吧！这衣服口袋里是什么啊？"

徐锋身后，有个人眼疾手快，一把捡起了地上的校服外套抖了两抖，霎时，宛如漫天落叶一般，数十张零钱飘飘扬扬，在风中晃荡着落了地。

一时间，满地都是面额不一的零钱。徐锋双目圆睁，像是发现了什么新大陆一般，一脸兴奋地喊了起来："一块的，五块的，十块的……都皱成腌咸菜了啊？都什么年代了，还在用现金？"

一阵夸张的大笑在小巷里骤然爆发，任佳低着头，想起胡雨芝认认真真记着账的模样，轻声说出了一个字："滚。"

徐锋见状，一把捏住了任佳的脖子："你敢不敢看着老子说？"

"你们够了！"角落里，杨瑜忽然冲了出来，"你们……你们之前说好只是吓吓她，不会真的动手的！"

杨瑜话音刚落，徐锋神情狰狞地回过了头。他仗着自己人高马大的优势，故技重施，只抬手一拎，杨瑜后背就直接砸在了石砖墙上，霎时，杨瑜额上滚下了大滴大滴的冷汗，面色苍白地闭上了嘴。

徐锋又重新看向任佳，再度提高了音量："对了，你到底是从哪个穷乡僻壤转来的？说说呗？"

"滚。"

还是这同样的一个字，语调冰冷，毫无情绪可言，只是这一次，任佳已经抬起了头，昂着脖子望进了徐锋的眼睛。

徐锋怔了一瞬，看着任佳那不再躲闪的眼神，有史以来第一次，莫名有了种事情不受控的焦灼感。而就在他怔神的那一瞬间，猝不及防地，任佳眉毛一挑，一口啐到了徐锋脸上，下一秒，她低低一笑，那表情仿佛在说，看嘛，你也不过如此。

"贱人！"

徐锋不可置信地骂出了声，无论如何也想不到之前这个文文弱弱的女生会有如此嚣张的一面。他抡起袖子囫囵往脸上一抹，任佳则找准时机猛地站了起来，紧紧咬着牙、用尽全力奔向了巷子后方的建材车。

任佳看也没看徐锋一眼，右手一抬，一挥，一根半人高的木棍就被抽了出来，发出不小的动静。

霎时，空气静谧。

短暂的沉默后，是更加夸张的大笑，笑够了，徐锋才重新抬眼看向任佳。

"有点儿意思。"

他话音刚落，身后几人皆敛去了面上的笑意，从四面八方朝任佳同时而去，而他身后，杨瑜的声音已经近乎歇斯底里："徐锋你们要干什么！你们疯了吗？万一告状的真的不是她呢！"

一句话刚吼出声，他就被另外几个人捂住嘴拖到了一旁，愣是再没发出一丁点儿声音。

任佳则没让任何人落到一丁点儿好，她死死反握着手里的木棍，以一种滑稽的姿势拼命挥舞着，无论人家是捶是砸，无论肩膀和手臂有多吃痛，她都绝对不肯松手。

徐锋也沉着脸走向了建材车。

与此同时，队伍里，不知是谁突然开了口，有些迷茫地喊了句"锋哥"，再然后，徐锋的手忽然被人钳住，他冷脸一抬眼，就看见了陈岩。

"陈岩?"

徐锋嘴唇刚嗫嚅了两下,一个带着疑问的"你"字还未送到嘴边,眼前便一晃,等再看清时,陈岩已经干脆利落地替他抽出了剩余的半截木棍。

声响一出,巷子里的其余人全都停了下来。

"陈岩,这和你没关系吧?"徐锋身后有人问。

陈岩则走向了身后发丝凌乱的任佳,表情里分不出喜怒。

走到任佳面前后,他把手里的木棍往徐锋身前一扔,不发一言地接过了她手里的那根。

地上的那根于是骨碌碌滚到了徐锋脚边。

陈岩顺手脱下了校服外套丢在任佳怀里,继而返身,言简意赅地对徐锋吐出了一个字:"捡。"

陈岩向来穿得单薄,外套一脱,锁骨处一道有些骇人的缝线疤就露了出来,霎时,徐锋身后的几个人像是知道那疤的缘由一般,彼此交换了个眼神。

任佳不知陈岩为何会出现在这里,只知道他们人多势众,陈岩无论如何都不会有优势。

"陈岩。"于是她揪住了他的衣角,拼命朝他摇起了头。

陈岩却只盯着徐锋脚边的那根木棍,淡淡道:"有什么事在这条巷子里一并解决完,出去之后,就没这么简单了。"

然而,没人说话,甚至就连徐锋,也没敢伸手去碰地上的那根木棍。

众人神色变了又变,精彩纷呈,而陈岩压根没看他们,视线落在角落里的杨瑜身上落定一瞬,旋即又折回到了任佳身上,不发一言。

"行。"他耐着性子等了几秒,见仍是没人开口,回头走向了任佳,"我们走。"

几乎是重见天日的瞬间,陈岩就分外冷淡地松开了手。

没来由地,任佳觉得陈岩连背影都冒着火。

又过了一会儿,陈岩停下了步伐,返身等着被他落在身后数步远处的任佳跟上,神情比起刚才更为冷冽。

任佳走近了,站定,一手扶着被撞得火辣辣疼的后背,一手拢了拢乱糟糟的头发,很小声地说了一句"谢谢"。

窘迫、委屈,其间还混杂着几丝后怕,让任佳的声音像沾上了一层带着湿意的薄雾一般,有些含混。

陈岩只是看着她,没往前走,也没接茬。

任佳小心翼翼地瞄了陈岩一眼,以为陈岩没听见,又重新清了清嗓子,更加郑重地重复了一遍谢谢,然而,这声"谢谢"一出,陈岩眉心的沟壑却反而更深了。

顷刻间,任佳心底那些纷杂的情绪一丝不剩,只剩下了如巨网般向她缓缓收紧的难堪——自从她转来前海一中后,每一次狼狈至极的时刻,陈岩似乎都能尽收眼底。

忽然之间,任佳觉得无比疲惫,迈开一步向前而去,陈岩终于开了口:"为什么非要去管?"

很冷的语气,任佳步伐一滞,明显是被这句话问到了。

一阵风吹来,灌进了过于宽大的校服外套,冷风顺着后背缓缓而上,任佳拢了拢外套,想到自己才刚领来不久的校服,以及妈妈小心翼翼叠好后塞到她抽屉里的生活费,心头一酸,没忍住又回头望了一眼。

那群人已经扶着徐锋走了,巷子里空荡荡的,一地狼藉。

任佳想,或许可以去拿回自己的东西,要知道那些一块的、五块的……别人看都不稀得看的零钱,却是胡雨芝在超市里一箱水果一箱水果搬出来的。一想到此,任佳开始往回走,与此同时,陈岩一步拦在了她身前。

"你在想什么?"陈岩努力压着火气,"别告诉我你还想回去?"

任佳不语,轻轻绕开一步,视线落到了不远处的地面上。

粗糙的木棍、皱皱巴巴的纸币、终年见不到阳光的暗淡水泥地……这一片狼藉提醒着她刚才发生的一切不是假的,她想起徐锋的羞辱,脸上露出了几丝受伤的迷茫。

"你也觉得我错了吗?"

一句轻如羽毛的呢喃,却像一根即将燃到尽头的引线一般,"刺啦"一下点燃了陈岩的情绪。

"怎么？"陈岩顿了顿，语气比以往所有时刻都更加冰冷，"你刚刚是想和他们硬来吗？"

而任佳脑海里仍回荡着徐锋的嘲笑。

穷鬼。

这两个字就像一个滚烫的记号，带着灼热的温度打在了任佳早已麻木了的脊背上，对他们而言，穷，是不是意味着天生好欺负？是不是意味着天生不配还手？是不是意味着天生不该有出手相助的勇气？

任佳紧咬着唇望向陈岩。

陈岩耐心告罄，大步流星向前走了几步，见身后人没有跟上，又等了几秒，深吸一口气折返而回。

"救世主还没当够吗？我还以为你够聪明。"

一句话说得嘲讽意味十足，任佳顺着陈岩的视线向后看去，这才发现，建材车后轮的角落处还坐着一个人，是杨瑜。他的眼镜已被人踩得粉碎，正抱着膝盖，一动不动地昂着头，双眼失神地凝望着巷内的两面高墙。

一阵莫名的酸楚感汹涌而至，任佳垂下眼皮，声音喑哑地道："你不会明白的。"

又过了几秒，任佳才终于像是鼓足勇气一般，昂头，直直凝望着陈岩的眼睛，问："陈岩，你知道猎物是有气息的吗？"

陈岩倏然拧紧了眉头。

说到"猎物"两个字时，任佳哽咽了一下，面上泪水无声淌过，几乎又快要说不下去。

陈岩则似是意想不到任佳会哭一般，嘴唇动了又动，面上难得闪过了几丝无措。

任佳迅速擦干净眼泪，深吸一口气才得以继续："陈岩，假若还有千千万万像杨瑜、像我这样的人从小到大没有受过任何欺负，那不是因为我们够聪明……

"……只是因为我们够幸运。"

车流密集，出租车里，陈岩坐在副驾的位置，任佳则蜷在后座一侧，有些呆滞地望着窗外的风景。

车内温度有些低,她无意识紧了紧身上过于宽大的校服外套,偶一回头,就从车内后视镜中对上了陈岩的眼睛。

那样的眼神实在太过专注,任佳一怔,几乎要以为眼前的景象是自己的错觉,然而,正欲低头,陈岩喉咙却微不可闻地滚了滚,先她一秒挪开了视线。

"陈岩,你怎么会路过那条小路?"

下车后,跟在陈岩身后几步远处,任佳鼓起勇气,还是没忍住问出了心底的疑问。

"不想从大路走。"一句摆明了不想多说的回答。

任佳于是不再多言,连带着,那句更想问的"你为什么愿意帮我",也随之一并咽了下去。

周考结束后紧邻着月考。为了准备下周四的月考,这个周末任佳几乎没出过门,而回到南巷的胡雨芝就不一样了,每天早出晚归,经常忙得见不到人。

"妈,你们超市都不休息吗?"任佳很早就想问这个问题了。

"休息什么?"胡雨芝胡乱擦了把脸,"周末正是最忙的时候呢。"

说完,胡雨芝就又要走,出门前却又想起了什么似的,猛然停下步伐,回头定定看向了任佳。

"佳佳,我看你最近都没穿我给你买的那双新鞋?"

"那双鞋有点磨脚。"任佳声音不自觉小了下去,又见胡雨芝脸上疑惑渐深,赶忙推着她往外走,"哎呀你快走吧,别迟到啦。"

和胡雨芝一起走到巷子口后,任佳返身回家,边走边揉了揉自己仍然有些酸痛的后背,再一抬起头,竟就看见了陈岩。

陈岩今日穿了件挺括的牛仔夹克,此刻正坐在树下的石凳上,训练身边的小狗坐下。

面馆老板曾说起过,小狗已经被陈岩的朋友领养了。

难怪这些天都没看见它,任佳心想,它又长大了不少,圆滚滚的,像个毛绒玩具。

好想摸啊。

从陈岩身旁经过时,任佳想打招呼,转瞬又想起上个周末和陈岩去了趟医院,她自以为和人家就算是有了交情了,结果每次在九班走廊上相遇,陈岩总是目不斜视地和她擦肩而过……

更别提昨晚她还傻兮兮地在陈岩面前掉了眼泪,说了一大段不知所云的话。

一想到此,任佳顿觉丢脸,蠢蠢欲动的心又蔫儿了下去。

她故作自然地往家门口走着,经过石凳,听见小狗呜咽一声,她终于没忍住偏过头,好奇地朝树下望了一眼。

陈岩竟腾地起了身,任佳立即竖起了耳朵,开门的动作也慢了下来。

起身后的陈岩却没再有其余的动作,窗玻璃折射出了任佳身后的景象——他仍然站着,发呆一般盯着大摇尾巴的小狗,一言不发。

周一的早晨,任佳再次遇见陈岩时,已经见怪不怪了,毕竟她知道陈岩书页里的秘密,播音生周一会在致远楼集中上课,一周就这一次,陈岩怎么可能不抓紧机会去与心上人偶遇?

只是此时此刻,她走在前面,陈岩始终跟在她身后几步远处,这景象还是让她觉得有点诡异。

说起来,来南巷都快一个月了,这好像还是他们第一次一起上学。

"陈岩,这么早?今天没骑你那辆宝贝自行车啊?"

"陈岩,体育课一起打球啊。"

到达学校,两人一前一后,一路行过湖边零散的小红亭,不少前往操场晨训的体育生都和陈岩打起了招呼——陈岩人缘确实蛮好的,任佳又想起那个晦暗的夜晚,他在昏黄的路灯下默然不语,自己还以为他是被欺负的一中学生,差点没跑回巷子里搬来救兵。

"任佳,早上好。"

裴书意似乎每天都来得很早,走路也总是没什么动静的,任佳刚刚在走神,见他突然出现,被吓得脚步一顿,连忙同他打起了招呼。

说话时,裴书意走到任佳身前,顺着她方才的视线向后望去,瞥见陈岩停在了童念念上课的多媒体教室外,笑意顷刻间散尽了。

但下一秒,他又恢复了那副云淡风轻的表情,一边与任佳并肩走着,一边自然而然地关心起了她的英语学习情况。

裴书意交作业向来很积极,早自习刚一结束,他就将各科作业交给了课代表。班长这么一带头,班里的同学便也不好意思拖了,不管完成得怎样,都纷纷拿出了课桌里的作业。

或许是因为月考即将来临,这一周大家都挺自觉,不一会儿,任佳桌上的英语试卷就堆了老高,她数了数,还差一张,不用想都知道是谁。

任佳于是回过头去,扫了眼某位欠作业大户,一下就对上了陈岩的视线,而他的英语试卷直接在桌上大大咧咧摊着,似乎是等着她赶紧去收?

任佳一愣,正犹豫着要不要去,上课铃突然响了,她只好匆忙拿出课本,认真听起了课。

这节课是数学课,上周的作业中有两道超纲的题,数学老师讲完新课,就粗略讲了讲那两道题的解题思路,才讲到一半,下课铃一响,他就扔下粉笔走人了,闪得比谁都快。

"方老师还真是从不拖堂。"有人叹息了一句,那语气喜悲难辨。

"就是……那两道题我一道都没有听懂。"他们一边说着,一边不约而同地朝裴书意看了过来,拿出纸笔打算向他请教。

果然是学校里名列前茅的学生,任佳想,虽然平时玩笑开得欢,但关键时刻从不含糊。

数学是裴书意最擅长的科目,他几乎有问必答:"这个思路其实是方老师上学期讲过的……"

任佳周围渐渐聚集了不少人,都是听来裴书意讲题的。

两道题所用的公式不同,但解题技巧其实是相通的,任佳先前一直卡在最后几步,此刻听裴书意就其中一题讲了几句后,豁然开朗,稍微动了下笔,就解开了另外一道。

"那这道呢?"

裴书意第一道还没讲完,就有心急的人问起了第二道。

"这道我会，是这样的……"

任佳没多想就接过了话，一句话说到一半却没人理，她抬起头，看见眼前几个人直接无视了自己，顿时噤了声。

就在她无比落寞地垂下脑袋的一刹那，一张完全空白的试卷被扔到了任佳桌上。

"我不会，教我。"

任佳茫然抬起头，发现陈岩不知何时站在了自己桌前，同一时间，好几个人停下了动作，无比诧异地看向了前来询问问题的陈岩，更有甚者，还伸出手摸了摸陈岩的额头，关切地询问他是不是感冒发了烧，以至于把人都烧得不太正常了。

陈岩打开了那人的手，继而伸出食指了叩任佳的桌子，语气僵硬："不乐意教？"

"没有！"任佳立刻拿过纸笔，尽可能用通俗易懂的语句讲解起了题目的思路。

几分钟过后，任佳抬头看向陈岩，试探着问："听懂了吗？"

"听懂了！"好几个人答得异口同声，却都不是陈岩。

陈岩像是早已走了神，此时此刻，正微微低着头，认真盯着任佳拿笔的手指，而等他抬起头，一瞥见任佳狐疑的眼神后，又立刻移开了视线。

任佳明白了，陈岩这是完全没懂。

短暂的十分钟课间要结束了，任佳在心里叹了口气，把试卷递回给陈岩："那我下个课间再教你？"

话音刚落，裴书意看向任佳，欲言又止，周围即刻响起了一阵莫名其妙的笑声。

"不用了，已经懂了。"说完，陈岩迅速拿回了自己的空白数学试卷，紧接着又甩给了任佳一张密密麻麻的英语试卷，"英语作业。"

任佳本以为，小巷那日过后，她与陈岩的交集可能也就到这里了，却不想，最后一节课结束，她整理完错题，背着书包起身，却发现陈岩一直等在教室外的走廊上。

任佳回头望了又望，确认教室里只剩自己一个人，才起身走向了陈岩。

这次应当不是她多想吧？她一边想着，鼓起勇气开了口："陈岩……你在等我啊？"

"没。"陈岩说完便转身向前而去，"顺路。"

任佳有些诧异地眨了眨眼，陈岩立刻硬生生补充了一句："我自行车锁链坏了。"

锁链坏了？

任佳点点头，心下却仍觉得有些奇怪，步伐便比平日里慢了许多。

而陈岩见了她那模样，似是有些烦躁一般，蓦地提高了声音："徐锋那天丢了面子，指不定什么时候找你还回来，正好我自行车坏了，好人做到底，这些天和你一起走。"

还回来？

任佳觉得更加不可思议了。就那天的表现来看，他们明显不敢惹陈岩，而她呢，多多少少也沾了点儿眼前人的光，那帮人应该不会这么早来找她吧？

这样想着，任佳脸上的表情即刻出卖了她此刻的心思。

"你在想什么？"陈岩的语气竟蓦地严肃了几分，"你以为那些人什么事做不出来？"

闻言，任佳只好干巴巴地"哦"了一声，暗自腹诽，你不是也有一堆深更半夜在外游荡的社会青年朋友吗？但转念一想，或许正因如此，陈岩才比谁都了解他口中的"那些人"。

于是任佳不再说话，乖乖跟着陈岩往楼下走。走过几层台阶，陈岩忽然停下，转身，任佳一个没站稳，差点和他迎面撞上。

陈岩眼疾手快地扶住了她的背。

顷刻间，任佳疼得"嘶"了声，没忍住往后跟跄了几步。

"背上有伤？"陈岩立刻问，"他们又来找你了？"

"没有。"任佳忙道，"那天你来之前，徐锋还动手推了我一下，不过只是皮外伤而已，这几天已经好多了。"

这话一出，陈岩面上的神情即刻冷了下去。

见状，任佳微微有些讶异，心想，胡雨芝以前常说，一个篱笆三个桩，一家有难邻里帮,她完全没有想到,陈岩原来比她妈还讲义气。

教室里,所有的课桌都被排成了彼此分开的一列,综合楼的多媒体教室也被单独启用,还有广播,轻柔的女声不断宣读着考试须知事宜。

尽管,这只是前海一中的一次普通月考,但考场内外的细节全都分外严谨,可以看得出来,学校在尽量向高考看齐。

这种拉满仪式感的考试难免会让人感到紧张,这两天,任佳始终保持着高度绷紧的状态,整个人的举止都离奇了不少——有好几次,她低着头走在回家的路上,竟然因为白日里一道有可能答错的考题,就骤然僵在了原地。

每当此时,陈岩都会跟着停下,用一种不得不服的神情望着她。

"不好意思不好意思。"任佳意识过来,觉得自己有必要找个话题缓解气氛,忙问,"陈岩,你这次发挥得怎么样?"

陈岩瞥了她一眼:"你应该问我应付得怎么样,我还够不着'发挥'这两个字。"

原来陈岩说话这么直白,任佳被噎了一下,顿觉自己问错了问题,只好讪讪地朝他傻笑。

当然,就连她自己都没意识到,那笑比哭还难看……

陈岩被她看得心里发毛:"我不在意这个。"说完他就匆匆向前走去,仿佛背影都透着不爽。

但陈岩还是没有直接走远,他依旧像过去几天一样,保持着与任佳不远不近的距离,只要任佳想,随时都能够追上。

经过这几天的相处,任佳察觉到,陈岩其实并非是个全无波动的人,相反,他很容易炸毛,不过生气的点虽说难以捉摸,气倒是每次都消得很快。

或许是考试终于结束了,任佳的思绪此刻跳脱得有些过了分,轻轻一跃,就从冬末初春的晚间小路,跃进了陈岩纵横驰骋的篮球场中。

她早就发现了,只要是有陈岩在的篮球比赛,女生的欢呼声一定比任何时候都更加热烈,只是由于他从来都是一副不想与活人打交道的冷淡模样,大部分女生都只敢在远处看看。

前方的背影似乎越来越不真实，走着走着，便与记忆中昏黄路灯下的模糊轮廓融到了一起。任佳向前小跑了几步，猜想陈岩一定不知道，她在还未走进一中的大门、还未站在九班的讲台上时，就已经见过他了。

陈岩仿若有预感般转过头来，任佳连忙停下，生硬地与他错开了视线。

"干什么这么怕我？"陈岩眉毛再次拧了起来，"我不吃人。"

对，你不吃人，你只会冷眼瞪人。任佳想故作轻松地呛他一句，脑袋却鬼使神差地埋了下来。

公交站就在前面，陈岩这次真生了气，他转过身，大马金刀地向前走着，看上去甚至有些失落。

愣了片刻后，任佳终于还是追了上去，竭力自然地解释了起来："那个……刚刚我只是想到，我好像做错了一道数学题。"

陈岩回头看着她，根本不接茬，似乎在判断她说的是真话还是假话。

"你厉害。"半晌，陈岩终于开了口，"做错一道数学题就能把脸气得通红，我要像你这样，不用活了，出考场直接跳圆梦湖。"

陈岩边说边护着任佳往车上走。今天周五，还正巧赶上月考结束，不止高一高二的学生，高三的寄宿学生也放了假，车上早挤成了一团。

任佳见陈岩表情不太好，一颗脑袋埋得更低了："等你的自行车修好了，就不用每天和我一起挤公交车了。"

"行。"陈岩接得很快，"下周你就解脱了。"

"解脱"两个字他咬得很重，说完就飞速撩起了眼皮，眼睛一眨也不眨地盯起了任佳，似乎在留意她的反应。

解脱？

任佳在心底重复起了这两个字，无端感觉陈岩气压不高。

她生怕自己一言不合又惹到了这只刺猬，干脆双唇紧抿，一言不发。可尽管如此，陈岩还是没好气地转过了头，冷着脸看向了窗外。

公交车快要到站了，还没等下车，任佳就看见了巷子口那辆格格不入的黑车，陈岩明显也看见了，整个人的气场忽地冷冽起来。

最终，他没在南巷附近下车，和任佳说了句自己还有事后，就低下头给自己塞上了耳机。

见状,任佳只好压抑着心底的好奇没有多问,到站下车后,心事重重地走进了小巷。

回到家,胡雨芝已经替任佳盛好了饭,一边示意她去洗手,一边连珠炮般甩出了一长串问题:"今天所有的科目都考完了?考得怎样?有没有把握拿第一?对了佳佳,你们考试完要不要开家长会?我得提前请假呀!"

闻言,任佳洗手的动作一僵,顿时觉得桌上的菜都没了吸引力。其实,她压根没和妈妈说过入学成绩的事情,毕竟在胡雨芝的记忆里,她家闺女自打初中以来,就从没拿过第二名。

可要知道,那只是在桃江岛,而这里是前海一中,市里最好的学校。

"愣着干吗?"胡雨芝开催了,"赶紧吃饭呀,顺便和妈说说,这次准备超第二名多少分?"

这话差点没让任佳原地摔一跟头,她只好充分利用语言的艺术,坦白自己只是正常发挥。

胡雨芝却再次给她夹了一块鱼肉,爽朗笑道:"没关系!正常发挥就够你拿第一了!"

寥寥数语,让任佳一顿饭吃得食不知味。她小口抿着碗里的汤,故作自然地换了个话题:"你今天回家这么早,请假了吗?"

"当然没请假。"胡雨芝又拿起碗给任佳盛起了汤,"只是你妈我不打算在超市干了,我都已经找到下家了,去市中心的酒店打扫房间,只要动作利索点,挣得比超市多不少!不过上班的时间可就更不固定了,得经常上晚班。"

打扫房间?

任佳囫囵咽下一大口汤,回望着厨房里的熟悉身影,动作僵住了。

酒店里的新活计……恐怕要辛苦不少。

任佳有一堆话想问,最终却一句都没问出口。快速吃完一碗饭,她就匆匆回到了书桌前,快速翻开了书本。

夜里,一阵风吹起桌前的书页,任佳抬起头,看清窗边的时钟,才惊觉已经到了十一点。

先前做试卷时还睡意全无，此刻看清了几点，倦意便如涌起的潮水一般，悄无声息地漫过了她的大脑。

又强撑着坚持了半个小时，认真订正完错题之后，任佳打了个长长的哈欠，她起身想关上窗户，手刚触上冰冷的窗檐，就看见了夜色里步伐匆匆的陈岩。

陈岩居然这个时候才回来？

困倦顷刻间消散全无，任佳刚准备推开窗和他打个招呼，陈岩却忽然转身，咬着牙吐出了一个"滚"字。

任佳吓得动作一僵，看见不远处蹿出的另一个人影后，才明白陈岩不是在和自己说话。

回复陈岩的是一个沙哑的男低音，任佳听见他无力地叫了几声儿子，还听见了求求你、帮忙、出国等几个模糊的字眼。

是那个人……

她没想到那个神情阴鸷、目中无人的男人，在陈岩面前居然是这样一副有些卑微的模样。

一场谈话的重点本就不过几个寥寥的词语，任佳明白再听下去，就会从无意撞见变成蓄意偷听，于是她双手握住窗檐，小心翼翼地关上了窗。

高悬的月亮被隔绝在方桌之外，桌上的光亮立刻暗淡了不少。

任佳托腮倚在桌上，百无聊赖地盯着墙上写满明日计划的便利贴，盯着盯着又发起了呆。

单词一百个，试卷三张，文言文一篇，错题十道……

所有事项都被井井有条地罗列在了纸上，任佳动了动嘴唇，无声念着纸上的行行小字，整个人无力地趴了下去。台灯的暖光被她披散的头发遮住了一截，她伸手，凝视起了自己中指上那片小小的薄茧。

这是握笔握出来的，她记得陈岩手上也有一小块，但不是在中指，而是在食指第二个指骨上，应当是常年作画的缘故，路过后排时，她总能看见他在纸上涂涂画画。

任佳于是又想起了徐老师那日说的话，陈岩下学期就会出国，也就是说，他能够待在南巷的日子里不过短短几个月了吗？

这想法一出，任佳几乎是立刻就想推开窗户，可手刚触上窗沿，又蓦地缩了回去。

  指尖与寒凉相触的那一秒,心里一阵惶恐油然而生,任佳起身,意识到自己这毫无道理的失落似乎强烈得过了头,立刻后退几步,匆匆离开了房间。

第四章
文艺晚会

"每个人的少年时代,都会不由自主地被一个发着光的人所吸引吧。"♪

或许是由于惦记着月考成绩,周一的这次早读,教室里比以往任何时候都更死气沉沉。

徐原丽仿佛已经预料到了这一切,讲台上,她敲了两下黑板后,带来了一个振奋人心的消息。

"我没听错吧?"

"文艺晚会!"

"和去年的一样吗?每个班出一个节目?"

文艺晚会的消息一出,教室里立即炸开了锅,徐原丽清了清嗓子,被眼前这群比猴子还激动的学生弄得颇有些哭笑不得。

"别太激动了。"徐原丽提高了音量,"我想好了,咱们班的节目就出合唱,最不耽误时间。"

"啊?"

"又是合唱?"

"怎么和去年一模一样啊徐老师?等到升高三,我们可就什么活动也没有了!"

众人意兴阑珊,都对合唱不感兴趣。任佳听见唱歌,却从书里抬起了头。

许多年前,桃江岛的教学条件差得一塌糊涂的时候,曾经来过几个短暂支教的大学生,他们不但教英语数学,也教画画和音乐。上音乐课期间,好几个人曾和任佳说过,她声音非常好听,唱起歌来特别抓耳,就该去舞台上唱。

任佳那时还小,对自己唱歌究竟有多抓耳并没有太清楚的概念,但打那之后,她时不时就会哼唱几句,尤其是一个人吹着海风的时候,嘴里的曲调随着海风吹拂变了又变,心情也会跟着舒缓下来。

"安静!"任佳正发着呆,徐原丽高喝一声,面上又恢复了严肃,"觉得和去年一样没意思是吧,那行,今年我们换成英语歌合唱,一举两得,还能帮你们练口语。"

教室里一下就没了声儿,都没想到徐原丽能憋出这种终极大招。

"也不用另外找时间练了。"徐原丽继续,"英语早自习提前十分钟来,背完单词,咱们就唱歌,具体我会和你们姜老师说的。对了,还需要两个领唱,姜老师来选就行,总之不会耽误你们上课,大家放心。"

教室里顿时怨声载道,人人都是一副痛心疾首的模样,以至于上课铃响起,见惯了大风大浪的姜悦走进教室时,差点没以为自己走错了班级。

"不至于吧?"姜悦笑笑,"我现在不只是你们的英语老师了,还是你们的合唱总指挥,就这么不待见我?"

"姜老师,唱什么歌啊?"已经有人认命了。

"*My heart will go on*(我心永恒)。"姜悦言简意赅,"旋律优美,脍炙人口。"

"天啊……"又是一连串的叹息。

"这歌也太老了,咱换个摇滚不行吗?"班上的活跃分子旁胜再也忍不住了,"姜老师,您看啊,咱班还有人会弹吉他,让他带着我们 rock and roll(摇滚)多好!"

话音刚落,大家不约而同地看向教室最后一排。任佳没搞清状况,也跟着回过了头,见大家纷纷望起了陈岩。

原来……

任佳忍不住想,陈岩比她想的要全能不少,不但会画画,还会弹吉他?

陈岩的不爽则很明显,察觉到此,旁胜立即转回了脑袋,连声道:"不 rock 了不 rock 了,姜老师,您说唱什么就唱什么!"

"行,不过你的这个建议我可以采纳一半。"姜悦开口,眼里带着淡淡的笑意,"陈岩领唱吧,声音条件不错,还在国外生活过几年,唱首英语歌应该难不倒你吧?"

教室瞬间安静了下来,只有极个别男生努力憋着笑,一副想看好戏又不敢太声张的模样。

任佳则在一片喧嚣里垂下了脑袋,有些落寞地想,陈岩在国外待过几年?难怪他父亲会极力劝他离开南巷出国……

于是,思绪又因昨夜听见的"离开"二字再度放缓,当任佳抬起头,发现班里的每个人都在看着自己时,都没反应过来发生了什么。

"可以吗任佳?"姜悦问。

"啊?"明白过来后,任佳不敢相信地睁圆了眼睛。

领唱!

她无论如何也想不到姜老师会把女生领唱这活儿指派给自己!

"我看你行。"见状,姜悦干脆替任佳做了决定,"你可是我的课代表。"

两个完全意想不到的人被指定成了领唱,教室里一堆人都乐了起来。

"老师。"旁胜已经笑得眼睛都不见了,"咱们班课代表这个口音太飘了,会把观众唱飞的!"

"去去去!"姜悦翻开了英语课本,"任佳这个月进步很大,你们谁都别小看她。"

至此,文艺晚会合唱事宜尘埃落定。

正式上课后,姜悦讲起了阅读文章,教室也恢复了昔日的平静,只有任佳,整个人像被抽走了魂魄一样难受,根本无法想象自己在全校师生面前登台唱歌的画面,还是她一点也不擅长的英语歌……

任佳不敢再继续细想下去,却又实在有些好奇另一位领唱的反应。于是她忍了又忍,最终还是没憋住,装作看黑板报的样子迅速向后扫了一眼。

就这一眼,让任佳的心跳莫名快了不少。

是她看错了吗?为什么她会觉得,陈岩也正看着她,眼里还盛着几分明晃晃的幸灾乐祸呢?

"任佳!"

下午，午休刚一结束，童念念站在九班门口，当着教室里一众人的面，大声呼喊起了任佳。

"怎么啦？"

任佳小跑至童念念身边，生怕她一不留神就会从兜里掏出一封给裴书意的信件，要知道，教室角落里可是坐了只暗恋童念念的冷面修罗，她实在有些难以承受他那冷冰冰的注视目光。

"任佳，你这周末有事情吗？"童念念开门见山，"周六陪我去买衣服怎么样？"

"我？"任佳指了指自己。

"不可以吗？"童念念抓起了任佳的手，"下周的文艺晚会，我和书意是主持人，我想穿得好看一点，想请你帮我参考参考！"

任佳有些犹豫，她对服装搭配并没有太多的见解。

"不会占用你太多时间的！"童念念忙道，"你不想逛逛服装店吗？周末好不容易不用穿校服！"

可是……

童念念一定想不到，她很感谢校服这个东西，对她而言，这不只是一件衣服，也是一层保护的壳。

"不好意思啊。"任佳不擅长拒绝别人，低着头，明显底气不足，"我周末有点事情。"

"好吧。"童念念难掩低落，"那我只好一个人孤孤单单地去了。"

话音刚落，任佳立刻抬起了头，为什么会是一个人呢？在她的印象里，念念身边总是不缺朋友的。

而童念念像是看懂了她在想什么一般，有些不好意思地讪笑道："如果我不请客吃饭的话，好像没几个人愿意陪我出去玩。"

任佳沉默了。

"我也觉得我忽然跑来找你有些唐突。"半晌，童念念挠了挠脑袋，继续道，"其实是因为……哎呀，我也说不出来，总之觉得你傻兮兮的，每次我把情书递给你，你居然都像领奖状似的，一脸虔诚地用双手接过去。"

任佳顿住。

二人一时语塞，都不知该说什么。半晌，童念念有些失望地准备离开时，任佳却鬼使神差地开了口："那、那我们周六顺便也去吃一次豆花吧？"

"歌词记住了吗？"

任佳正说着话，陈岩忽然出现在了她身旁，顺便和童念念打了个招呼。

任佳一愣，极不自然地扭过了脸，心想，陈岩鲜在教室里主动找她说话，这会儿忽然靠近她问起了歌词，是因为童念念在她身边吗？

这想法一冒出来，任佳瞬间就有些慌张，搞不明白自己怎么会在第一时间想要去探究这个。

陈岩则面带疑惑，看了任佳一会儿后，沉声道："怎么了？"

"没有。"任佳语速飞快，"你有什么事吗？没事我回座位了。"说完，还不等陈岩回应，她就匆匆跑回了自己的位置。

其实，一坐下任佳就后悔了，刚才那语气实在是过分严肃了，又凶又生硬，无论谁听了都会觉得她对陈岩意见不小吧？

她一边胡思乱想着，一边没忍住又朝后瞄了一眼。果不其然，陈岩脸上的笑意早已凝结，取而代之的是搞不清状况的迷茫。只这一眼，任佳心里立刻就有了股心乱如麻的恐慌感。

陈岩才不是什么热脸贴冷屁股的人物。

任佳一早就清楚这一点，正因如此，搞砸了一切的难过才越发强烈。

可要怎么若无其事地去和他相处呢？任佳无力地倚着下巴，纵使心里有一个隐约的答案，却发现自己根本无法像做数学题一样，干脆利落地写下一个"解"字。

更重要的是，这为什么会忽然成为一个困扰她的问题？明明一周之前，事情都还不是这个样子的……

尖锐的上课铃声再次响起，是方老师的数学课，任佳强撑着直起身来，一点儿也不想身后那人看见自己忽如其来的颓败。尽管，她心里清楚，他才不会在意自己。

但与此同时，任佳也清楚，陈岩一定会在意自己在童念念面前的样子。

任佳设想过无数次，她和陈岩并肩站立在讲台上、接受众人检阅的画面该有多尴尬,却从来没有想过,这样的情景会正好发生在童念念眼皮子底下——两天后,童念念兴冲冲跑上五楼来找裴书意对主持词时,姜悦正好把任佳和陈岩喊上了讲台。

"你俩练习得怎么样?"讲台上,姜悦笑眯眯地问二人。

任佳紧张得捏紧了校服衣袖,慌乱中看了眼陈岩,却见他面色铁青地扫了眼自己,嘴里干脆利落地吐出了两个字:"没练。"

"不练习可不行。"姜悦已经在电脑上调出了伴奏,"这样吧,你俩先合一下第一段,第二段全班一起唱,我回去再想想具体怎么分词。"

随着姜悦话音落下,悠扬的旋律缓缓入耳,海风、星夜、如倦兽般起伏的波涛……任佳几乎是第一时间想起了这些,更想起了她在桃江岛哼着歌的无数个澄净夜晚。

可她还是太紧张了,前奏慢行,她只犹疑了一秒,就成功错过了第一句,而陈岩没有等她。

少年独有的干净嗓音忽然响起。陈岩唱起抒情歌来原来这么温柔,教室里立即响起了一阵骚动。

陈岩本人看上去却不太自在,一句唱完,他伸出手,忍无可忍地扯了扯任佳的衣袖,似是在提醒她赶紧跟上。任佳心里一颤,偏头看向屏幕上的歌词,终于踌躇着张开了嘴唇。

"Far across the distance(穿越横跨你我之间遥远的距离)……"

"And spaces between us(你来向我展示)……"

任佳缓缓唱着,声音颤得像将落未落的秋叶,教室里诡异地安静了下来。

她为这突如其来的沉默感到诧异,硬着头皮继续唱了几句后,抬头,发现身旁的陈岩正偏头看着她,她居然紧张得下意识退后一步,陡然收敛了声音。

幸而第一段歌词已经结束,班级合唱开始,男男女女的声音整齐响起,所有人都沉醉在这经典的旋律之中,没有人留意到任佳的失态。

合唱结束,班级里响起了一阵自发的掌声,姜悦则回身看着二人,感叹自己慧眼识珠的本事实在了得。

而任佳的头仍然埋得很低,一股震颤的麻意正从陈岩扯过的衣袖处向全身涌去……

这是一种前所未有的体会,她感到空前的害怕。

"任佳,你唱歌真的很好听。"

橱窗前,任佳和童念念不约而同地望向了一条方领的绿色长裙。

"这件裙子我穿会显黑吗?"童念念停下话匣,自言自语般嘟囔了一句,紧接着又滔滔不绝地继续起了先前的话题,"任佳!我真是太期待下周的文艺晚会了,你们班的合唱一定很精彩,尤其是你和陈岩,声音那么好听!"

"这件挺好看的,应该很衬你。"任佳被她夸得不好意思,迅速换了个话题,"要不然进去看看?"

长裙是浓郁的墨绿色,高腰的设计,沉静典雅,领口处还点缀有精细的刺绣花纹,在模特身上就已经足够好看,在童念念身上更添了一抹鲜活,简直让人挪不开眼睛。

童念念从二楼试衣间走下楼时,任佳都不知道怎么夸。

幸好,童念念似乎也不太需要他人的建议,她双手提着长裙,在一楼穿衣镜前停留片刻后,斩钉截铁地做出了决定——

"就要这个。"

服装店就坐落在市中心一条荫蔽的小路中,周围尽是些装修时髦的咖啡馆和画廊,间或夹杂着几家乐器店,文艺气质十足。任佳还是第一次来这种地方,眼里充满了好奇与警觉,和童念念驾轻就熟的模样形成了鲜明的对比。

看样子,念念应当常来这里。任佳一边想着,一边随手拿起了手边一个眼镜框,银边的镜架,很精致,任佳记得陈岩房间的桌子有一副差不多的,尽管他并不常戴。

"咦。"童念念走到了任佳身边,"任佳。"她拿起任佳身前的白色长裙在她胸前晃了晃,"这件也还挺好看的,感觉和你很搭,你要不要试试?"

"不不不!"任佳脑袋摇得像拨浪鼓。

这条裙子是优雅的小V领,背后还系着光泽感十足的绸缎绑带。说实话,她连裙子都很少穿,更别提这种设计款。

"试试嘛。你锁骨明显,脖子也纤长,穿这件一定好看。"身着苎麻白衬衫的店主也走到了任佳身边,说话间,她伸出右手拂过任佳的头发,刹那间,任佳一头黑发柔顺地垂在了肩上。

"穿这条裙子要把头发散下来才行。"店主的声音温柔而有耐心,她一边说着,一边把发绳和长裙也齐齐塞到了任佳手中,鼓励道,"偶尔也要试试新风格。"

任佳走出二楼试衣间时,只觉得眼前的景象模糊了不少,刚刚,就在店主把裙子递给自己时,童念念一边掸掇着她往试衣间走,一边以搭配不协调为由摘掉了她的黑框眼镜。

"念念。"

任佳试探着叫了一声,却没有人回,她只好提着裙摆,战战兢兢地往楼下走。

任佳的近视其实不算太严重,两百多度,摘掉眼镜也能看个大概,但她有些轻微的畏光。此刻正是中午,店门口的窗玻璃折射着正午强烈的白光,她抬起头,依稀看见光亮处伫立着一个修长的身影,心底隐隐有些奇怪,但并没瞧太仔细。

直到……

那无比熟悉的声音出现在耳畔。

"原来你还会画画?你在这边画画吗?任佳今天正好陪我买衣服。"

"嗯,无聊来这边写生。"

任佳几乎怀疑自己听错了,她猛地抬起头,光里的身影正好向前走了一步,稳稳当当地踏入到了暖灯之下。

是陈岩。

陈岩背了个大大的画架,头微微昂着,看向任佳的表情有些难以捉摸。

任佳顿觉自己身上的长裙有了滚烫的温度,海浪一般攥着她,让她浑身上下都不自在。

与此同时,童念念瞧见任佳,立刻"哇"了一句,而后"噔噔"跨过几步台阶,不由分说地抓起了任佳的手,牵着她几步走到了穿衣镜前。

"真好看,我就说你该试试的。"店主早已等候在镜前,发出了啧啧的赞叹声。

"多少钱?"童念念立刻问。

"放心，不贵。"说完，店家徐徐报出了价格。

任佳几乎倒吸一口凉气，这根本不住她的承受范围内，长裙上不知为何没有价格吊牌，假若她提前知道价格，无论如何也不会穿上身。

"真的挺好看的。"童念念端详着任佳，看了片刻，回头瞥了眼陈岩，笑道，"你不知道吧，你们班的陈岩就在附近画画呢。"

任佳当然不知道，所以此刻才更加不知所措。长这么大，她跟着胡雨芝学了不少活计，其中的看家本领就是砍价。可这会儿，陈岩往她身后这么一站，她喉咙里立刻就像卡了鱼刺一般憋闷，无论如何也无法坦荡而直白地说出那句话——抱歉，太贵了，我买不起。

"抱歉。"任佳紧张得要死，拿起先前端详过一阵的金属镜框，努力绽出了一个平和的笑，"老板，我想起家里还有很多条白色的裙子。不好意思啊，我只要这个镜框就好。"

走出店门，任佳再度扎起了马尾，也重新戴上了自己稍显笨重的黑框眼镜，新镜框在她右手中的蓝色纸袋里，小小一个，纸袋却大得有些夸张。

于她而言，这件东西的价格仍然不低。任佳一边心疼着自己的生活费，一边又自责于自己非要打肿脸充胖子的虚荣行径，心情难以抑制地低落了下去。

但事情的发展再次超出了任佳的预料，陈岩居然提出要请她们一起吃饭，说是老街附近的一家烤肉店味道非常不错，每逢周末都会排起长队，而他正好认识那家店的老板，可以提前订个座。

提起这回事时，他的语气居然罕见地有些紧张。

任佳心底难受更甚，她实在不想当电灯泡，刚想找个由头拒绝，童念念却先一步答应了陈岩，表示自己一早就听说过那家店，可以一起去试试。

三人并肩走着。童念念向来健谈，由烤肉店提到了附近的吃食，又转而吐槽起了学校食堂固定且死板的菜式。陈岩话虽依旧不多，但时不时都会"嗯"一下，以示自己在认真倾听。

大街上行人纷纷，任佳听着二人再平常不过的闲聊，只觉心脏上某个隐秘的角落爬过了几只蚂蚁，算不上太痒，也无所谓痛感，只是带着几分难以言喻的酸麻，却比遭受蚁噬还更加难挨。

"对了,佳佳能吃辣吗?听说它家的秘制蘸料很好吃,就是挺辣的。"任佳正兀自难过着,童念念忽然问起了她的口味偏好。

"放心。"任佳还没回答,陈岩却已看向任佳,悠悠给出了答案,"她吃的。"

烤肉店坐落在离老街不远的地方,装修其貌不扬,店里的生意却红红火火,而最令任佳意想不到的是……

这家食物分外接地气的店面居然走的是文艺风格!

素描、油画、水彩……

前台后方的那面墙挂满了样式不一的画作,一眼望去,大大小小的画框没有章法地罗列在了一起,反而有股别样的冲击力。

陈岩一到,就和早已等候在前台的一名年轻人打了个招呼。那人戴着口罩,穿着一身浅蓝色衬衫,只露出一双眼尾略微下垂的单眼皮眼睛,带着他们入了座。

"任佳,陈岩怎么知道你吃辣呀?"上菜后,童念念喝了一大口可乐,好奇地看向了任佳。

"猜的吧。"任佳浑不在意般随口一答,说完才想起来,应当是那瓶辣酱的缘故。

陈岩不置可否,安静替她们烤着油纸上的肉。

桌上,"嗞啦嗞啦"的声音不绝于耳,陈岩挽起袖子,用公筷不断给肉翻着面,不一会儿,五花肉中的肥肉被烤出了金黄色的油,厚实的肉片蜷缩成了紧致的一团,空气中的香味越来越浓郁。

烤完后,陈岩又将烤好的肉推至离任佳和童念念稍近的地方,专心致志地烤起了下一盘。

童念念夹起一块肉,蘸上酱料,刚咬了一口,就立即竖起了大拇指。

可没过几秒,才刚咽下嘴里的肉,她又似想起了什么坏事似一般,陡然泄了气:"任佳,要是你同桌在就好了。你看,你和陈岩两个领唱,我和他两个主持,咱们都能凑一台文艺晚会了。"

童念念话一出口,任佳几乎是想都没想就瞥了眼陈岩。她发现陈岩烤肉的动作明显一顿,若有所思地看向了不远处招呼他们入座的年轻人,表情却没什么太大的变化。

"想什么呢？哪有在烤肉店开文艺晚会的？"任佳抬起头，当机立断地把话题转回到了陈岩身上，"陈岩，之前班里的同学说你会弹吉他，你什么时候学会吉他的？"

童念念于是又好奇地看向了陈岩。

任佳在心里舒了口气，她生怕念念会再次提起裴书意，毕竟她知道，一旦让这姑娘彻底打开了有关裴书意的话匣子，就不可能停得下来，再加上念念向来自来熟，就算逮着刚认识的陈岩，也能随随便便就说上一小时……

当然，念念这样也无可非议，毕竟念念在意的本来就只有一个人而已。只是，任佳如今也有一个不自觉想去留意的人，她一点都不希望那个人亲耳听自己喜欢的女孩谈起另一个男生……

纵使此时此刻，她自己的心情似乎并不好受……

"好几年前，在国外。"陈岩开始认真回答任佳的提问。

"邻居家有几个小孩，每晚在草坪上弹吉他、唱歌……那时家里人忙，我也没什么事做，就想和他们一起玩，自学了吉他。"

说完，陈岩又陡然看向了童念念，问："你喜欢裴书意？"

任佳内心：哪有这么直接的！

童念念也完全没想到陈岩会忽然问出这一句，夹肉的筷子一抖，先是支吾着不想承认，过了一会儿，又似乎是觉得没什么好隐瞒的，重重点了点头。

"但是他对我不感兴趣。"童念念声音越说越低，"你觉得他喜欢什么样的女生啊？"

任佳呆了，事情的发展好像和她想象的不太一样。

这一次陈岩没有立即回答，他停下了烤肉的动作，忽然招呼起了不远处的年轻人前来上菜。

那人一上前，陈岩便放下了公筷，正色道："介绍一下，很久之前在画室认识的朋友，纪行迟。"

原来他就是烤肉店的老板。

任佳和童念念都没想到老板会这么年轻，惊讶极了。

"所以你也会画画吗？"童念念话接得很自然，"前台背景墙上的那些画都是你画的吗?"

纪行迟低头笑笑:"画得不好,见笑了。"

周日一大早,任佳一打开自家大门,刚吸进一口新鲜空气,就听见一个熟悉的声音喊了句:"吃!"

任佳不得不承认,她亲爱的妈妈,胡雨芝女士,虽说从小就不认真念书,但在社交这一方面,比起自己,她强得可不是一星半点。

任佳跑到樟树下,先和对面的向奶奶问了声好,接着奇怪地和胡雨芝做了个口型,问:"你什么时候学会下象棋啦?"

"哎呀哎呀。"胡雨芝挥了挥手,示意任佳一边待着去,"象飞田,马走日,小卒子一去不回头。"她咕哝,"这谁不知道,还用学吗?可别小看你妈!"她一边说着,手里的士已经斜着飞出了九宫格,任佳目瞪口呆。

"将军!"

话音刚落,向奶奶拿着手里的炮,下跳棋般向前连跳了三步,任佳立马后退一步,把想说的话齐齐咽回到了肚子里。

"哎呀,输了!"胡雨芝起身,回头看向任佳,"佳佳,妈妈今天好不容易在家,你想吃什么,我去买。"

说完,还不等任佳回答,她又笑着跟向奶奶取起了经,询问附近哪家市场的菜最便宜划算。

"河西那家嘛,还新鲜。"

向奶奶正说着,"嘭"的一声,陈岩家的门开了,一个精神抖擞的老头子出了门。

"要不要一起去?"向奶奶于是问胡雨芝,"我和老头子去晨练,正好顺路。"

胡雨芝乐得有人陪,任佳嘴里还一个菜名都没蹦出口,她就和二老齐齐走向了巷外。

见状,任佳无奈停留在原地,听见妈妈说起了自己烙的饼,又听声如洪钟的陈爷爷提了句陈岩。

"那个小兔崽子呀?"向奶奶叹了口长气,"还在屋里睡懒觉哩!"

他们的背影越来越远,声音也跟着一点一点弱了下去。

时间还很早,穿堂风带着清晨的水汽,掠过南巷长着青苔的灰色石砖,又掠过华盖般的樟树叶,从四面八方涌向了任佳。

格外静谧的早晨最容易勾出人深藏在心底的那些愁绪,任佳情不自禁地看向树后紧紧闭着的那扇窗户,觉得自己仍然和昨天一样,还是有一点难过。

昨天,三人离开时,任佳敏锐地从纪行迟看向陈岩的眼神里捕捉到了几丝心照不宣的默契,更发现他对童念念的态度也很不一般,一副谨慎过了头的客气姿态,仿佛一早就清楚那是陈岩喜欢的女孩,对她格外不同。

陈岩原来早早就和自己的朋友提起过念念吗?

直到那时,任佳才终于肯向自己投降,明确了心里那种分外酸楚的情感叫作嫉妒。

还是冷啊。

已是入春的季节,冬天却漫长得仿佛永远不会结束,任佳打了个响亮的喷嚏,终于不打算再胡思乱想下去。

只是,她刚准备往屋里走,"吱呀"一声,陈岩推开了窗户。

周日早晨的陈岩和平常很不一样,他头发有些乱,套了件宽松的灰卫衣,整个人微眯着眼倚在窗边,一看就没醒透,给人一种很好打交道的错觉。

"一大早看风景?"陈岩问。

"啊?"任佳先是一愣,继而含糊不已地摇了摇头,"我练英语歌,先开个嗓。"

其实……一大早在院子里开嗓其实也有些奇怪,但总不能让陈岩知道自己正对着人家卧室的窗户发呆吧?

"行。"陈岩点了点头,看上去似乎不觉得有任何不妥,更没有关窗去睡个回笼觉的打算。

半分钟后,他再度看向一动不动的任佳,眯着眼问道:"这就是你开嗓的方式?"

天知道为什么她每次见了陈岩都是这副进退不得的死德行!

幸好,任佳还记得小学老师教过的人生哲理:尽量不要撒谎,但万一撒了谎,最好还是学一下怎么用一个谎来圆另一个谎。

"唔……"任佳于是小声解释了起来,"风大,吹得我嗓子有点痒,改天再练习……"

说完,还没来得及看清陈岩的反应,她就迅速跑回家,"砰"一声关上了大门。

回想起来,除开昨日那顿机缘巧合的烤肉,与陈岩打交道的其余时刻似乎总有些混乱,就如同今日早晨,两句怪异的寒暄过后,任佳竟觉得接下来的一整个白天都很难挨,她甚至想,如果不是一大早就遇见了陈岩,说不定她这一天还会好过一点。

不过,倒是有两个时刻,虽然比蜻蜓点水还要短暂,却让任佳感到了满当当的雀跃。

一个是午饭过后,任佳坐在窗边看书,听见向奶奶喊了声"早点儿回",又听见自行车锁链发出的金属碰撞音,于是她屏着呼吸拉开了窗帘一角,看见陈岩背着大大的画架,轻轻一跳就跃上了红色单车,风把他的蓝色外套吹得老高。

再一个是黄昏时分,预想中单车落锁的动静迟迟未来,任佳于是小心翼翼探出了脑袋。过了一会儿,巷子里忽然传来了几声欢快的小狗嗷嗷叫,任佳立即趴回到书桌上,侧耳聆听了起来,她听见向奶奶慢悠悠地出了门,语气无奈。

"陈岩啊。"老人的声音分外悠长,"你怎么又把纪行迟领走的狗拐回来玩了?"

少年的回答则铿锵有力:"还能为什么?它喜欢我呗!"

任佳"扑哧"一下就笑出了声。

鬼使神差地,直到傍晚,这两个画面还在任佳脑海中不断闪烁,要不是胡雨芝忽然扯着嗓子叫起了她的名字,她很有可能会发呆发得入了定。

"月考出结果了?"胡雨芝始终惦挂着这回事儿。

"还没出呢妈妈。"任佳走出房间,"徐老师之前说是下周五,到时候就知道了。"任佳笃定自己达不到胡雨芝的期望,越说越没底气。

胡雨芝却一下子开心了起来。

"蛮好的。"她从一堆账本中抬起头来,"等到清明一到,我就回家扫趟墓,去看看你爸,顺便让他知道他闺女在前海一中也一点不比别人差。对了,你还记不记得?你爸那时候就盼着你把书读好,走出去,见大世面。"

"记得。"任佳鼻子发酸,忽然觉得妈妈的声音变得很不真实。

"记得才怪。"胡雨芝又笑,"你那时候就是个小萝卜头,哪里记得他那些喋喋不休的唠叨?"

任佳没再反驳,拿过纸笔,沉默地帮胡雨芝对起了账。

其实,她什么都记得,甚至,随着一天天长大,过去的画面反而一天比一天更加清晰,就好像,当某一个特定的时刻来临,记忆就会如同血脉一般,自然而然地繁衍至下一代。

任佳的爸爸任峰,和很多因意外而离世的人一样,死于一场雨天的车祸。

那一天,任峰和胡雨芝开了辆二手车,载着满车的零件往家里赶,他们打算做点五金生意,在岛上倒腾些轴承、把手、插销之类的小零件。

那天风大,因此任峰车开得格外谨慎,只是他顺利行过了海风呼啸的半山弯道,却没躲过一辆酒驾的大货车。当货车如巨浪般向他们疾速驶去时,胡雨芝正核对着手里的进货单,小任佳则蜷在胡雨芝怀里静谧安睡。

电光石火之间,任峰猛地打了把方向盘,牢牢把母女二人护在了身下。

那一刻就是永恒的离别。

任峰走后,日子还是要一天一天过下去。时间或许真能淡化一切伤痛,胡雨芝哭的次数渐渐少了,提起任峰时的表情也慢慢平和了下来,任佳于是开始试着去相信,回忆和现实,或许真可以像两条河流一般,泾渭分明。

直到后来,在宾客散去的某个除夕夜里,任佳猛然回过神来,怔怔发现,不论逢年过节还是亲戚来访,胡雨芝从未让自家餐桌上出现过哪怕半滴酒。

任佳这才终于明白过来,原来,巨恸之下,从来都只有一条记忆的河。

纵使它寂静无声,也会沉默而决绝地淌满岁月的河堤。

任佳素来不擅长开解人,更不懂得要如何去抚平一些早已不再流血的伤口,因此,她只好努力一点、再努力一点,竭尽全力不让胡雨芝对自己失望,胡雨芝向来把成绩看得比天还重,她便也理所当然地把成绩看得比天还重。

尽管任佳知道,在不少人眼里,她就是个只会学习的无趣书呆子,可那又怎样呢?

她总有一天会去到远方,成为妈妈口中那个见过不少大世面的人。

只是，多远的地方才叫远方？行过多少远方才算见过世面？任佳对此懵懵懂懂，但，大抵这些也并不重要，只因她清楚，自己从来都只有这一条路可走。

在任佳的认知里，一周中，只有周一这一天，她是极有可能一早就在巷子里遇上陈岩的。

昔日里她总是六点起，可今天，闹钟才刚刚指向五点，就连上早班的胡雨芝都还没起床，她就已经端坐在了窗边，一边翻看着手里的英语书，一边留意起了窗外的动静。

看着看着，任佳的精神就完全集中在了手里的书页上。原本，任佳是打算等到英语分数出来后再制订新的学习计划，但仔细一想，就英语这一科而言，她水平如何分明自己最是清楚不过了，既然这样，那为什么不直接从现在就开始行动？

任佳于是撕下了墙上的便利贴，在最上方又认真地写下了一行小字：5:30，**粗读一篇英语文章**。

屋子里传来了"哗啦啦"的洗漱声，胡雨芝已经醒了。

自打妈妈离开超市去到酒店上班后，任佳都是自己解决早饭，因为酒店离家实在太远，胡雨芝要想不迟到，就只能压缩早上的时间。

"佳佳，今天出去吃吧。"胡雨芝已经收拾完毕，"给你把早餐钱放桌上了，出了南巷往右拐，没几步路就能看见好几家早餐铺，我听说了，第二家，就是店里之前有只小狗的那家，味道挺不错的呢！巷子里有不少人都在那儿吃！"

门外，胡雨芝的声音越来越远，没一会儿，人就匆匆消失在了院子里。

店里之前有只小狗的那家？

肯定是那只见了陈岩就嗷嗷叫的小狗吧！

任佳琢磨着妈妈的话，嘴角不自觉含了点儿笑意。又过了一会儿，她抬头看了眼表，发现时间差不多了，便起身前往卫生间洗漱。

在"哗哗"的水声中，任佳依稀听见了敲门声。这一大早的，谁会来敲她家的门？

任佳关上水龙头，屋子里却安静得针落可闻，根本没什么其他的声音。

或许只是幻听而已，任佳于是擦了把脸，拿起桌上的钱后，跑到书桌前整理起了书包。

又是两声清脆的"砰"响，这声音就出现在她耳畔，近得出奇，绝对不会有错。

任佳一愣，意识到有人在敲自己的窗户后，心跳陡然加快了不少，她"唰"一下拉开了窗帘，看清来人，立即慌里慌张地推开了窗户。

"陈岩？"任佳惊呼出声。

陈岩似乎完全不觉得自己一大早出现在人家窗户边有什么好奇怪的，他低着头翻了老半天书包，终于捣鼓出了一个未拆封的包裹。

"喏。"陈岩看向任佳，"家里老太太让我拿来的。"他一边说着，一边把包裹强行硬塞到了任佳手里。

"向奶奶吗？"任佳没搞清状况，"什么东西？你干什么？我我……"

"别'我我我'了。"陈岩直接打断了她，"就是些特产。我什么也不干，你拿着就行了。"

自打胡雨芝送了瓶辣酱，向奶奶隔三岔五就要给她好吃的，而且自己来还不够，这次居然还遣来了陈岩。任佳实在不好意思，小声说了好几句谢谢。

"别客气了。"陈岩低头看了眼表，又从校服口袋里掏出了单车钥匙，看那神情，他似乎有点着急。

任佳当然明白陈岩周一急着去学校的原因，一想到这儿，几丝酸麻涌上心头，不愿再细想下去。

半晌，任佳再次说了声谢谢，伸出手刚要关上窗户，陈岩却想都没想就抓住了窗檐。

这一次，陈岩的表情莫名认真了不少，任佳双手滞在了半空中，一句"怎么了"还没问出口，陈岩已经突兀地赞扬起了她的唱歌水平。

不过，说是赞扬，却更像是找人茬架前的逼问。

"任佳。"陈岩直勾勾盯着她，满脸写着不痛快，"你不知道自己唱歌很好听吗？有必要这么紧张？"

"哈？"任佳没跟上陈岩的脑回路，"什么……什么紧张？"

"你说呢？"陈岩瞥了眼任佳的书桌，"你以为我看不懂？"

任佳当即就反应了过来，自个儿桌上的一堆草稿纸就是始作俑者，她迅速把一沓草稿纸拢成了一堆，还把最上方那张纸翻了个面——纸上是 *My heart will go on* 的歌词摘录，有好几个单词旁还额外批注了音标。

摘录歌词本来没什么，然而令任佳尴尬的是，一首歌的歌词同时出现在了十几张纸上，这就显得有些过分认真了。

虽然事实情况并不是任佳在翻来覆去地抄同一首歌的歌词，她早就能直接默写下来了，大部分都是她昨日里走神时的默写产物。

至于为什么会罕见走神，任佳想，眼前这位还是不要知道为好。

可陈岩连她桌上的草稿也能看见，他的眼睛竟然这么尖……

"这是什么？"忽然，陈岩又问了一句。

任佳立刻低下头去，顺着他的视线望向了桌面边缘的某张便利贴。

"没什么！"任佳一秒伸出手，"唰"一下撕下了陈岩盯着的那张便利贴。

便利贴上写着的是任佳的理想大学——毫无疑问，那是国内最为著名的顶尖学府，就算是九班都没几个人能百分百笃定自己一定能考上。

好巧不巧，陈岩竟然连这个也撞见了。

一时间，任佳尴尬不已，羞愤得差点儿咬到了舌头。

"没什么大事。"陈岩这才收回了视线，"自从上周徐原丽说要开文艺晚会，你就开始不对劲了，为什么躲我？"

任佳简直想求他住口。

"我……我为什么不能躲你？"

任佳只得硬着头皮，顺着他之前的话说了下去："最近每次一看见你，我就想起自己要在全校师生面前登台唱歌……你没听见旁胜怎么说吗？他说我一开口就……"

她还没说完，陈岩就露出了一副"早就猜到了"的表情。

任佳在心底抒出了一口长气，心想，太好骗了。她确信，陈岩就是那种会对天花乱坠的购物广告深信不疑的人。

任佳还在胡思乱想着，眼前人却干脆利落地甩下了两个字："等着。"说完就跑回了自己家。

任佳没想到，陈岩会拿给自己一部旧手机。

"算是老古董了，没什么智能功能，但音乐播放器还是有的。"陈岩从包里翻出了耳机，一并递给了任佳，"歌已经提前下好了，就在里面。"

"你是说……让我拿着听，自己练唱吗？"

"不然呢？"陈岩不由分说地把东西硬塞到了任佳手里，"谁让你这么紧张的？一个破文艺晚会，又不是让你出席联合国。再说了，旁胜的话你也当真啊，明明就唱得够好听了。"

陈岩语气火急火燎的，一看就是真的在替任佳着急。任佳一开口就结巴了一下，一个"谢"字都还没说出来，陈岩已经返身跨上了单车，迎着风骑出了小巷。

半晌，任佳站在原地，能清晰感觉到自己耳后一片滚烫，脸上更是升起了几丝若有若无的微麻……

这实在太奇怪了，她竟然有点儿眼酸，不只是因为感动，更是因为几丝说不清道不明的委屈，明明陈岩仗义又慷慨，不能更讲义气了，她却觉得他在欺负人……

任佳小心翼翼地把手机放在了抽屉里，一边努力说服着自己，新的一周别想些有的没的，一边又在难以自抑的混乱中，缓步走出了小巷。

到达学校后，第一次，任佳在多媒体教室旁看见了裴书意。

今天似乎停了那年代久远的录播课，童念念没坐在教室里，而是和裴书意并肩站在走廊上，各自翻阅着手里的小册子，想来在看主持词。

任佳觉得新鲜，时不时朝他们望上一眼，发现今日一楼走廊上的人明显多多了，不少人还特意围在了二人身边，似乎是想探听其他班打算在文艺晚会表演什么。

先看见任佳的是裴书意，裴书意朝任佳点了点头后，童念念立即抬起了脑袋，发现不远处是任佳后，也大幅度和她挥起了手。

任佳实在按捺不住好奇，前去凑起了热闹。

"念念，我们班第几个呀？"

"最后一个！"童念念兴奋极了，"顺序是班主任抽签定的，是不是很期待？"

"第几个？"任佳又问了一遍。

"最后一个呀!"童念念重复,"你们班压轴呢!你不开心吗?"

任佳"开心"得差点没哭出来,最后一个,那不就意味着她要煎熬到最后一刻?

更何况,她早就听说了,这次文艺晚会正赶上高三生的百日动员大会,他们虽然不上舞台表演,但学校也允许他们前去观看,毕竟晚会一结束,高三的学生们就将迎来压力巨大的一百天冲刺。

也就是说,晚会的观众比任佳预想的要多得多!

任佳欲哭无泪,又想起了陈岩那无所谓的一句"又不是让你出席联合国",她不禁想,要是陈岩能把他那大大咧咧的无所谓心态分她一半就好了。

说起来,陈岩今天早上竟然没有出现在多媒体教室附近?

任佳加快了上楼的脚步,深吸一口气走进教室,一眼瞥见教室角落那个熟悉的人后,心情才终于安定了下来。

陈岩应当是起早了有些犯困,此刻到了教室,就倚着墙补起了觉——他左手微垂,手臂缩在了校服里,右手则随意地搭在了课桌上,露出的手指修长又好看,至于头发,明显比以前长了些,多出了几分慵懒……

睡着后的陈岩眉间恣意尽散,一副无害模样。任佳用眼神小心描摹着他的面部轮廓,看着看着,居然大着胆子绕过了几张课桌,刻意挑了条最远的回座路线,好让自己打陈岩桌前经过。

一步、两步……

直到站到了陈岩身旁,任佳才后知后觉,这举动实在有些荒唐。

打算撤退的那一秒,陈岩蓦然睁开了眼睛。

——他身体未动,眼皮略微掀起,看见眼前人后困意尽散,眼神一瞬间变得清明。

任佳小贼般心虚不已,支吾着张了张嘴,想要说点儿什么来解释自己为何会出现在这里,却愣是没发出一丁点儿声音。

陈岩也不说话,就那么望着她,神情同样有些不自然。

时间还很早,偌大的教室只有他们两人,此刻二人彼此对望着,沉默得像两个戛然而止的音符。

"找我有事?"陈岩率先打破了沉默,说话间略微低下了头,飞速理了理自己的头发。

"我……"任佳一顿,"我找你是想……"

她根本没想好理由,陈岩却耐心等着她后话。

任佳骑虎难下,支吾了两秒,眼睛忽然一亮:"是想收作业!"

陈岩一滞。

"对!"紧接着,生怕陈岩不信似的,任佳重重点了点头,"陈岩你这周的英语试卷呢?写完了吗?"

夜里,周围一片寂静,任佳小心戴好耳机后,将自己裹在了被子里。

黑魆魆的四方空间中,任佳捣鼓着手里唯一而微小的光源,点开了她这些天每晚都在单曲循环的歌。

人在夜里总是容易胡思乱想,何况南巷的夜还比别处幽深得多,任佳听着那悠扬而哀伤的旋律,脑海中闪过的片段无一例外都只和一个人有关。

陈岩陈岩陈岩,统统都是陈岩。

把一首歌反反复复地听了十多遍后,任佳终于明白自己不能再这么下去,于是她重新按下暂停键打算退出,然而,页面一回到上一级,竟又不小心误触到了一个文件夹。

任佳几乎是下意识就点了进去,但又感觉自己这样干实在不妥……

不过幸好,文件夹里没什么特别的东西,不过是另一个歌单而已,歌单里总共有三十几首歌曲,任佳随意点开了一首。

是林宥嘉的《背影》。

光线微弱的被子里,任佳守着屏幕上那点暖黄的微光,任由自己的思绪开启了漫无边际的游荡。

听着歌,有那么几秒,她忽地有种自己置身桃江岛的错觉,仿若窗外海浪慢涌,就连新鲜潮湿的空气都真实可闻,但下一秒,她又怅然若失般领悟过来,她所躺的地方明明叫前海市,一个名字里虽然有海,却难以吹到海风的地方。

感谢我不可以

住进你的眼睛

所以才能

　　拥抱你的背影

　　分外动听的声音环绕在耳边，似乎每唱出一句，都会在任佳的心上蒙上一层朦胧的水汽，任佳无论如何也睡不着，只好讪讪地安慰起了自己，今夜的失眠或许情有可原，毕竟，文艺晚会就在明天了。

　　文艺晚会，陈岩。

　　已经数不清是第几次，任佳再次想起了陈岩。

　　一股近乎脱缰的恐惧蓦地向她涌去，她讨厌这种情绪不受控制的感觉，更讨厌只有见了陈岩，心底湿漉漉的水汽才会骤然散尽。

　　而最令任佳讨厌的还是，每一次，只要陈岩一消失在她的视线里，就会转而在她的脑海中出现，伴着更为浓厚的湿雾和浇得人透不过气来的冷风冷雨，又一次氤上心头。

　　任佳起身，将手机关上机，摸黑塞进了书包里。她想，等到文艺晚会过后，她就要回到她只有书和试卷的世界中去，彻底斩断和陈岩的一切联系。

　　第二日，天公不作美。

　　文艺晚会开始前的一个小时，天上飘起了毛毛细雨。

　　"看什么看？"姜悦出现在了门口，"咱们的晚会在室内体育馆举行，舞台都搭好了，又淋不着你们。"

　　姜悦今天换上了一件白色的小礼服，头发也特意盘了一个发髻，为今天的登台指挥做足了准备。

　　九班的学生向来捧场，她一走上讲台，教室里就响起了一阵热烈的掌声。

　　"老师！您今天穿这么好看，咱们一会儿就穿校服，岂不是给您跌面子！"旁胜话锋一转，就隐晦地对着装提出了意见。

　　姜悦才不吃他那一套："你们班班主任说了，统一订礼服又花钱又花时间，我觉得挺有道理，咱们又不是跳舞，只要唱好了就行！"

　　旁胜不满："可是也得赏心悦目啊！不然人家根本就听不进去！"

　　姜悦毫不留情地怼了回去："旁胜你放心，咱们班的领唱足够赏心悦目。"

她一边说着，一边提起了两个牛皮纸袋，朝教室后方招了招手："陈岩，任佳，你们跟我来一下。"

办公室没有别人，姜悦把纸袋递给陈岩："这件和裴书意登台主持穿的那件是一模一样的，你们身高差不多，应该都能穿。"

陈岩拎着纸袋去试衣服了，姜悦又招呼着任佳坐了下来："头发散一下吧。"她对任佳笑，"我给你弄一个简单的编发。"

任佳于是懵懵懂懂地散下了头发。她还记得几周前，她穿着一袭长裙从二楼试衣间往下走时，头发也是散着的，而那时，陈岩背着画架，忽然出现在了门口。

姜悦的手很巧，长指在任佳发梢间来回片刻，就编出了一个优雅的盘发。

"真好看。"姜悦端详任佳片刻后，摘掉了她鼻梁上的眼镜。

"摘下眼镜能看得清面前的话筒吗？"姜悦在任佳面前挥了挥手。

"可以看得见，但是台下的观众就模糊了。"

"没关系，正好，看不清观众你都不用紧张了。"说着，姜悦起了身，"你就在这里换吧，我在走廊上等你，记得锁门，换好直接出去就行。"

袋子里是一条布料柔软的白色长裙，领口是优雅的方领，裙摆则是不规则的斜边设计，端庄中还增添了几抹俏皮。

任佳换好长裙后，提着裙摆战战兢兢往门口走去。

这条裙子比她想象中还要衬她，路过桌前的一块玻璃时，她依稀看见了一道纤长的后颈曲线。

"姜老师，我换完了。"

拧开门锁后，任佳推门而出，一眼就看见了等在走廊上的人。

不是姜老师，而是褪下了校服的陈岩。

此时此刻，陈岩安静地倚在栏杆上，黑外套随意敞着，内里衬衫也没扣到顶，只有剪裁利落的长裤延伸出一道笔直的线，给他增添了几分不同以往的气质。

"陈岩？"

任佳见他没反应，轻轻叫了声他的名字。

"嗯？"

093

陈岩这才应了一声,视线漫不经心般移至一侧,声音也比往日低上不少。

"走吗?"

"好。"

二人并肩向前走去,走到楼梯口,彼此四目相对一瞬,又宛若蜻蜓点水一般,各自轻轻荡开了视线。

姜悦终于出现在了走廊尽头:"陈岩!任佳!不用去班级了,咱们直接去楼下花坛边集合,列队去体育馆!"

天上下着淅淅沥沥的小雨,陈岩和任佳刚一出现在楼下,九班的学生们就不约而同地发出了一声拖长的"哇"。

不只是九班,七班和八班的学生也都纷纷看向了二人。任佳站在檐下,听见自己和陈岩的名字不断从不同的人嘴里说出来,越发觉得尴尬。

"忘带伞了。"任佳急于逃离陈岩,忙道,"我回去拿。"

"不用,在这儿等我。"陈岩急急拦住了她,说完就冒雨跑向了花坛。

不一会儿,陈岩撑着一把大伞回到了任佳身边。

"过来吧。"陈岩道。

任佳却没立即动作,陈岩看出她的犹豫,又听见隔壁班传来了几声意味不明的起哄,干脆把伞塞进了任佳手里,径直跑回了雨中。

花坛边从没这么热闹过,任佳低着头走回到了九班队伍里,余光瞥见陈岩站在队伍末端,和男生共撑着一把伞,似乎在听他们谈论上周和二中的篮球赛。

"任佳,看来看去,就你这把伞最大!"

任佳正发着呆,何思凝忽然钻到了她伞下,朝她笑道:"我也忘带伞啦,你这伞这么大,那我就不去占我同桌的地方了,咱俩撑一把吧!"

任佳连忙点了点头。

队伍已经动了,大部队缓缓向体育馆走去,任佳路过操场,发现升旗台后已经悬挂起了数条巨大的红色竖幅。

冷风一阵一阵涌向地面,竖幅宛若断线的风筝,在空中摇摇欲坠,似乎随时都会缓缓倒下。

何思凝也看着操场,喃喃道:"高三今天百日誓师大会,不知道雨什么时候才能停。"

天上的乌云结成了块,衬得空荡荡的操场更加死寂,任佳踏进明晃晃的室内体育馆,宛如进入到了另一个世界。

一进入到室内,学生们便规规矩矩地坐好,不约而同地安静了下来。

高三的学生则坐在最后几排,无一例外都低着头,有不少人手里还拿了一摞试卷。

没过多久,场馆上方的大功率顶灯突然熄灭了,霎时间,会场一片漆黑,而下一秒,"嘭"一声,舞台上的射灯突然亮起,红色幕布缓缓拉开,童念念和裴书意出现在了舞台正中央。

场馆中爆发出一阵热烈的欢呼,任佳身后的男生们更是不断喊起了裴书意的名字,似乎急于给自己班的班长撑撑场面。

于是场馆另一头,文科班的女生们也不甘示弱,一声又一声,放肆高呼起了童念念的名字。

铺天盖地的"书意"和"念念"环绕在任佳耳边,任佳回头,小心翼翼地瞥了眼陈岩,看见他安静坐在最后一排,没和男生们一起喊。

场馆里的气氛一下子飙到了顶点,直到几个老师抬手示意安静,裴书意和童念念也整齐划一地举起了手中的话筒,学生们才终于安静了下来。

童念念穿着那天试过的墨绿色长裙,化着精致的舞台妆,一出场就成了全场的焦点,美得惊心动魄。

任佳苦涩地想,每个人的少年时代,都会不由自主地被一个发着光的人所吸引吧,就像裴书意之于童念念,童念念之于陈岩,而陈岩……之于她自己。

唯一不同的是,他们本身就是发着光的人,是每个班都只有那么一两个的、会被学校里的所有人都记住名字的人。

而她,却像是一块不起眼的石头。

"好紧张啊!这也太快了!"三班的歌舞表演结束后,何思凝忽然牵住了任佳的手,"还有三个节目就到我们班了!任佳,你紧不紧张?"

"有一点,但是没关系。"任佳安慰起了何思凝,"上去唱一首歌而已,很快就过去了。"

说完她才意识到,她居然有闲心安慰别人了?

"还有两个节目就到我们班了。"姜悦拍了拍巴掌,"走了走了!去后台准备!"

任佳起身,轻轻提着裙摆往前走,努力压抑着自己回头搜寻陈岩身影的冲动,可她刚走两步,陈岩的声音就从后方传了过来。

"别紧张任佳,你唱歌很好听。"

这声音几乎贴着头皮传到了任佳耳中,她心脏重重一跳,一边竭力回想着陈岩是何时出现在自己身后的,一边微不可闻地应了声好。

陈岩似乎以为她没听见,又轻轻扯了扯她腰边膨起的裙摆,再次重复了一句:"任佳,你别不自信。"

话音刚落,任佳的眼泪几乎一瞬间涌了下来。她在心底深深吸进一口气,连眼泪都不敢擦,生怕被身后那人看清自己莫名其妙的夸张动作。

为什么这么倒霉呢?

任佳忍不住想,长这么大,第一次正儿八经喜欢一个人,就是陈岩。

她要用多漫长的时间、多少张试卷、多少与未来和前途绑定在一起的愧疚和负罪感,才能忘记这样一个人呢?

一个看似锋利,却温柔得不像话的人。

幕布逐渐向中闭合,列队完毕后,任佳闭上了眼睛开始调整呼吸。

伸手不见五指的黑暗里,人员就绪,话筒就绪,姜悦也站到了舞台上,握紧了手中的指挥棒。

"任佳,你去过废弃宿舍楼楼顶的天台吗?"黑暗之中,陈岩俯身在她耳畔,忽然小声问了一句。

任佳愣了一下,睁开眼睛,还来不及回答,"唰"一下,台上的一排射灯齐齐亮起,霎时,舞台宛若置身于斑斓的幻境之中。

红色幕布缓缓张开,终于,悠扬的旋律响了起来。

偌大的方形舞台上,灯光如水波纹般缓缓流动,旋律也如同海浪般在任佳耳边翻涌,台下的观众们更是捧场,熟悉的前奏刚一响起,立即有几个人高高举起了双手,没过几秒,所有的学生都把手举了起来。

任佳没戴眼镜，看不清他们的表情，只看得见一双双手有规律地左右挥舞着，宛若无言的鼓励。

第一句由陈岩起头，陈岩上前一步靠近话筒，声音一如既往的好听。

> Every night in my dreams（在每夜的梦中）
> I see you,I feel you（我看到了你，我感受到了你）

光斑缓缓移至话筒周围，以陈岩为圆心兀自旋转了起来，或许是由于此情此景太过梦幻，这两句吟唱听上去温柔得过了头。任佳看着他近在咫尺的背影，心里最后一丝紧张竟也奇迹般消散至尽。

> That is how I know you go on（那是我如何知道你心依旧的原因）

陈岩把自己的部分唱完，后退一步回到第一排队伍中，与此同时，任佳轻轻提起裙摆，站到了聚光灯下。两人擦肩而过的瞬间，任佳唱出了第二段歌词。

> Far across the distance（穿越横跨你我之间遥远的距离）
> And spaces between us（你来向我展示）
> You have come to show you go on（你依旧未变的心）

任佳宛若林间精灵的歌声缓缓来袭，刹那间，不少摇摆的手滞在了空中，台下响起了一阵不小的喧嚣。

合唱前的最后一句唱完，所有人都挺直了脊背，任佳也退回到班级中，与陈岩并肩站立。霎时，姜悦手中的指挥棒往空中高高一扬，全场合唱瞬间响起，两个人的声音如浪花重回大海一般，与班级壮阔的吟唱融为一体，汇聚成了一股更为动人心魂的力量。

众人的声音徐徐拉长又徐徐压低，几分钟过后，学生们举起的双手全都依依不舍地垂了下来，仿佛一切都已尘埃落定——短暂的合唱即将结束，这是最后一个节目，它的结束意味着整场晚会的结束。

所有的结局仿佛都有着共同的特点，它们永远不真实，永远如同幻梦，然而，似乎没有几个人留意到，此时此刻，姜悦手中的指挥棒仍然悬浮于空中。

旋律渐渐淡出，舞台上的射灯逐渐熄灭，就在众人的注意即将回归现实之时，黑暗中，一身白裙的女孩再次上前一步，沉默地走进了最后一片窄小的光柱之中。

只有一盏灯尚未熄灭，那唯一的圆形光斑再次旋转了起来，任佳闭上眼睛，嘴唇微张，按照姜悦先前所设计的，轻柔地哼出了最后的曲调。

女孩的声音实在太过动人，纵使连一句清晰的歌词都没有，却有股宁静而平和的力量，再次吸引了全场的注意。

顷刻间，姜悦手中的指挥棒亦似乎不再具有统领全局的功能，像是被几声吟唱所吸引，随心所欲地跃动了起来。

终于，终于，随着仅剩的微弱旋律彻底淡出，任佳的低吟也划上了句号，在全场的灯光再度亮起之前，她安静退回到了队伍中。

幕布缓缓闭合，学生们不约而同地爆发出了一阵热烈的掌声，甚至还有人高声吹起了口哨，裴书意和童念念则相向而行，缓缓走到了舞台中央。

九班的学生已经被隔绝在了幕布之内，任佳终究还是没控制住自己，转头看向了陈岩，陈岩居然也正侧头看着着她，眼底涌动着汹涌的情绪。任佳心都漏掉了一拍，刚想问他先前提起的天台是什么意思，他却迅速与她错开了视线，转头凝望起了前方的红色幕布。

而幕布之外，是正在念结束语的童念念。

任佳在心底苦笑一声，嘲笑起了自己可笑的错觉。她想，总会有这种时刻的，尽管你喜欢一个人、每分每秒都在关注着他，他却终其一生都不会知道，自己曾被包裹在这样热切而隐秘的目光里。

而这样的时刻，任佳后来才意识到，从来都只会发生在最是无力、最是笨拙的少年时代。

"去天台！"

"去天台！"

"走走走！快去占位置！"

任佳转身，干脆利落地朝台下走去，而她身后，不知是谁忽然提了一句去天台，其余人便也纷纷附和了起来。

　　但这热闹不属于任佳，她独自走出场馆，唯一欣慰的是雨终于停了。

　　对了，伞。任佳想起手里的伞，回头，目光所及全是色调统一的蓝与白，却迟迟寻不到一个黑色的颀长身影。

　　算了，任佳想，回教室再还给陈岩吧，不只是伞，还有那部小小的手机。

　　教室里一个人都没有，任佳想换回自己的校服，又走到教师办公室，发现那儿同样空无一人，大门甚至还上了锁。然而，除了校服，任佳的眼镜也在姜老师的办公桌上，她忽然很没有安全感，只得重新踱到了教室。

　　这一次，裴书意和陈岩居然都出现在了教室里。

　　这两人都是一身黑色的演出服，尽管款式一模一样，由他们穿着却大不相同。裴书意一派君子端方的模样，正安静翻看着手里的书。另一个则直接坐在了课桌上，百无聊赖地盯着窗外。

　　除了他们，教室里没有其他人。

　　任佳几乎以为自己出现了幻觉，她走回到自己的座位上，裴书意忽然抬起了头，问："你不去天台吗？"

　　"什么天台？"任佳摸不着头脑，她发现，自打文艺晚会开始，所有人都在提起天台。

　　对于不戴眼镜的任佳而言，除了近在咫尺的裴书意外，其余的景象始终有些模糊，只是，她的余光一直都留意着某个固定的角落，就在裴书意问话的一刹那，她注意到角落里那团黑色动了一下。

　　"可以去看看，应当会很热闹。"

　　裴书意话音刚落，"阿嚏"一声，任佳打了个大大的喷嚏。

　　任佳尴尬极了，不好意思地朝裴书意笑了笑，走到靠墙一侧准备关窗户，"嘭"一声，她刚迎着冷风费力地拉上了一扇窗，肩上忽然传来了一片柔软的触感。

　　"披上。"

　　是陈岩，陈岩往她肩上扔了件校服外套。

　　任佳僵在原地，半边肩膀都开始发麻。过了好几秒，做足一番心理建设后，她才含混不清地说了句谢谢，陈岩却仍站在她身旁，一点也没有要走的打算。

无奈，任佳只得偏头看向他，开始依葫芦画瓢般僵硬搭话："陈岩，你不去天台吗？"

"不去。"陈岩没好气地应了一声，转身又回到了座位上。

今天的陈岩简直能用奇怪来形容，任佳懵懵懂懂地坐回到座位上，又听到了一声熟悉的呼喊。

"任佳！"

童念念气喘吁吁地出现在了教室门口，她一走进教室，看见裴书意，却没像往日里那般热情打招呼，反而步伐一顿，面上几乎要挂不住笑。

"我是来找你的。"过了几秒，童念念走到任佳身边，直接拽住了她的胳膊，"走吧任佳！我们去天台吧！"

说话时，童念念连看都没看裴书意。

任佳本能地察觉到了一丝微妙的不对劲，譬如，童念念语气虽是带着笑意的，眼睛却红得不像话，明显哭过一场。

"怎么了？"任佳有些担心，"是发生什么了吗？"

童念念不语，任佳心下了然和裴书意有关，便道："走吧，我们去天台。"

却不想，两人刚迈出一步，裴书意也陡然合上了手里的书，有些紧张地叫住了任佳："一起去吧。"

任佳一时有些不知该如何是好，下意识地看向童念念，童念念紧了紧她的胳膊，低着头没有说话。

而角落里，陈岩大马金刀地起了身，独自一人离开了教室。

第五章
作弊风波

"第一百零一个单词，innocent——清白无辜的。"♪

　　任佳从没想过，一中还有这样的风景。

　　废弃的宿舍楼楼顶、堆积的杂乱砖瓦后方，是一片偌大的水泥平台，这应当是学校的最高处，从半人高的围墙边向下眺望，能看见红的跑道、绿的操场，还有小成了移动玩具般的学生。

　　还有云，天上的云也更近了。雨后，晦暗的乌云消散至尽，太阳坠落在西边，流云被镀上了一层绮丽的绛红色金边，任佳情不自禁地伸出了手，有一种自己能触及天空的错觉。

　　三三两两的学生早已到达天台，动作比任佳他们快得多，此刻看够了风景，便自发围坐成了大大小小的圆圈，要么嘻嘻哈哈地谈天说地，要么兴致高昂地进行着歌词接龙。当然，也有一小撮学生不走寻常路，兴高采烈地玩起了真心话游戏，每每有男生指定某名女生回答问题，人群中都会传来一阵心照不宣的起哄声。

　　杨瑜还带了尤克里里，在漫无边际的金色天空下，弹唱起了李克勤的《红日》。

　　任佳看见唱歌的人是杨瑜之时，惊讶得一时间忘了控制表情，嘴都张成了一个小小的"○"形，杨瑜也看见了她，面上顷刻升起了一片红晕，连续弹错了好几个音节。

云卷云舒，流云缱绻，昔日的废弃天台此时热闹万分。

"命运总是颠沛流离，命运总是曲折离奇。"杨瑜颤着嗓子唱到了经典的副歌部分，学生们立即围了过去，随着旋律和起了歌。

后知后觉，任佳忽然意识到，不知为何，徐锋在过去的这段时间里收敛了不少，而杨瑜好像也不是初见时那副低垂着脑袋的模样了。

这想法一冒出来，她就下意识地寻找起了另一个人的身影。

今天的陈岩比以往安静许多，周围的人来来去去，他却始终站在天台边缘，好像在认真看着楼下的风景，又好像只是在兴味索然地放空自己。

但是，不得不承认，即使伫立在无人的角落，陈岩也存在感十足。

"去吧去吧，陈岩就在那儿，周围都没人。"

"别别别，我还没想好说什么……"

有两个女生打任佳身旁经过，其中一名手里还拿着一块包装精美的巧克力。

或许是陈岩生人勿近的气场太过强烈，那名女生最终还是没把手里的巧克力送出去。

对了，手机。任佳终于又记起了这回事，她低头从校服口袋里拿出手机，一抬起头，瞥见陈岩微微侧过身体看向了下方的操场，露出了分外好看的侧脸。

黑色真的很衬他。

陈岩本就剑眉星目，下巴线条更是宛如刀刻，有股利落而凌厉的少年气，此刻他通身漆黑，站在同样单调的灰墙边，身后却是油画般的渐变色流云，好看得宛如童话故事里的年轻骑士。

任佳忽然有种强烈的，想要留下点什么的冲动。

她抖着手，飞速点开了手机中的相机功能，环视一周，发现周围没有人在看她，立即举起手，迅速按下了拍摄键。

"咔嚓"一声，任佳被吓了一跳，就连手都抖了一下。

这手机居然有快门音！

幸好，周围足够嘈杂，应当没有人听见那突兀的声音……

可惜照片也被她拍糊了，陈岩半截肩膀都没入镜，只看得见一个修长的黑色背影。

任佳还想再来一张，毫无预兆地，陈岩转头看向了她，她立刻把手机藏在了袖子里。

她确信，陈岩没有注意到自己的离奇举动，但纵使这样，仍然吓得僵在了原地。

又是这样，每每在陈岩面前，她总是像个别扭又不自然的小鬼，除了用冷漠、正经和无动于衷来武装自己之外，根本别无他法。

任佳不愿再与陈岩对视，生硬地扭过了身体。而她刚一转身，就看见了一块巧克力和一瓶瓶身还冒着水汽的奶茶。

出现在自己身前的人居然是杨瑜，有不少人都看向了他们这边。

面对着高举奶茶的杨瑜，任佳先是"嗯？"了一声，紧接着又"哦"了一声，想明白后，她犹豫着接下了男生手里的东西："你是让我帮你给童念念吧？"

"不是，是给你的。"杨瑜把巧克力和奶茶往任佳手里推了推，"任佳，我还欠你一个道歉，对不起！"说完，他就飞速离开了天台。

"哇哦——"

天台上即刻响起了一阵起哄声。

"那不是刚刚在台上和陈岩一起领唱的女孩吗？"

"别看了！你眼睛都直了！"

原来，有不少人都留意着任佳所在的这一方空间，更过分的是，有几个男生同时吹起了口哨，一声更比一声高。任佳后知后觉，脸红了一大片，立刻返身向角落走去。

与此同时，陈岩正好从任佳身旁走过，不发一言地掠过了她。

任佳的眼神不可避免地跟了过去，陈岩径直走向了那几名起哄的男生，而那几名男生见陈岩一到，立刻就往边上挪了挪，给他腾了个位置出来，那位置正好与童念念相对。

看着看着，任佳就缓缓低下了头，只觉身上宽宽大大的校服外套忽然失去了原有的温度，泛着难以抵御的凉意。

"高三的同学们！"

忽然，一阵刺耳的话筒摩擦音在四面八方响起，这声音像是从空中传来，还带着更加尖锐的回音，令天台上的众人一瞬间安静了下来。

"今天，是距离高考一百天的日子！"

老校长的声音无人不晓，一时间，前海一中的每一个角落都回响起了这略微发着颤的苍老男低音。

任佳不由自主地向操场方向走去，到达天台边缘，看见下方的景象时，她已经震惊得说不出话来。

全体高三学生都聚集在了一起，放眼望去，碧绿的操场上点缀着整齐划一的蓝与白，学生们站成了一个棱角分明的方阵，而方阵右侧，学校里所有的老师都来到了现场。

巨大的竖幅终于活了过来，它们徐徐地、徐徐地迎风飘扬着，仿若见证过无数次人来人往，构成了飘荡在大地上方的老旧呓语。

少年日新而日日新。

世界日新而日日新。

落日余晖中，红底竖幅上的白色大字越发清晰，任佳看着那两行大字，也和操场上的所有高三学生一样，不由自主地肃穆了起来。

"最后一百天——"

老校长的声音再次响起，霎时，操场上的高三学生不约而同地举起了右手。

如同预先演练过无数次一般，他们紧握的拳头稳稳悬于额头前方，自然而然地接过了校长的宣言。

"——最后一百天，我承诺。"

与老者被岁月拖长的嗓音不同，学生们的声音整齐且有力量，任佳听着，竟觉得它宛如从自己身体最深处传来。

"迷茫时分，我将自己鞭笞自己。"

"跌倒时刻，我将自己扛起自己。"

"——少年日新而日日新。"老校长的声音再次插了进来。

"我要——"

学生们的呼喊一句更比一句响亮，有如狮吼。

"我要淌过滚烫疾流的江河。"

"我要越过布满荆棘的高山。"

"——世界日新而日日新！"老人吼着喊出了这最后一句。

"我要挨过无尽的平庸与枯燥！"

"我要走入崭新的未来世界！"

他们喊得撕心裂肺，一股难以言喻的震颤攀上任佳头皮，昔日那些仅用于作文中的书面化语言、那些光是早自习时念出来都会起上鸡皮疙瘩的对仗句式，此时此刻，却像是黄昏中的一把利刃。

任佳看着下方的景象，不禁去想，有多少次这样的时刻呢？老校长站在夕阳余晖之中，抬头，望见最后一抹太阳的金光坠入到地平线以下，而低头，却又瞥见了无数如晨间朝阳般的生动面孔。

难以抑制地，任佳在心里一字一句地重复起了他们的誓词。

我要，挨过无尽的平庸与枯燥。

我要，走入崭新的未来世界。

"月考出成绩啦！"

"教务主任上来抓人了！"

不知是谁高喊了这么两句，天台上立即炸开了锅。

学生们纷纷往楼下涌去，出口一瞬间挤满了人。

人群四散，任佳的脚步却像灌了铅一般沉重。就在刚刚，她无意听见和陈岩一起打篮球的几个男生问起，陈岩是不是快出国了。

任佳立即心神不宁地搜寻起了陈岩的身影，幸好，他还在这里——此时此刻，陈岩就站在空旷的水泥地上，或许是因为天台上的落日美得太像电影，这一秒的他看上去居然有些落寞。

陈岩应该和她一样，也有一个很舍不得的人吧？

任佳强迫着自己定下心神，终于迈步走向了出口。与陈岩即将擦肩而过的那个瞬间，她鼓起勇气，却还是没能成功喊出他的名字。

不过是一个简单的招呼而已，明明他在前海一中的日子已经寥寥无几，她却连这个都办不到。

任佳懊恼得要死，逃也似的走到了出口处，一阵凌乱的脚步声倏然逼近。

"任佳！"

陈岩急切地叫住了她。

任佳惊讶不已，转身看向陈岩，发现他没像以往那样，大咧咧且直勾勾地盯着自己，而是让眼神停靠在了她过于宽大的校服外套上。

这是陈岩的校服外套，任佳想起这件事，瞬间窘得不行，她慌慌张张地脱下外套准备还给人家，陈岩却更加着急地打断了她。

"你干吗？"不知为何，陈岩的语气忽然带上了几抹烦躁，像是在生谁的闷气似的，"我没这意思。"

任佳于是停下了动作，抬眼，发现陈岩盯着她手中的巧克力和奶茶。

"那个，谢谢你啊，托你的福，我上台没那么紧张了⋯⋯"

在陈岩面前，任佳就是莫名有种这样的习惯，一紧张起来就只会一个劲重复说谢谢。可不承想，陈岩看见她像是念咒语般道起了谢，表情更不好看了。

"别谢了。"陈岩直截了当地打断了她，"别耽误你吃巧克力。"说完，就大步流星地离开了天台。

一楼，致远楼前，长方形花坛被三个巨大的"英雄榜"所遮住了。

从左至右，依次是高一、高二和高三学生的第一次考试成绩。

高三生的这次月考实则是省里的十二校联考，烫金色底面配上白色加粗的大字，庄严而醒目。高一高二则是统一的红底黑字。

任佳好不容易挤进一众人群，开始从一百名开外往上找，过了好一会儿，她才终于在被九班学生霸道包揽的一众名单中，找到了自己的名字。

任佳，年级排名三十五。

居然比想象中要好上不少。确认完年级排名后，任佳立马跑到了五楼，想详细了解一下自己各个科目的小分。

但得先把衣服换了，不然她老觉得别扭。

办公室里，姜悦不在，各班的班主任热烈讨论着班级月考状况。

"来了？"

见任佳进了门，徐原丽搬了把凳子放在了桌前。

徐老师的表情不同于以往，看向任佳的眼神满是打量，任佳猜想是这身礼服裙的缘故，规规矩矩地说了声"老师好"后，径直走到姜悦桌前拿起了自己的校服和眼镜。

直到戴上眼镜,任佳才看清楚,不只是徐老师,这个办公室里的所有人,包括其他班的几个班主任,以及隔壁班几个前来问题目的学生,神色都有些难以捉摸。

"坐。"徐原丽忽然发了话,指了指自己身前的凳子。

意识到徐原丽是在和自己说话,任佳心底迷茫更甚,不知为何,她总有种不好的预感。

"任佳,我很相信你,所以不打算和你绕圈子。"任佳坐下后,徐原丽直接将桌上一张折成几折的横格纸递给了她,"有两件事情需要你解释一下,这是其中一件。"

任佳狐疑地接过了老师手里的纸条,等到展开纸张,那行小字暴露无遗后,任佳全身的血液都齐齐涌上了大脑。

"我没有。"任佳的手抖得厉害,"如果有人认为我作弊,那就直接拿证据。"

说完,她把手中的匿名举报信重新放回到了桌上,竭力平静地对上了徐原丽的视线:"老师,第二件事情呢?"

或许是这样的任佳一下有些陌生,徐原丽看向她的表情当即变得有些复杂。犹豫片刻后,徐原丽将手中的纸条揉成一团,当着任佳的面扔进了垃圾桶。

"第二件事也是同学向我反映的。"忽然,徐原丽语气威严了不少,"任佳,你知道一中是禁止学生带手机来上课的吧?"

这一次任佳没有立即回答,她低下头,嘴唇动了动,最终还是什么也没说出口。

这样的沉默通常意味着不打自招。

于是,徐原丽重重叹了口气:"给我吧。"

任佳僵持着没有动作,她感到了一阵巨大的恐慌,距离成绩公布不过半小时,她的分数在班级也不过是区区中等,与此同时,在今天一整个白天里,她拿出手机的时间,更只有在天台上的微不足道的几秒钟而已。

可在这短短半小时内,就已经有人跑到徐原丽办公室,迅速写好了匿名信,干脆利落地揭发了她。

"对不起老师。"任佳认命般低下了头,"今天是我第一次带来学校,我上课从来没有玩过。"

这样的解释显然非常苍白无力，徐原丽挑了挑眉："你是想让我自己去搜？"

"又或者，"她缓缓道，"给你妈妈打个电话？"

任佳立刻投降，从口袋里拿出手机。

把手机放在办公桌上时，她听见有人叹了口气，但不是徐原丽，而是别班的班主任，那声长叹仿佛在说，这样的学生我见多了。

而徐原丽则盯着桌上早已被淘汰数年的翻盖手机，眼中是不加掩饰的怀疑。

"就这个？"徐原丽边说边拿起手机翻看了起来，没有游戏、没有通话记录和短信记录，甚至连SIM卡都没有。

"你拿它来干吗？"徐原丽问。

"查单词。"

任佳不想牵扯陈岩，她早有种这样的感觉，班主任打一开始就对陈岩有偏见，班级换座位时，所有人都展开了结对子活动，前后左右都能找着和自己成绩互补的人，唯有陈岩被安排到了教室最后方的角落，后边靠着墙，旁边靠着窗，隔开一米远才有人。

尽管陈岩人缘很好，从来都没被班里的同学冷落排挤过，可任佳每每想起这件事，心里都会有些愤愤不平。有时候她甚至会想，是不是由于老师们理所当然的忽视，陈岩才会那么无动于衷。

徐原丽为了检验任佳的话，当着她的面翻开了手机自带的英语词典，尽管年代感十足，但一般手机都会有这样的功能——当点进搜索单词的输入框时，框下会自动浮现出最近查询过的单词。

任佳没说谎，搜索记录显示她已经查过不少单词了。

"行。"徐原丽停下了手里的动作，"这个先放我这儿，暑假时我会还给你。任佳，你这次进步挺大的，直接从一百名开外冲到了三十五名，出乎我的意料，尤其是英语这一科，进步了二十多分，一定要好好保持。"

这话一出，周围几个问问题的学生纷纷看向了任佳，觉得不可思议。

而任佳却只觉得疲惫不堪，她仍然在难过手机的事情，那是陈岩的手机，她该怎么和他说？

"任佳！"

任佳正犹豫着要不要和徐老师再商量商量，姜悦抱着一堆试卷，风风火火地进了办公室。

"没想到你在办公室！我正要找你！"

刚一进门，姜悦把自己手中的一堆试卷齐齐塞到了任佳手里，任佳连一句老师好都没来得及说，她就已经一屁股坐回到了自己的办公桌前，高声表扬起了任佳。

"进步挺大，我选的课代表可真不赖！"姜悦朝她笑，"不过不能掉以轻心，第一次月考，题目还是比较简单，拉不开大的差距，还有，我看了一下你的答卷，阅读理解的错误率明显要高一点……"

姜悦一坐下，就喋喋不休地和任佳分析起了答卷情况。任佳听见她毫不留情地点出自己的问题，心里紧绷着的那根弦反而缓缓放松了下来，甚至有股得救的感觉。

任佳忽然想到，在所有的任课老师中，姜悦是唯一一个会在上课时点陈岩回答问题的人。

这边姜悦说着，那边徐原丽已经把手机放到了最底层的抽屉里，任佳张了张嘴还要解释，徐原丽看出她的意图，直接给抽屉上了锁。

任佳于是退后一步，一句话也说不出来了。

几分钟后，徐原丽拿着成绩单回到了教室，姜悦也终于叮嘱完毕，打发任佳把英语试卷分发下去。

"等等，任佳。"任佳要走的时候，姜悦再度叫住了她，"你眼睛怎么这么红？"

"没事老师，只是有点痒。"任佳扶了扶眼镜，郑重地和她说了句谢谢。

以往，胡雨芝一旦不分昼夜地忙碌起来，任佳总会有种无能为力的挫败感，可这一次，她竟然觉得庆幸——由于忙碌，尽管周四已经如期来临，妈妈仍然没问起她的月考成绩。

周五早晨，任佳坐在公交车上翻看着手里的单词书时，又不可避免地想起了那张匿名纸条。

她觉得实在是讽刺。有人怀疑她的分数有水分,笃定她配不上当前的名次,而与此同时,也有人确信她会拿第一,甚至还能轻松甩开第二名老远一截。

无端的恶意揣测和过高的殷切期盼杂糅在一起,使得任佳的憋屈感前所未有的强烈——尽管,这次月考她已经有了不小的进步,她却仍然透不过气来。

而任佳没有想到的是,更糟糕的事情其实才刚刚发生——第一次,她有了这样的体会,谣言这种东西,一旦冒出一点影子,就会顷刻间传播开来。

在学校里的前三节课,任佳按部就班地听课做题,偶尔从课桌上抬起头,总能察觉到几道目光,她强迫自己不去多想。可等到第三节课结束,当裴书意突然看向她,说出时间会证明一切时,她已经没办法控制自己的心绪了。

她来到前海一中一月有余,好不容易对这个地方建立起了一点儿实实在在的归属感,却在这一刻,在裴书意若有若无的同情目光中、在其余人时不时投来的复杂一瞥里,像风中之沙般荡然无存。

原来任佳被徐原丽找去谈话的事情早传开了,而且流传的版本比她想象中还要离谱得多——徐原丽需要她作出解释的两件事情已被混为一谈:任佳确实作弊了,她在英语考场上用手机查过答案。

"时间会证明一切的。"裴书意看出她的失落,再次宽慰起了她,"如果你能连续三次保持这样的水平,谣言就会不攻自破。"

"那此时此刻呢?"任佳想都不想就问出了口,"裴书意,就现在,你相信那些话吗?"

裴书意没有立即给出回答。

任佳不想自取其辱,立刻胡乱翻开了桌上的书本。几秒钟过后,终于,裴书意说了句"我相信你"。可任佳听见那迟来的四个字,心里却已经没了任何波动。

是啊。

她一个刚来时连课文都读得磕磕绊绊的人,英语分数居然比九班一半的人还要高,这本就值得怀疑不是吗?

任佳开始努力说服起了自己,也许裴书意才是对的,时间会给出最好的回答。她一边想着,竟情不自禁地望向了陈岩。

出乎任佳意料的是,陈岩也正看着她。

陈岩眉毛紧拧着，仍是那副一言不发生着闷气的样子，仿若对班里的实时风声一点察觉都没有。

任佳忽然很想知道，如果陈岩知道了这件事，他又会怎么看自己？

正胡思乱想着，毫无预兆地，陈岩忽然站了起来。任佳一愣，几乎以为他要来找她，而与此同时，"丁零"一声，上课铃响了，徐原丽拿着化学试卷，阴沉着脸走进了教室，任佳匆匆回过了头。

这节课是徐原丽的化学课。化学是任佳最擅长的科目之一，此刻，任佳打开早已翻过无数次的习题集，竟然觉得那一行行化学公式实在是面目可憎。

四十五分钟后，上午最后一节课终于结束了，一等到徐原丽说出"下课"两字，任佳就合上了手里的书，匆匆跑向了食堂。

这顿饭任佳吃了很久很久，久到热闹的大厅变得空旷，久到食堂里的饭香味渐渐被冷饭冷菜发腻的油水味所取代，她还仍然坐在角落里的餐桌上，费劲扒拉着碗里的菜。

所以，当何思凝忽然出现在任佳眼前时，她着实没反应过来。

"谢谢你。"何思凝坐在了任佳对面。

"什么？"任佳问。

何思凝："那天的伞。"

"哦。"任佳闷闷应了一声，再次低下了头，她觉得何思凝要说的不是这个。

果然，几秒钟过后，何思凝再度开了口："我知道你没有作弊。"

任佳猛然抬起了头。

"你知道九班是淘汰制的吗？"何思凝没给任佳问话的时间，继续说了下去，"尽管，学校没有大张旗鼓地称九班为尖子班，但其实……大家都知道，我们班的学生就是全校最拔尖的那一批，所有资源都在向九班倾斜——班级人数最少，固定四十个人，拨过来的老师也毋庸置疑是最好的。

"只不过，虽说是固定四十个人，但固定的从来都只是人数而已。"说到此，何思凝忽然顿了顿，"等到下一学期开始，高三正式来临，就会有人离开，自然，普通班也会有人进来。至于谁能留下，依据就是每一次的月考排名，譬如黄正奇，他这次排到了一百名开外，就很有可能掉出九班。"

何思凝言简意赅，一句更比一句直接，任佳总算理解她想说什么了。

丛林法则、弱肉强食，原来九班是有淘汰规则的，当前面的人掉下去，后面的人才有机会顶上来，那么这样一来，这两天发生在她身上的事就没那么难以理解了。

这次说谢谢的换成了任佳。

"不客气。"何思凝边说边起了身，大方地笑道，"寒假里我帮科任老师批改试卷时，提前看过你的数学试卷，有好几道题目你的解法都很特别，所以，我相信你。"

假若不是何思凝，任佳这一天想必只会比任何时候都更难度过。

不过幸好，今天是周五，只要挨过最后一节课的大扫除，她就能逃离开与学校相关的一切。

按理说，月考成绩已出，徐原丽本该编排一次座位的，但或许是徐原丽认为互帮互助的结对子活动卓有成效，便又把换座位一事往后搁置了一个月。

由于九班人数是双数，陈岩又自个儿占山为王似的占据了教室一角，那么班里自然而然也会多出来另一个落单的人，而那个人就是黄正奇。任佳本来没怎么注意到他，但中午何思凝提了他一句，所以这会儿，她对他的印象也不由得深了几分。

此时此刻，黄正奇正坐在第一列最后一排的位置，一脸沉郁。

任佳拿着抹布从他身旁走过时，他甚至还一脸不屑地朝任佳嗤了一声："听说举报徐锋作弊的人是你，自己都作弊的人怎么好意思举报别人？"

闻言，任佳脚步一顿，最终还是没解释什么，快步掠过了他。

打扫完卫生，徐原丽布置好了周末作业，就开始了每周一次的例行叮嘱。

"这次作业有点多，都是为了让你们收收心。还有座位，我知道有的同学坐腻了，想要一点新鲜感，但根据这次考试分数来看，结对子活动还是有效果的，有不少同学的弱势科目都有了比较大的提升，就比如我们的英语课代表，任佳同学……"

徐原丽话还没说完，"任佳"两个字刚刚出口，班里就立即响起了几声唏嘘，那声音不算大，但在气氛安静的教室里仍然突兀十足。

两声唏嘘过后，教室里更沉默了，看向任佳的眼神又陡然多了起来。

虽然，他们只是注视，没有做出过多的表示，就如同大部分时候，绝大多数人都是安静而沉默的，只相拥围观，并不发表意见。

可尽管如此，任佳仍然咬着牙低下了头，她觉得一道道目光就像一支支锋利的箭矢，刺得她无比难受。最终，任佳再没了抬起头的勇气，放弃了去探寻那两声突兀唏嘘的来源者是谁。

坐在熟悉的公交车上，任佳终于呼出了长长的一口气，虽然只有两天，但总算可以短暂地逃离学校了。

路上，任佳偏头看向窗外的风景，彻底放空起了自己，差点坐过站。

车门快要合上的一刹那，任佳急匆匆地跑了出去，不想没走几步，就看见了等在巷子口的人。

陈岩跨坐在那存在感十足的红色单车上，微微抬着头盯着巷子口的红墙绿树，一副心事重重的模样。

任佳走近了，才发现他额头上淌着细密的汗水，呼吸的频率也比平时快了不少。

南巷只有这唯一一个巷子口，任佳没办法另寻出处，和陈岩擦肩而过时，她不想暴露出自己的紧张，低着头飞速说了句"嗨"。

"'嗨'你个头。"陈岩直接堵住了她，"你刚刚那样盯着我干吗？"

"刚刚？"任佳莫名其妙。

"……上午。"陈岩噎了一下，"我是说上午，上化学课之前那会儿，你那表情算怎么回事？"

"哦……"

专属于任佳的经典答复再次出现，她沉闷地"哦"了一声，思考着该怎么回答这个根本算不上什么正经问题的问题，最终，实在想不出任何好的答案，只得借力使力。

"我哪还记得上午的事，你这个问题又算怎么回事？"

陈岩又被噎了一下。

"不记得了？"几秒后，陈岩忽然提高了音量，"下课的时候，你一副可怜巴巴的样子，不知道的还以为我欺负你了！"

这话一出，巷子口的风瞬间变得有些热，任佳退开一步，声音无比着急："我没有……"

"就这事啊？"任佳磕磕绊绊解释完，陈岩一脸不以为然，"我还以为是什么大事，那手机我老早就不用了。"

任佳小心瞄了陈岩一眼，睫毛垂下，抬头，又瞄了陈岩一眼："我会找到的，等我一找到就还给你……"

陈岩被她看得发毛，只得再次重复一遍："都说没关系了，弄丢了就弄丢了，本来就是个没什么用的老古董。"

任佳于是又一次埋下了脑袋，不说话了。

两个人沉默地站在巷子口，忽然，一辆轿车疾驰而过，陈岩迅速伸出手，拽着任佳往后退了一步，霎时，空气中扬起了大片的灰尘，任佳被呛得咳了一声，陈岩已经松开了她。

头顶的树梢上传来几声鸟叫，微冷的空气中氤氲出了潮湿的气味。

任佳发觉，忽然之间，陈岩的眼神也似浸上了些许湿意，晃啊晃的，悠长而沁凉。

她喉咙莫名有些痒，轻轻一咳后，陈岩立即看向了别处，生硬重复道："这种小事你不用放在心上。"说完，他就一步跨上了单车，飞速驶回了小巷。

地上的灰尘再度扬了起来，任佳的心脏快速跳动着，用眼神临摹起了陈岩疾速远去的背影。而当陈岩消失在红墙居民楼旁的那个瞬间，一个更加熟悉的身影出现在了任佳视线里，她的妈妈，胡雨芝。

深吸一口气后，任佳背着沉甸甸的书包，抬脚向家中走去。与此同时，胡雨芝也正一步一步向任佳走来。和任佳一样，她的步伐沉重而缓慢，丝毫没了以往的轻快利落，任佳于是明白，妈妈还是知道月考成绩了，这一次，她是真的让妈妈失望了。

"我帮你拿。"到达任佳身旁，胡雨芝伸手要帮她拿书包。

任佳犹豫了一下，刚要给胡雨芝，胡雨芝已经一把抢了过去，细而窄的书包肩带"唰"一下划过任佳肩膀，她被扯得向后退了一步，肩上一痛，皱着眉

"嘶"了一声。

胡雨芝仿若毫无察觉,颠了颠书包,问:"这么重?"

任佳点了点头:"这周作业有点多。"

"是吗?"胡雨芝冷笑一声,"考差了知道要用功了?"

任佳再也无法忍受,"噔噔噔"地加快了步伐。

"站住!"快到家门口时,胡雨芝喝住了她,"任佳,你是不是心虚?"

"我心虚什么!"

爆发从来都只在一瞬间,任佳回头,眼泪夺眶而出。

"我心虚什么!我明明比以前更好了,明明进步了,但你们所有的人都还是瞧不起我!我早就知道,我和他们没什么好说的,和你也是!"

瞧见她这副理直气壮的模样,胡雨芝的火"噌"一下冒了上来:"你不心虚瞒什么瞒?你不心虚为什么不能大大方方地告诉我成绩!要不是你们班主任给我打电话,我还一直被蒙在鼓里,三十五名!任佳,你管这叫进步?你以前连第二名都没有考过!"

"那是以前!你不知道我现在有多辛苦!"

这声歇斯底里的吼叫一出,沉默便立即在二人间蔓延开来。一时间,胡雨芝连气都喘不顺了,她无论如何也不敢相信,自己的女儿会有如此气焰嚣张的一天。

"以前是以前,现在是现在。"半晌,任佳又哑声重复了一次,"现在和以前不一样了。"

刚刚那一吼,几乎用尽了任佳所有的力气,任佳忽然觉得自己很疲惫,是那种只有最冲动最幼稚的小孩才会有的,恨不能从整个世界里抹去一切自我痕迹的疲惫。

她实在是、实在是不想和妈妈继续吵下去了!

任佳强忍着难受,又回头看了眼不远处的那棵樟树——樟树后就是陈岩的卧室,她现在不止委屈难过,更有种强烈的窘迫和难堪。她一点儿也不想陈岩看见这样的自己,不只是看见,哪怕让他听见都能要了她的命。

"回家再说。"

任佳胡乱擦了擦眼泪，匆匆向屋内跑去，胡雨芝却一把拉住了她，眼眶也同样红了。

"任佳，我用了这么多年才把你拉扯成人，你再辛苦能有我辛苦？"胡雨芝的声音越说越小，又陡然间尖锐了起来，"说啊！你再辛苦能有我辛苦？"

楼上已经有人打开了窗户，像是听到了楼下的动静。

"别说了。"任佳几乎是在哭着求胡雨芝，"我回家和你解释好不好？"

"你有什么好解释的？"胡雨芝抓着任佳的右手力气越甚，"你长本事了，出息了，觉得你妈没读过书，好骗是吧？"

"我没有……"

"我没想要故意瞒着你，我只是害怕……"

任佳一次次重复着同样的话，面色越发苍白。

"你怕什么？"胡雨芝立即喝问了一句，"你怕什么？你不心虚有什么好怕的？"

一秒，两秒……

半晌，任佳忽然蹲下身，埋头，肩膀小幅度颤动了起来。

胡雨芝一愣："你有什么好哭的！你哭什么哭？"

任佳努力压抑住自己想放声大哭的冲动，拳头紧紧攥着，脖子上的青筋都绽了出来。过了一会儿，她才抬起头，满眼是泪："妈妈，我是怕你失望。"

不知过了多久，胡雨芝手一松，声音跟着弱了下去，语气却仍然咄咄逼人："你不努力我当然会失望……"

"可是我已经足够努力了！"任佳腾地起身，忍无可忍地吼出了声，"我一直都在跑，我一刻都不敢松懈，我偶尔停下来喘一口气都觉得自己罪大恶极，可我就是做不到最好怎么办？我怎么够够不着你的要求怎么办？你说啊，我到底要怎么办才能让你满意？是不是只有去死你才会开心？"

不同于刚刚那句愤怒的辩驳，这几句声音沙哑得有些过了分，任佳的嗓子已经完全劈开，扭曲得像是另一个人。而话音刚落，"啪"一声，一道耳光干脆地落到了任佳脸颊上，她被扇得一个趔趄。

空气安静，胡雨芝手里的书包"嘭"一下落了地，她看着任佳，双眼通红："任佳，你知不知道自己在说什么？"

与此同时,"吱呀"一声,樟树后的大门开了,向奶奶蹒跚着下了台阶,边走边急切道:"哎呀哎呀,我说小胡,孩子这么大了你可千万别这样,现在小孩都顶要面子的。"

胡雨芝指着任佳,眼泪无声地淌了下来:"她要什么面子,她都想去死了,我养了她这么多年,好吃好喝地供着,亏待她了是吧?"

"别这么说别这么说。"向奶奶急忙挥起了手,一副无可奈何的模样,"小孩子的气话嘛,当不得真的呀!"

而楼上,又有几个人听见了动静,打开窗户向下张望起来。

任佳忽然笑了,心想,看吧,又一次,所有人都在看她的笑话。

"真有意思。"半响,任佳缓缓站直了身体,"其他人说我作弊,甚至相信那些可笑的谣言,而你呢,说我骗人、撒谎、不努力……他们不知道我就算了,你也不知道吗?"

说完,任佳起身,再也没看后边一眼,捡起书包飞速走进了家门。

这一整个晚上,任佳都把自己锁在房间里,到了饭点也没出去吃饭,而胡雨芝也没搭理过她。

到了晚上,墙外传来了"哗啦哗啦"的洗漱声,又过了一会儿,门边忽然传来一声碟子落地的清脆声音,任佳明白是胡雨芝把饭放到了门口,反而觉得更加委屈,无力地趴在了书桌上。

她很饿很饿,但就是不去吃饭,尽管她知道,这样做分明谁也惩罚不了,除了她自己。

又过了一小时,任佳腾地起了身,开门后直接端起餐盘走向了厨房,再然后,如同要发泄情绪似的,"砰"一下,她把盘子扔到了桌上。

做完这些,她就拿起睡衣跑向了卫生间。

浴室里,水汽弥漫,任佳把水温调得很烫,放纵热气氤氲进毛孔,在滚烫中失去了知觉。

水柱下,任佳就那么站着,一动也不动地冲了许久,直到两条手臂上都泛起了红,她才又"咔"一下把旋钮旋到了另一半,霎时,倾斜而下的水柱变得冰冷无比,她仍然站着没有动作。又过了一会儿,院子里忽然响起了几声鸟叫,她才关掉水,抬起右手在自己眼前晃了晃。

恍惚间,任佳有种错觉,自己右手的指尖还带着餐盘的余温。

妈妈给她炒了饭,是她昔日里最喜欢吃也最花时间的海鲜酱油炒饭。

其实,只要想到冷冰冰的灶台上还躺着一个温热的餐盘,任佳就觉得自己有些过分,可每当她心里生出一丁点要服软的念头,转而又会被更加强烈的愤怒和委屈所取代。

接下来两天,胡雨芝都是早出晚归,母女俩理所当然地陷入了冷战,谁也不主动和对方说话,转眼,时间就到了周日的晚上。

周日傍晚,任佳洗完澡后,囫囵擦了擦头发,再度锁上房门,坐在了窗边的书桌前。

快速吹完头发后,任佳深吸一口气,开始粗略整理起了上一周的各科知识点,当她整理完毕,指针已经指向了十一点。

门外不断有动静传来,任佳集中注意力,撕下一张便利贴,按老规矩罗列起了明日计划。

晨读一篇、单词一百个、试卷……

忽然,窗外传来了一阵窸窸窣窣的动静,任佳写字的手顿了几秒,蓦地想起了陈岩。

她知道老人家大多有些耳背,那么,如果就连向奶奶都听见了屋外的突兀争吵,陈岩岂不是早已把她那些歇斯底里的喊话听了个齐全?

"刺啦"一声,手里的纸张已经被划破了一道,任佳烦躁不已地低下头,把便利贴揉成一团,又撕下一张打算重写。

与此同时,"咕噜咕噜"两声,任佳的胃里又翻滚了起来。

她长叹一声后,无可奈何地扔下了笔。钢笔触桌的那一瞬间,又有一只鸟儿打窗边飞过,再然后,她听见有人在叫她的名字。

"任佳。"

一声由于刻意压得很低,而显得有些过分紧张的少年音。

任佳猛地抬起了头。

窗户打开，任佳把桌上的台灯稍稍往外旋转了一个角度，于是，陈岩隐匿在夜里的五官刹那间清晰了起来。

他眼珠很黑，眉毛略微向上挑着，嘴巴又是薄薄的一条线，在身后皎洁月光的映照下，神情比平日里更为冷冽。

"拿着。"

陈岩直接把怀里的玻璃罐扔到了任佳桌上。

任佳惊讶极了："你怎么在这儿？"

"我……"陈岩停顿了一下，"家里老太太看不得一个小姑娘掉眼泪，让我给你这个。"

陈岩声音不低，任佳生怕他吵醒里屋的胡雨芝，连忙伸出一根食指，在陈岩嘴前比了个噤声的动作。

"嘘！"

微凉的食指指尖点上陈岩嘴唇，又如蜻蜓点水般一触即分，霎时，两个人都怔愣着后退了一步。

不同于陈岩本人给人的感觉，他的嘴唇是柔软而温热的，和他校服外套的触感有些相像。沉默间，任佳把桌上的台灯往下压了压，不想他看清自己脸上渐渐升腾起的绯红。又过了几秒，她拿起桌上塞满了各种各样小零食的玻璃瓶，再度递回到陈岩手中。

"帮我谢谢向奶奶，"任佳低声道，"但是不用了，怪不好意思的……"

任佳确实很不好意思，她只知道向奶奶为人热情健谈，但从没想过对方还这么心细，她对向奶奶而言不过是断断续续见过几面的邻居而已，向奶奶居然能照顾到这种地步。

一个让任佳极度难堪的猜测又陡然冒了出来，向奶奶既然能遣陈岩来，是不是意味着……

"你是不是……"任佳艰难道，"你是不是听见我和我妈吵架了？"

"没。"陈岩语速飞快，"当时戴着耳机，没听成你家的热闹。"

"哦——"

她才不信嘞。可她一抬起头，又瞥见了陈岩胸前长长的耳机线在夜里随风

119

晃荡着，不由得又信了几分。

任佳于是小心翼翼地打量起了陈岩的表情——他眉眼间还是那副散漫神情，面上更带了点轻浅的困意，看样子……好像真没说谎？陈岩则完全把任佳的话当成了耳旁风，又无所谓地把她塞过来的东西扔回到了人家手上。

"他们说你作弊是吗？"陈岩忽然问。

"你怎么知道？你、你不是说自己没听见……"任佳羞愤得都开始犯结巴了。

"老太太听见了告诉我的！"陈岩不耐烦地打断了她，"所以你那天上午才一副可怜巴巴的鬼样子？"

任佳还来不及回答，陈岩又问："为什么不反驳？"

他语气很认真，近乎严肃的地步。任佳还记得，陈岩上次这么严肃，还是半个月前目睹她在小巷里拎起木棍的那天。

"我……"任佳错开陈岩的视线，底气不足道，"我自己相信自己不就够了吗？"

话一说完，她才反应过来，陈岩好像无条件站到了她这一边，丝毫不怀疑其他人的指控是彻头彻尾的谣言。

陈岩却忽然笑了一声，但，很显然，绝对不是由于心情愉快，纯粹是被气的。

"我问你。"陈岩双手按住窗台，俯身向任佳靠了过去，"你吃饭会耽误你上厕所吗？"

虽然一般情况下，这两件事任佳不会同时进行，但答案显而易见，完全不耽误。

于是任佳开口："不会……"

"那就是啊！"陈岩咬牙切齿，"你把那些蠢货怼回去耽误你自己相信自己吗？"

她从来不知道，陈岩讲起道理来可以这么生动形象，好漂亮的逻辑，简直无法反驳。

只是，由于陈岩的陡然靠近，黑暗里，两个人此刻隔得极近，就连呼吸都彼此相闻……

忽然，任佳听见自己胸腔处传来了几声心跳——"咚、咚、咚"，一下又一下，清晰且有力量，而陈岩的呼吸声也比平时也沉上了几分，她听着听着，竟有一种自己与眼前人从来都处于同一频率的错觉。

而之所以说是错觉——

先退回去的人是陈岩，这次他直接退开了一大步："明天我还得早起，走了，你也早点睡。"

说完他利落转身，再度走过了那棵樟树，快速消失在了黑暗里，再然后，"砰"一声，对面的门被关上，任佳这才陡然回了神。

陈岩一走，任佳的整个大脑都在反复回忆陈岩那句"明天我还得早起"。

明天自然又是周一，而陈岩在周一这天早起的理由，没有人比她更加清楚了。

任佳轻轻叹了口气，觉得自己实在太天真了，上周她没在一楼走廊看见陈岩，便天真地认为他终于放弃了。

而事实证明，根本不是这么一回事，陈岩对念念的喜欢，比她想象中还要坚定得多。

听力书上的那幅钢笔画，不就是最好的证明吗？

一想起那幅钢笔画，任佳心里难得的雀跃又一点一点散了个干净。她关上窗，熄灭了桌上那盏微弱的台灯，重重躺回到床上，再度将自己包裹在了无边的黑暗之中。

周一一大早，任佳就看见了胡雨芝留在餐桌上的钱。这一次的早餐钱比以往的每一次都要多，任佳只拿了和平常一样多的数额，剩下的，她原封不动地留在了餐桌上。

其实她明白，这就相当于无声的示好了，可有一点她无论如何也想不通——为什么妈妈宁愿在这些细节上下功夫，就是不愿意说一句简单的对不起？

任佳只觉那一日胡雨芝给的响亮耳光再度落在了脸上，半边脸都已经开始火辣辣地痛。

她早就知道，胡雨芝才没觉得自己有任何不对呢，妈妈只是认为自己是个大人，所以理所当然应该宽容一个未成年的高中生！

任佳一边想着，一边气冲冲地向外跑去。大门一开，她就看见了那辆红色的单车。

绿树映衬下,它红得就像燃烧的火焰。

"嘭"的一声,对面的门也开了,陈岩耳朵上挂着耳机,一边套着校服外套一边往外走。看见对面的任佳后,他脚步先是顿了一下,紧接着又径直走向了自己的单车,低头认真开起了锁。

"咔嚓"一声,锁被打开,车锁被陈岩随手扔在了窗户外侧的水泥台面上。他回头瞥了眼任佳,略一颔首就表示自己打过招呼了,紧接着,一步蹬上车,风一般驶离了小巷。

这人今天似乎兴致不高。

任佳看着逐渐小成了一个红点的单车轮廓,情绪不可避免地坠向了更加幽深的谷底。

经过一楼多媒体教室时,任佳果然看见了早早赶往学校的陈岩。这一次,陈岩没有站在走廊上,而是直接坐在了教室里,和童念念等人一起听起了那年代久远的录播课。

任佳迈着沉重的步伐往楼上走,到达九班教室后,再一抬头,就看见了一点儿也不想看见的周一课表,黑板上的端秀字迹再次提醒着她——今天上午有两节化学课,与此同时,英语课还得等到明天。

稀奇古怪的事就这么发生了,化学是任佳最擅长的科目之一,英语最毫无疑问是她最薄弱的一科,可她现在一看见"化学"二字,一想起徐原丽镜片下没有情绪的眼睛就觉得有些害怕,对姜悦的英语课反而充满了期待。

任佳总有种预感,假若姜悦听说了她在英语考场上用手机作弊的传言,也一定会和陈岩一样,一个字都不会相信。

只有姜悦知道她付出了多少。过去的一个月里,她除了一边下笨功夫一边向裴书意讨教之外,还去找姜悦拿到了前海一中高一一整年和高二上学期的所有听力磁盘——下晚自习后的所有时间她都在专攻英语,甚至,因为清楚自己基础薄弱,她还结合试卷,把高一的课本知识又巩固了一遍。

"早上好。"

就在任佳胡思乱想之际,裴书意到达教室,笑着和任佳打了声招呼。

"早上好。"任佳看向裴书意，立刻就被吓了一跳。

裴书意很憔悴，黑眼圈大大的，和平日里那副带着淡淡笑意的模样差了十万八千里，显然失眠好几天了。

"你怎么了？"任佳忙问。

"没事。"裴书意笑了笑，"感冒了，已经去医院看过了，医生说只要吃几天药就能好。"

裴书意一边说着，一边哑着嗓子咳了几声。

任佳有些放心不下，还要再问，裴书意已经从课桌里拿出了语文书，低头预习起了文言文。

这就是不愿多说的意思。任佳清楚这点，只好也自顾自看起了书。

身旁陆陆续续有人来了，各科课代表开始收作业，任佳壮着胆子，喊了声"交作业了"，大家这才纷纷把试卷放在了她桌上。

只是，与上一周不同，有几个人交作业时直直盯着她，眼里的情绪分外古怪。任佳回忆着上周五那两声突兀的嘘声，立刻就把那声音和面前的脸联系在了一起。

她都没怎么和这两人说过话。

一个是袁安，他就坐在她前面，是九班少见的几个爱玩的学生之一，下课后经常叫陈岩去打球，还总爱和女生们开些莫名其妙的玩笑，但他又不像陈岩那样全然随心所欲，自从上次考差被徐原丽当众批评后，他就明显低沉了好一阵子。

另一个则是角落里的黄正奇，他性格沉郁，相对于袁安要安静得多，对她的偏见似乎也要深上许多。

任佳桌上的作业再度高高堆起，又只差一张了，还是陈岩。

而陈岩仍然没有出现在教室。

不过这周一本来就没有英语课，作业的事情相对而言没有那么着急，任佳回头预备集中精神念读课文，"丁零"一声，自习的铃声响了，姜悦风尘仆仆地走了进来。

"姜老师？"

"不是语文早自习吗?"

"袁老师请假啦?"

"没有,没请假。"姜悦说话间还有些气喘,简短解释道,"换自习了。"

在九班,突然换课并不常见,有少数几个好奇的学生还要再问,姜悦已经清了清嗓子,言简意赅道:"纸笔拿出来,听写单词,一百个。"

"一百个?平常不都只有三十个?"

"我没听错吧?"

教室里顿时号叫出声,学生们你看我我看你,纷纷交换起了惆怅的眼神。

姜悦不理会众人的哀号,她看向任佳,干脆利落地敲了敲黑板:"课代表上黑板来听写。"

英语老师的语气有些严肃,抱怨声戛然而止,反而变成了几声尾音拖长的起哄,袁安甚至短促地笑了一声,笑里还透着兴奋,就好像姜悦此举的含义他再了解不过了——毫无疑问,这就是老师对作弊学生的警示。

任佳缓缓起身,因袁安那声意味清晰的冷笑而陷入无言。

姜悦却踩着高跟鞋走到了任佳身旁:"任佳,你去黑板上示范一下。"

示范?

任佳惊讶地抬起了头,心里隐约明白了姜老师想做什么。与此同时,一阵不紧不慢的脚步声缓缓响起,陈岩从前门走进教室,冷着脸经过了一个班的人,旁若无人地坐回到了自己的座位上。

这一次,姜悦罕见地没有批评陈岩,面色平静地扫了他一眼后,就把粉笔递到了任佳手上。于是,在一片"哗哗哗"的翻书声中,任佳接过了粉笔,径直走上了讲台。

"这次我念英语,除了要拼写正确外,记得把中文也写出来。另外,这次听写我不会收上来,同桌交换打分,全当一次自我检验,所以用不着自己骗自己,遇见不会的就空着,没必要往黑板上看。"

任佳握粉笔的手一紧,再一次确信了姜悦的意图。

"第一个单词……"

听写开始了。

姜悦才念了几个单词，教室里就有好几个人发出了几声困惑的"咦"。

"安静！我知道你们想说什么，在课文里没出现过是吧？"姜悦敲了敲讲台，"是没出现，但是在这次月考的阅读题中出现过。"

班里的气氛顿时低沉了不少。

姜悦冷声继续："距离试卷发下来已经三天了，其中还有一个周末，周末都没有回家订正吗？"

说完，还不等众人给出回答，她就开始自顾自往下念了下去，任佳悬在空中的右手再度动作了起来。

姜悦这次的听写颇有些不走寻常路，除了按部就班地念读词汇外，她还会时不时让大家延伸出经典的词组、抽查一些容易记错的分词时态或是干脆把几个极其容易混淆的单词一起听写……

虽然九班基础不赖，但由于姜悦的花样层出不穷，再加上这次听写量实在过大，有些人的完成状况并不理想。

任佳在黑板上听到第九十个单词时，听见了好几声颤颤巍巍的长叹。

第九十九个单词写完，黑板上已经布满了密密麻麻的字，任佳的手都酸了，她下意识甩了甩右手，听见黄正奇咕哝了一声："她每天死背单词当然能听写出来。"

任佳应声回头，看见黄正奇咬着笔头望着黑板。不知为何，她心里那些无法言说的繁杂情绪顷刻间烟消云散，刹那间，她只觉得，他真可怜。

快下课时，姜悦的第一百个单词终于念读结束，不少人立刻翻开了书，任佳却仍然望着黄正奇，拿粉笔的手微微有些抖。

"任佳，还有最后一个。"姜悦提醒了一声。

"好。"任佳于是再次集中注意，回头，抖着手写下了最后一个单词。

写完，下课铃正好响起。教室再度嘈杂了起来，没有人注意到任佳微微踮起了脚尖。

铃声结束后，细长的笔头再次触上黑板，由于拿笔人过于用力，"嘣"一声，粉笔断了，一声刺耳的黑板摩擦音乍然响起。

这声音再次吸引了众人的注意，黄正奇第一时间抬起了头，脸色阴沉。

"不是听写完了吗？"

前排有几个人同时发出了疑问。

而任佳置若罔闻,自顾自捡起那半截断掉的粉笔后,她抬起手,在黑板最顶端的那一小块空白处,快速挥动了起来。

第一百零一个单词,innocent。

——清白无辜的。

"我没有作弊。"

写完,女孩回身看着黄正奇,声音温和而坚决。

所有人都看得出来,任佳还是那副不温不火、温驯得过了头的模样,但同时,他们也能感受到,又好像有什么很细微的东西发生了改变。讲台下,裴书意一直认真看着任佳,就连姜悦都愣了两秒。

只有陈岩,他忽然举起了手。

姜悦刚要提醒他没事儿别乱举手,陈岩却认真道:"老师,我没同桌,谁检查我的?"

"给课代表。"姜悦轻咳两声,"我估计裴书意那份也花不了她什么时间。"

说完,姜悦宣布了下早自习,返身检查起了任佳的答卷。

这是一份从头到尾都字迹工整、从头到尾都没有一处错误的答卷,唯一潦草的只有黑板最上方的那个单词,innocent(无辜的)。

和许多人一样,任佳坐回到座位上后,也抬头盯起了那个单词。她觉得它像一个潦草而卓有成效的解语,由她摸索着沉吟出声,转而也扫清了这些天环绕在她周围的乌云。

看着看着,任佳又想起昨晚那个混乱的傍晚,陈岩站在黑暗中,那么严肃地问她为什么不反驳。

肩膀忽然被人戳了戳,任佳的胡思乱想瞬间被中断。她慌忙回头,接过层层传递而来的英语本时,忽然发现作业本的主人正懒洋洋地趴在桌上,眼睛一眨也不眨地盯着她。

深邃的黑眼睛携着点点笑意,薄薄的嘴唇轻轻抿起——这是最不常出现在陈岩脸上的那种神情,无知无觉、包容安宁,柔和得仿佛对整个世界毫无防备。

任佳迅速回头,惊觉自己差点被那点若有若无的笑意晃花了眼。

她强迫自己定下心神，低头认真批改起了试卷。

裴书意的答卷确实很完美，所以她着重看起了陈岩的那份。出乎任佳意料的是，陈岩对待这次听写也很认真，有的单词甚至还写出了两种常见的中文含义。

任佳仔细看完，更正了几个由粗心而造成的错误，发现一百个单词正好布满了满满当当的一页纸。

而透过纸张轻薄的听写本，任佳清楚地看见，这页纸的背面，似乎还有一团黑色的钢笔划痕。

陈岩在另一面写了什么？

霎时，任佳的胳膊上都起了一层微小的栗，她屏住呼吸，迅速翻到了下一页。

一团潦草的黑出现在了纸张顶端。

那是"ch"开头的一个单词，由于剩下的部分被那团黑色墨迹划得面目全黑，她只能艰难辨认出开头的这两个字母。

"改完了吗？"

不知何时，陈岩忽然出现在了她的面前。

"完了。"任佳吓了一跳，立即把本子还给了他。

陈岩狐疑接过听写的那一瞬间，任佳看见了本子封面上龙飞凤舞的那行英文——正是"ch"开头，不是什么别的单词，就是他中文名字的简单拼写，姓和名都没按英语书写的习惯颠倒过来，Chenyan。

原来如此。

陈岩好像有什么想说，但最终什么也没说，只是安静看着她，嘴角勾起了一个古怪的弧度，好像想笑，又好像想要竭力抑制住。

可下一秒，当他回过头时，表情又倏然冷了下来。

任佳也发现了这点，她顺着陈岩的视线向前门望去，看见了西装革履的陈元忠。

徐原丽不知何时已经站到了讲台上，她笑着和陈岩挥了挥手："陈岩，你父亲找。"

班主任今天对陈岩分外客气，可陈岩对她却是最不客气的一次，以前他还会"嗯"一声表示敷衍,这次却连看都没看讲台上的徐原丽一眼,只是沉默注视着门外的男人,面上毫无波澜。

他那样的眼神,不是不满,也不是愤怒,而只是浓厚的冷漠。无来由地,任佳心跳迅速飙升,她还记得那天在公交车上,陈岩看见他的那辆黑车时也是相同的反应,一如寒冰。

徐原丽又叫了几声,见陈岩还是没动,只好装作无事发生,尽量自然地讲起了课。

门外,陈元忠脸色愈沉。

众人好奇极了,却碍于是班主任的课而不敢过分八卦,只有任佳,回过头紧拧着眉头盯起了陈元忠。

忽然,耳畔传来了几声重重的咳嗽,裴书意的咳嗽将任佳拉回了现实。

裴书意的感冒似乎有些严重,这节课一直在咳嗽,而没过一会儿,陈岩居然也哑着嗓子咳嗽了起来。

他居然也感冒了?

任佳猛然记起,昨夜里,陈岩抱着玻璃罐出现在她窗前时,只穿了一件薄薄的黑色长T恤,而那时,窗外樟树叶簌簌飘摇,夜风还惊起了枝头的鸟,想来他没少吹冷风。

时间被拉成了漫长的直线,一点点愧疚夹杂着一点点心疼,时不时像鬼火一般蹿上任佳心头。当下课铃声终于响起时,她迅速回头,发现陈岩恹恹趴在桌上,脸则深埋在手臂里,一副无精打采的模样。

徐原丽已经走了,而陈元忠仍然等在后门处,周围的同学见状,纷纷压低了声音,东拉西扯地聊了起来。

忽然,陈岩又咳了一声,校服衣角跟着颤了一下,声音比平时还要哑上不少。任佳心也跟着一颤,心里那点因焦虑而起的火苗瞬间烧成了一团熊熊大火。

在座位上磨蹭了几十秒后,任佳再也忍不住,风一般跑去了校医务室。

打医务室返回教学楼时,任佳分明是怀揣着几盒正儿八经开来的感冒药,却像是怀揣着几枚炸弹一样小心翼翼。

上楼时,任佳已经想好了,中午等到所有人都跑去食堂后,她就要把感冒药塞进陈岩的课桌,反正每次吃完中饭回到教室,他桌上总会多出点儿东西的。

对了……上次给陈岩的糖,不知道他吃了没有?

她一边想着,一边蹑手蹑脚地走进教室,却发现预想中的身影已经不知所终,而且不只是人,连带着书包都已经没了踪影。

任佳缓缓走向自己的座位,把感冒药小心放进书包后,回头看了又看,心底的不安愈演愈甚。她隐约明白,陈岩终究还是和他父亲走了,只是她没想到,陈岩这一整天都没再出现过。

当晚自习结束后,任佳喘着气跑回小巷时,那辆红色单车也没像以往那般安静停靠在樟树后——陈岩没去学校的车棚里取车,也就是说,他根本没有回到南巷。

任佳心事重重地走进房间,颓然地拿出几盒感冒药后,盯着密密麻麻的服用说明书发起了呆。

一个小时后,胡雨芝也回到了家,她显然发现了桌上多出的几张零钱,表情自进门就不大好看。

再一次,任佳又把房间门打了反锁,企图把自己和整个世界隔离开来。

只是这次,窗户被任佳开了一个小角,窗帘也没一拉到底,她给世界留了一点可以闯入的缝隙。

秒针"滴答滴答"地向前行进,晚风时不时从窗缝中灌入房间,勾得鹅黄色的窗帘仿若麦浪般缓缓涌动。

任佳每整理完一科知识点,都会抬起头朝窗外看一眼。

不知不觉,空白纸张已被字迹填满,对面居民楼的零星灯光全灭了,家家户户门窗紧闭,唯余一片冗长的寂静笼罩着南巷的每个角落。

早已超过了平日入睡的时间,任佳却仍然没有离开书桌的打算,相反,她把窗户推开了一个更大的角度,呆呆望起了头顶的月亮。

就连月亮都困意缱绻,仿佛累极了似的,只肯在樟树下撒下一片微弱的银光。

这银光根本不够任佳看清夜的轮廓,于是,她再度把桌上的台灯轻轻向外推了推。

风还在吹。

刹那间，自然的光与人造的光混杂在一起，勾勒出了对面那扇窗户的朦胧虚影。

虚实相间的夜里，任佳忽然意识到，她的勇气好像从来都有一点滑稽，就比如今早，没有任何人要她那样做，她却踮着脚，兀自写出了第一百零一个单词，也比如此刻，没有任何人期待她的关怀，她却兀自进行着一场徒劳而坚决的等待。

她甚至——

企图用一点孱弱的微光，贿赂窗外偷懒的月亮，期待她愿意照亮某个人深夜回家的路。

第六章
野草疯长

"在满目荒凉的野草中,一个只与陈岩有关的王国正拔地而起。" ♪

陈岩还是不在,这一次,顶着两个黑眼圈的人换成了任佳。

"给你这个。"

任佳抬头,发现是裴书意递过来一包咖啡,又见他说话声音还有点哑,她赶忙从包里找出了几包感冒灵和一片喉咙含片递给了他。

"我买了挺多感冒药的,你要不要再吃点儿?"任佳认真道,"还有含片,喉咙不舒服也可以含几片。"

她一边说着,一边又回头望了一眼。这几天里,不管她回头看多少次,后排角落总是空落落的。

裴书意没有客气,道谢后接过了任佳的药,继续翻看起了手里的书。

任佳则觉得有些奇怪,昔日里,裴书意只要有一丁点风吹草动,童念念一定是第一个出现的,可这一次,任佳却连她的人影都见不着。

文艺晚会那天,他们到底发生了什么?

说起来,任佳也很久没见过童念念了,学校说大不大,说小也不小,她们的教室在不同的两栋教学楼,当诸如文艺晚会之类的活动远去,就很难再见到了。

"在前海一中习惯了吗?"裴书意忽然看向了任佳。

任佳没想到裴书意会忽然问这个,她来这里已经两个多月了,纵是有再多不习惯,都早已悉数适应。

难道陈岩不在,她的无所适从表现得这么明显?

"习惯了,怎么了?"任佳欲盖弥彰地清了清嗓子,"我看起来有点奇怪?"

"不奇怪。"裴书意淡淡道,"我只是觉得你很勇敢。"

这忽如其来的夸赞让任佳更加不知从何接起。有很多时候,她都觉得裴书意就像个礼貌而客气的先知,虽然看上去只醉心于学习,其实对周围的一切风吹草动都了如指掌。任佳再也不敢问下去,生怕裴书意下一句话是,譬如你居然有勇气喜欢陈岩……

早自习结束没多久,上课铃准时响了起来,是方老师的数学课,值日生喊了句起立,班里众人整齐划一地站起。

"老师好!"

喊完后,众人再整齐划一地坐下,他们默契地拿出数学课本,又默契地抬起脑袋听起了课。老师没有问起陈岩怎么不在,学生也没回头看,好像除了任佳本人,在场的所有人都不觉得陈岩不打招呼的消失有什么不对劲的。

转眼,上午的课结束,午休时间到了。

吃完饭,任佳匆匆跑回教室,陈岩还是没有出现。

这一天漫长得像是一年。

傍晚,任佳萎靡不振地回到小巷,那辆红色单车还是不在,而陈岩父亲的车却停在了一旁。

到了晚上,任佳听到一阵撕心裂肺的咳嗽,轻轻拉开窗帘一角后,果然看见了陈元忠。和任佳预想的一般,脱掉黑西装后的陈元忠无比憔悴,简直形如槁木。

又过了一会儿,向奶奶出门浇水仙和兰草,直接无视了陈元忠,但走到门边,准备关上门时,她还是重重地叹了口气。

"回医院吧。"向奶奶道,"岩儿心里本就有恨,你明明知道的。"

男人不理会,向奶奶又道:"岩儿不会真的见死不救,等他想通了,自己会去找你。"

"但是我等不起了!"男人忽然歇斯底里地吼了一声,任佳吓得立刻拉上了窗帘。

第二天,任佳惴惴不安地走进教室,期望却又一次落了空,陈岩的座位仍然是空的。

"陈岩怎么还没来啊?"

第三节课结束,数学课代表旁胜打他桌前经过,好奇地咕哝了一句。任佳一个激灵坐直了身体,她想,终于有人和她一样,意识到这其中的不对劲了。

只可惜,除了任佳,没几个人听见旁胜这句自言自语,更没几个人附和他,任佳再度颓然地趴了下去。

为什么呢?

明明陈岩不在,她心里的野草却长得更疯了,一株挤着一株,一寸压着一寸,在满目荒凉的野草中,一个只与陈岩有关的王国正拔地而起。

周二,陈岩没有出现。周三,陈岩仍然没有出现,而巷子里那辆轿车一连两天都没有离开过。直到第四天一大早,任佳走出巷子,发现那辆车终于消失不见,她才像终于活过来一般,喘着气跑进了教室。

只是,周四这天,她仍然没有看见陈岩的身影。

终于有人发现了陈岩一连四天的缺席。上午,几个文科班的女生忽然跑上了五楼,在门口张望了一阵,失落地离开了,而下午,体育课前,隔壁班篮球队的几个体育生也跑来找过陈岩,见人不在,只好拿着篮球扫兴而归……

九班自己人相对而言要淡定得多,任佳试着提了几句才知道,原来他们早已默认,陈岩是去提前准备各类申请材料、参加各项资格考试去了,毕竟他下学期就会离开,学习节奏本就和大部分人都不一样。

任佳很想反驳,根本不是这样的,尽管她不知道具体的缘由,但她确信,陈岩的离开和这些根本没有关系。

"裴书意。"任佳忽然回头,"陈岩请假了吗?"

走投无路之际,任佳想,裴书意是班长,或许他知道一点内情?

"当然。"裴书意道,"不然这么多天没来,学校和家长会找疯的。"

看来他并不知情。任佳失望地看向了窗外,据她观察,陈岩的父亲陈元忠根本不知道陈岩去了哪里,这些天,他时不时就会出现在南巷院子里的石板凳上，也和她一样徒劳地等着。

不过裴书意的话也有道理，徐原丽虽说不待见陈岩，也绝不会放任他一连多天随意逃课，陈岩一定是办了合规的手续才能离开学校，很有可能，那手续就是他父亲办的。

这么看来，那就只有一种可能了，事情的走向也超出了陈元忠的预料，陈岩和他回到家后，又不知跑去了哪里，而陈元忠对于此事全无头绪，只好在南巷等着，可不知出于何种理由，他甚至没把这件事通知学校。

任佳还陷在自己的沉思里，周围的人早已把话题岔开了，他们聊得火热，东一榔头西一锤子，甚至还聊起了和学校生活八竿子打不着的供电事宜，所有人都没再提起过陈岩。

何思凝不知何时跑到了后排，见任佳发着呆，伸出手在她眼前晃了晃："你听说了吗任佳？今晚据说会停电一小时。"

"怎么可能？"旁胜一脸不信，"停哪儿都不可能停学校，何思凝，我看你就是不想上晚自习！"

任佳茫然地抬起头，见何思凝和旁胜吵得不可开交，裴书意则若有所思地望着自己，她立刻打起精神和他笑了笑，示意自己没啥事。

有关断电的传言又默契地被众人抛在了一边，他们聊起了校门口新开的烧烤店，表示这周末要一起去吃，任佳则再没了参与讨论的心情。她回头，机械地拿起笔，沉默地预习起了新课内容。

这个晚上，任佳认真得简直像着了魔——整整两节课加两个课间的时间，她一直把自己牢牢钉在了座位上，不曾起身，不曾停笔，甚至连头都不曾抬过。

直到第三节课的上课铃声忽然响起，任佳忽觉有些渴，拿起水杯刚一起身，就发现裴书意在窗外的走廊上看着风景，而出乎她意料的是，童念念也在窗外，童念念和裴书意没有说话也没有打招呼，面无表情地擦肩而过了。

第三节课，裴书意的状态明显有些心不在焉了，任佳也没比他好不到哪里去——尽管她仍然握着笔，不断地在纸上书写着一行行公式，却统统都是过脑不过心而已。

十分钟后，忽然，"咔"一声，任佳桌上的草稿纸被笔锋划开了一个大口，裴书意看向她，眼里现出几抹讶异。

"裴书意。"任佳忽然扔下了手里的笔，"你知道前海市哪里有比较集中的摩托车行吗？不是那种路上的普通摩托，是那种……"她斟酌着用词，"是那种很气派的，有点像电视里的赛车手才会骑的摩托。"

"这样的不多，老街有几家。"裴书意直截了当地给出了回答，"我就住那附近。"

老街？

任佳微微睁大了眼睛，如果她没记错的话，上次陈岩带她和童念念吃的那家烤肉店不就在老街附近？

"谢谢。"任佳一知道答案，立即干脆利落地收拾起了书包。

"你要逃课？"裴书意稍稍有些惊讶。

"对。"任佳答得斩钉截铁。

随着这一铿锵有力的回答落地，"啪"一声，灯灭了，教学楼一片漆黑。

"真停电了？"

教室里断断续续冒出了几声压低了声音的脏话，但没过一会儿，大家又不约而同地大声喊叫了起来。

"哦耶！刺激！"

"不用做数学题了！"

"去他的数学！"

"去他的高考！"

所有人都躁动起来了，喊得一声更比一声兴奋，甚至，有几个胆大的男生还清了清嗓子，预备来点儿鬼故事营造气氛。

这突如其来的黑暗像是一个难得的暂停键，平日里的压抑气氛一扫而光，这一刻，几乎所有人都像抓住救命稻草一般，牢牢攥住了这一短暂的欢愉时刻，尽情释放着心里的压力。

只有任佳，在黑暗里屏着呼吸，不发一言地离开了座位。

她打算去做一件连她自己都觉得荒唐的事——她要找到陈岩。

"你要去老街吗？我和你一起去。"

走出几步后,忽然,裴书意的声音在黑暗里响起。

"你确定?"任佳难以理解,"你要和我一起逃课?"

"确定。"裴书意宛若变成了另外一个人,"你打算怎么去?"

"装病……"任佳想了想,"找徐老师拿请假条。"

尽管这方法并不高明,但说实话,她没什么其他的好办法了。

"装病不管用。"裴书意却道,"像这种情况,班主任会通知你家长来接,你可以跟我走,我知道一条路可以绕过门卫。"说着,他已经起了身,率先出了门。

"从这儿翻。"

到地方后,裴书意看着眼前的围墙,询问任佳能不能翻过去。

这是废弃宿舍楼后的一面水泥墙,围墙不高,任佳扔下书包,助跑几步后,紧紧抓住墙面上突起的半块转头,奋力撑了上去。

学校或许是想警示学生别逃课,还在围墙顶端竖起了几块稀稀拉拉的毛玻璃,任佳找准空隙后,没急着跳下去,转头提醒裴书意要小心玻璃。

不知道是不是她的错觉,她发觉裴书意看她的眼神有些躲闪,但也没多想,腾地就跃下了围墙。只是,尽管她空中动作看上去很潇洒,落地时却差点没摔个狗啃泥。

"没事吧?"裴书意的声音从墙的另一侧传来

"没事。"任佳右脚崴了一下,她咬咬牙,忍痛接过了裴书意丢来的书包。

裴书意则相对轻松一些,成功翻过来后,见任佳已经跟跪着站了起来,没再多说什么,径直带她走向了公交站。

前海一中距离老街正好十站,这时的车厢几乎没人,二人并排而坐。彼此沉默一段时间后,任佳终于没忍住问出了心底的疑问:"裴书意,你最近心情不好吗?"

裴书意点点头:"有一点。"

"那你要和我说说吗?"问完,任佳立刻又补充了一句,"当然,你不想说也完全没关系!"

裴书意沉吟片刻,最终还是开了口:"文艺晚会结束后的那天,我没控制好情绪,和一个女孩说了几句重话,她那时候就说,以后再也不会理我了,原本，我想这对我们而言都是件好事，可是后来我发现，原来她真的能说到做到，这样一来，我又好像并不开心。"

裴书意坦诚得让任佳有些意外，记忆里，这应当是除了讨论学习问题之外，他和她说话最多的一次了。

"既然你也很内疚的话……"任佳小心试探着，"为什么不去和她好好道个歉？"

这样的问法实在是有些傻，可任佳确实不太擅长在感情方面帮忙，而且，在她的印象里，裴书意对童念念总是阴晴不定，话向来很少。

至于童念念，在他身边时则宛如一个叽叽喳喳的大功率太阳，脸上从来都是带着笑的。

听见任佳问得不假思索，裴书意的嘴角却忽然噙上了一点嘲讽的笑意："因为我不指望她能理解我的愤怒。"

愤怒？

为什么会和这两个字扯上关系？任佳只觉得分外难以理解。

正想再问，裴书意忽然垂下了眼睛："任佳，你有这样的体会吗？尽管你喜欢的人也喜欢你，可大部分时候，你只希望她彻底放弃你。"

任佳摇了摇头，她喜欢的人并不喜欢她。

于是，裴书意又换了个问题："你相信人与人是不同的吗？"

"当然。"任佳反问，"每个人不都是独一无二的吗？"

又是一阵沉默。

"其实很多人都是相似的。"半晌，裴书意看着前方，语气淡然，"对于那些相似的人而言，即使是身在相隔万里的地方，他们也交着差不多的朋友、过着差不多的生活……而那些不相似的人，尽管再熟悉，也永远不可能真正走入彼此的世界。你知道吗？我与童念念并不相似。"

他好像下了很大的决心，才敢用"童念念"三个字取代先前那些意有所指的"她"，只是一说完，他又低下了头，声音也一并小了下去。

"我和念念可以选择听同一首歌、选择喜欢同一个歌手，或者偶尔叛逆一点，就像你和我此刻做的一样，选择下节课一同听还是一同逃，可是我和她没法选择一些更为宏大的东西，一些真正的、让我们从骨子里并不相似的东西。"

听裴书意这么说，任佳恨不得立刻就要打断他，可是一个"不"字刚递到嘴边，却又发现自己实在讲不出什么足够有说服力的漂亮话……

裴书意则恢复了往日的那副表情，嘴角挂着冷漠而淡然的笑，好像在无声诉说着她的幼稚。

"不是的。"任佳只好执拗地重复起了这三个字，说完自己却率先泄了气。

裴书意仍在继续："而且，对于有些人而言，随随便便就能脱口而出的喜欢，根本不过是站在远处事不关己、随时都能全身而退的高傲欣赏而已。"

一片沉寂中，温柔的到站提示音徐徐响起，车停，目的地到了，裴书意已经从情绪中抽离了出来，他起身，挥手招呼任佳下车。

任佳仍停留在他上一句话所带来的震惊之中，怔了片刻，见裴书意一脸淡然，只好也装作无事发生的样子，和他一起，踏入了这片名为老街的地方。

双脚一踏上大地，任佳就听见了心底野草疯长的声音。

夜晚的老街和白日里很不一样，任佳上次来的时候，它就像个昏朽的老者，除了那家热热闹闹的烤肉店外，其余的一切都是寂静而陈旧的，可这一次，它却聒噪得像只昼伏夜出的妖精。

大路两旁，霓虹灯牌交相闪烁，几家刺青店与几家堆满旧报纸的二手书店紧紧相挨，中间还夹杂着无人值守的成人用品售卖店。

一阵风过，空气中缓缓飘来一阵奇异的气味，任佳能依稀辨认出香水、二手烟和酒。

——她讨厌酒。

任佳脚上一沉，却还是不由自主地跟着裴书意往里走。

大路越走越窄，大红大绿的霓虹灯渐渐暗了下去，目光所及只剩一片朦胧暧昧的粉，窄路两旁，不少老楼的防盗铁丝网外直接挂上了硕大的灯牌——发光的粉色字体徐徐滚动，灯牌上无一例外写着某某旅馆。

空中忽然传来一阵"咯咯"的尖笑，任佳抬起头，看见夜色中一个瘦骨嶙峋的女人冲他们大幅度挥起了手。

"哎哟！一中学生也来找乐子呀，要不要上来呀？"

想来女人眼尖，隔老远就看见了他们的校服。

"走,一个疯子。"

裴书意加快了脚步,带着任佳连续经过几个岔路口,十分钟后,他们的视野才又再度开阔了起来。

这一次让任佳印象深刻的不是气味,而是声音。

不远处,摩托车引擎的轰隆声响彻天际,车胎与地面的刺耳摩擦音宛如尖锤,跟随着那有规律的嘶吼,任佳的神经开始一下又一下跳动了起来。

她只觉,眼前的公路就像一条从天而降的河——公路这边,是迷宫般混乱复杂的老街,烟酒与香水相融,交织着原始而香艳的汗水,而另一边,荒凉的大地野蛮地朝天际延伸而去,逐渐变幻成钢筋水泥,又变幻成无数闪烁着蓝紫色光芒的高档写字楼,彰显出一派现代建筑的虚幻温情。

公路两旁都是明灭的灯光,或轻佻,或庄严,而它自己,却只简单被月光所映照,寂寞得像是一个无主之地。

"不过瘾!再跑几圈?"

"走呗!掐个表!"

"来点儿赌注?光这么瞎飙多没意思?"

任佳看见了之前在巷子口见过的人,和初见时一样,他们叼着烟,大声谈论着一些她听不懂的东西。

来对地方了,任佳想,陈岩认识这帮人,他们或许知道他去了哪里。

可任佳没想到的是,自己好不容易抓住了一点儿线索,却在看清眼前的景象后再也迈不动腿,骤然失去了继续朝前的勇气。

"——该回去了。"

裴书意忽然开了口。

任佳转身,见他一副看透一切的笃定模样:"任佳,这个地方不属于你,你不该出现在这里。"

明明他们才刚来,裴书意却再度重复了一次,一字一句:任佳,你不该出现在这里。

任佳脑海中那根无形的弦骤然断裂,与此同时,"轰"一声巨响,几辆摩托齐齐向前方飙去。她回头,看见一辆辆摩托凶猛得像数只饥饿的野兽,肆意奔向了它们深不见底的王国。

任佳仍伫立在原地没有动作。

"走吧。"裴书意转身,"来这一遭就够了不是吗?"

——没有说出口的话是,你还能指望什么呢?

夜越深老街越妩媚。

在五光十色的灯牌映照下,任佳紧跟着裴书意,努力忽视着周围人若有若无的狎昵目光,深一脚浅一脚逃离了悬浮在头顶的旅馆灯箱。十几分钟后,浓郁的香味逐渐消散,再一次,他们行过好几个出其不意的分岔路,回到了昏暗路灯盏盏相接的老街入口处。

街边忽然多出了不少小摊,手机贴膜、九元一束的报纸鲜花、冰粉、烤面筋、手扎的毛线玩偶……摊与摊几乎没有空隙地互相挤着,类别无比混乱,组合在一起却又相得益彰。

"东边有一个纺织厂,离这儿不远。"裴书意忽然介绍了起来,"厂子后头就是市里最老的一所职校,学生还不少。"

任佳边走边安静听他讲,直到一个歪歪扭扭写着"画室请上三楼"的牌子映入眼帘,她才陡然停住了脚步。

"这里还有画室?"任佳突然问。

"有,但我记得很早前就没开了。"裴书意没把它放在心上,脚步不停。

任佳却没动,她抬起头,看见三楼窗户的防盗网上养了几盆绿植。

那几盆绿植她都认得的,和南巷樟树下那几盆一样,正是水仙和兰草,不同的是,南巷那几盆还顽强绽放着,这几株则相对孱弱得多。

任佳莫名看得了迷,突然间,一辆电瓶车不知从哪儿冲了出来。

"小心!"裴书意听见动静,连忙拉过了还在发着呆的任佳。

任佳这才回过神,怔怔说了声抱歉,正要缩回手时,三楼画室的灯倏然灭了。

随着那几盆兰草隐没在黑暗中,再一次,任佳心中翩然而出的蝴蝶轻轻落了地。她和裴书意并肩向外走着,在心底嘲笑起了自己无药可救的魔怔——不管由什么,她居然都能第一时间想起陈岩。

车上,窗外的风景越来越单调,任佳看着不断后退的行道树,再度冒出了一点不知身处何处的恍惚感。

童话故事中，有些人的冒险能够寻得奇珍异宝，有些人的冒险能够发掘沙漠绿洲……可现实世界不是童话，任佳更不是故事的主人公——这是她十七年来的第一次冒险，却更像是一场危险的迷失，不由分说地闯入到一个陌生区域，懵懂无比地乱转一气，再如失落的绿洲般只剩荒凉。

到达南巷巷子口时，任佳没看见那辆黑色轿车，本该舒展的神经却一瞬间更紧绷了——轿车昔日所停靠的位置已经被一辆面包车所取代，面包车车体一侧是用喷漆喷成的几个黑色大字"平安搬家"。

搬家？有人要走？

任佳立刻向巷内跑去。到达樟树前，她气喘吁吁地站定，看见树后大门紧闭，门外还挂着一把锈迹斑斑的大锁，与此同时，"吱呀"一声，胡雨芝出了门。

胡雨芝浑身都泛着低气压，黑着脸喊了句任佳的名字后，脚步却突兀地止住了。

——因为任佳只回头看了她一眼，眼泪就无声无息地淌了下来。

良久，胡雨芝轻轻叹息一声。

"佳佳，对不起，妈妈一直都知道你很努力。"

一秒，两秒……

任佳终于投降，她再也按捺不住心底汹涌的情绪，几步上前抱住了胡雨芝，像一个再也寻不回心爱玩偶的孩子一般，慌张无措地大哭了起来。

"妈妈。"任佳甚至开始哭得一抽一抽，"我觉得好难受，心脏好闷。"

"傻孩子……"胡雨芝笑着摸了摸她的头发，"你还小，你的世界也还这么小，哪有什么闷不闷的，再大的事，也总有一天都会忘的。"

她甚至没有询问任佳晚回家的理由，只是一下一下地轻轻拍起了任佳的肩膀，语气更是前所未有的温柔。

"十六七岁。"胡雨芝的声音透着恍惚，像风一般悠长而轻柔，"多好的年纪。"

任佳懵懂地抬起了头，她忽然很怕妈妈问自己为什么要哭，于是咬着牙止住了眼泪，强忍着心里的钝痛跑回了房。

只是当她匆匆回到书桌旁，打开窗户后，却发现胡雨芝仍然坐在樟树下的矮凳上没有动作。

——胡雨芝托着下巴，微微昂头看着月亮，眼里有股淡淡的惆怅与眷念。

任佳竟从妈妈那样的眼神里看见了另一个人，另一个她不曾真正见过，却在老照片里看过千百次的，年轻时候的妈妈。

那一秒，任佳骤然明白了胡雨芝话里的含义。

你还小，你的世界也还这么小。

再大的事，也总有一天都会忘的。

但终有一天，当你被生活裹挟着往前走，当你再也躲不过重复的每一天，你就会发现，昔日那些最痛的，其实就是最好的。

自从开学以来，这是唯一一次，任佳洗漱完毕，仍像以往每一天那样端坐在书桌旁，却只单纯看着窗外的夜色，而不曾拿起桌上的笔。

夜色寂寥，她发现自己无论如何也无法完全集中注意力，便干脆开始放空思绪。

窗外，樟树下的石板凳依旧空无一人。任佳还记得，一个星期前，早起的向奶奶曾坐在那里浇花，几天前，蓦然出现的陈岩父亲曾坐在那里不发一言地抽烟，而一个小时前，妈妈也正坐在那儿回忆从前——明明也曾热闹过的，可此时此刻，一个小小的灰色石凳伫立在夜色里，看上去竟然那么荒凉。

搬家究竟意味着什么呢？是暂时的离开？还是再也不会回来？

每每，任佳只要一尝试去寻找这个问题的答案，那种与心跳同频率的钝痛感便会再次来袭。

又不知过了多久，桌上的指针已经超过了十二点，一片漆黑里，任佳终于预备去睡觉，可刚关上窗转过身体，脑袋就不由自主地转了回去。

就最后一眼，她告诉自己，就只再往外看最后一眼。

一轮残月高挂于空，"吱呀"一声，窗户又被推开一个角度。

外面是更为幽暗的无垠世界，任佳看了几秒，再次心慌了起来。她知道自己并非不能接受离别，只是无法接受如此仓促的落幕，尽管她也清楚，生活不是路径固定的多米诺骨牌，会有很多人离开，以各种各样的方式，有的郑重，有的潦草。

只是，当那人是陈岩时，她所有的理智好像就突然脱离了轨道，她希望陈岩离开时可以不必这么潦草、她希望陈岩最好晚一点再走，她甚至希望，陈岩像以往一样，始终出现在她回头就能看见的地方。

可她根本别无他法……

半晌，任佳咬着牙握住窗檐，终于打算结束徒劳的等待。

只是，窗户即将被彻底关上的一刹那，忽然，有如神迹降临一般，对面的窗檐中透出了一点微弱的暖灯，灯光映衬下，一辆红色单车倏然跳进了任佳的视线。

树影摇曳，檐灯如梦，那辆单车依旧红如火焰。

理智又一次溃不成军，从窗台边冒冒失失跳下去的那一刹那，任佳脚腕处再度传来了一阵隐痛，可她毫不在意，小跑着奔向了那点晦暗的昏黄暖光。

窗玻璃被急匆匆敲响，一片光亮乍然现世，再然后，陈岩出现在任佳伸手就能触及的地方，惊讶地叫出了她的名字。

原本，任佳别无他想，只想确认眼前所见并非幻梦一场，可此刻看见再真实不过的陈岩，她的眉头却倏地皱了起来——陈岩似乎刚洗完澡，他赤着上身，只穿了件黑色的宽大休闲裤。看清来人是任佳后，他立即随手套了件高领外套，只是动作还是迟了一步，任佳看见了。

任佳看见了他身上有伤。

该有多少道伤口呢？

一眼望去，少年精瘦的肌肉上全是深深浅浅的划伤，腰上、锁骨上、手肘上……有的已经结了痂，有的还依稀透着粉色的新肉，触目惊心。

往日里，每每见了陈岩，任佳的大脑总像是原地宕机般无法思考，可这一秒，她却出奇地冷静，死死盯着陈岩的眼睛，清晰无比地问出了三个字："疼不疼？"

这次愣住的换成了陈岩。

疼不疼？

他似乎被这个简单的问题难倒了。

足足有半分钟之久，陈岩不曾开口。

他紧紧皱着眉，眼底依次闪过诸多情绪，最后却又统统消失不见，糅成了一点轻浅的笑意:"不疼。"

任佳定定看着他,心里两个字几乎脱口而出,骗子。

"处理过没有?"任佳又问,"刚刚洗过澡吗?伤口沾水会感染的。"

陈岩缓慢地摇了摇头,明显是在思考要怎么糊弄过去。任佳轻轻叹了口气,留下一句"站这儿别动"后,迅速跑回了家。

今夜的陈岩温顺得有些离奇,当任佳拿着碘伏和棉签回来时,他还维持着先前那副有些僵硬的姿势,连影子都没晃动分毫。

"你自己清理一下。"任佳把东西递给陈岩,又问,"怎么弄的?"

而陈岩没接,紧张神色却一点一点舒展开来,满目柔和。

"陈岩!"任佳实在忍无可忍。

"其实我有的。"陈岩顺手拉开了抽屉,满抽屉都是棉签、碘伏和各式各样的外伤药品。

任佳一愣,她居然忘了这回事儿了。

正不知道该说点儿什么,陈岩又关上了抽屉,自然而然地接过了任佳手里的物品,随口道:"路上摔了一跤。"

说这话时,他的语气仍然没什么变化,似是在陈述一件再平常不过的小事。而任佳看见他这副睁着眼睛说谎的模样,面上倏然涌起了一阵强烈的酸楚。

鼻酸之际,任佳迅速转身,不想让陈岩看见自己莫名的失态,陈岩却先一步抓住了她的胳膊:"听说今晚东边停电了,你一直待在学校吗?"

陈岩手上力气不小,话却问得分外艰难,这是与此情此景完全无关的一个问题,任佳有些心虚,怔愣着点了点头。

陈岩神情立刻变得有些古怪:"那裴书意呢?他也没离开学校?"

"没有。"虽感诧异,任佳语气依旧斩钉截铁。

陈岩的手于是缓慢地垂了下来。夜风涌动,他忽然低下头笑了笑,一字一句地叫起了任佳的名字,只是这一次,他声音很轻很轻,像是梦中的呓语,更像一句极度不安的祈求。

任佳的名字被眼前人叫得太过温柔,她不自觉屏住了呼吸,难以抑制地,脑海里隐隐浮现出了某种叫她心惊胆战的模糊期冀……可当陈岩终于抬起头看向她后,眼底那几丝不同于以往的细微情绪却早已荡然无存,只礼貌和她道了个谢,无所谓般说了句晚安。

第二天一早。

胡雨芝发现了樟树下的空旷,似乎颇有些不大习惯,她想了想,打算晚上下班后从花卉批发市场也弄点儿花花草草回来,临走前还特意问起了任佳的喜好。

"水仙和兰草。"任佳想都不想就给出了答案。

"行!"胡雨芝爽朗地应了下来,终于露出了久违的笑。

任佳则盯着对面陈岩的房间,思绪仿佛还停留在了昨晚那个无比朦胧的夜晚。

看着看着,任佳忽然觉得,从来没有哪个早晨像今早这般值得珍视——她和妈妈终于冰释前嫌,与此同时,陈岩亦切切实实地存在于与她仅仅几墙之隔的地方,不曾走远。

天地辽阔,而在乎的人离她很近很近,假若不曾因突如其来的走失而慌张过,任佳不会明白这是多么珍贵的一件事。

尽管,她还有许多事情没有弄明白,譬如陈岩的伤,他为何独自一人回到空荡荡的家,他爷爷奶奶为何搬离南巷?又譬如他那威严又憔悴的父亲,以及她最在乎却从来不敢问出口的那件事,他究竟还会不会走?

但至少,她现在又有了一点时间可以用来弄明白这些。

胡雨芝走后没多久,任佳就收拾完毕了。这次她没像以往那般急匆匆往学校赶,而是安安静静地坐在石板凳上,一边翻看着手里的文言文小册子,一边等着对面的人出现。

今天不是周一,任佳想,陈岩应当不会起太早,可出乎她意料的是,陈岩并没让她等太久,她手里的小册子才翻过两页,对面的大门就被推开了。陈岩出现的那一瞬间,任佳腾地起身,不甚自然地和他挥了挥手。

"走吧。"陈岩丢了手里的车锁,"我和你一起坐车。"

任佳早就发现了,越是在意的人,就越不知该如何相处。

像往常一样,陈岩往她身旁一坐,那种极其别扭的感觉就又出现了,宛若跟自己较着劲儿一般,她脑海中滚过数不清的问题,最终却只变成一句姗姗来迟的"早上好"。

率先打破沉默的还是陈岩。

"昨晚没睡好吗?"说着,陈岩重重咳了几下。

任佳立刻识到他的感冒还没好彻底,匆匆从包里翻出了几包感冒药。

"给你。"任佳递出了手里的药。

"你感冒了?"陈岩立即问。

"没有。"任佳摇了摇头,"我随身带着而已。"

"随身带这么多感冒药?"陈岩还是关上了车窗。

"本来是裴书意让我帮忙买的。"任佳支吾着撒了句半真半假的谎,"但他已经好得差不多了,我刚刚听见你咳嗽,才突然想起包里还有剩下的药。"

听见"裴书意"三个字时,陈岩眉头微微拧了拧,并没立即接过。见状,任佳干脆拉开了他的书包拉链,不由分说地把药塞了进去。

拉链被拉开的那一瞬间,陈岩包里现出了半张钢笔画——是一个娉娉袅袅的女孩,纤长的脖颈,清晰的锁骨,微微弯曲的长发……由于被书籍挡住了一半,任佳没看清她的脸。

陈岩迅速拉上了书包拉链,与此同时,任佳难过地扭过了头。

"这些天在画室随手画了几张。"过了几秒,陈岩促狭地摸了摸鼻头,"但都不满意,有满意的再给你看。"

原来这些天一直在画同一个人吗?闻言,任佳喉间苦涩更重。她想,就算没有看清脸,她也能猜到那是谁,当然是一早就在他听力书上出现过的童念念。

而陈岩似乎急于揭过这件事,过了几秒后,忽然看着任佳道:"你换成上次买的镜框了?"

任佳没想到陈岩还记得一月前的事情,正要点头,陈岩忽然不打招呼地伸出了手。

少年人的指腹干燥而微凉,宛若无意一般,从任佳眼下缓缓掠过。任佳的感官仿佛被那点儿凉意放大了数万倍,睫毛倏然一颤,腾地站了起来。

与此同时,到站的播报音响起,陈岩一愣,失神般缩回了手。

"陈岩你来了?"

"还真是陈岩!"

陈岩一进门就吸引了众人的注意,旁胜直接蹦了起来,姜馨骤然抬起了头,就连裴书意都有些意外,翻书的手滞在了半空中。

一群人围上陈岩,好奇地问东问西,任佳则强忍着心里异样复杂的情绪,径直回到座位上,逼自己专心看起了书。

裴书意放下了手里的书,回头看着任佳:"睡得好吗?"

又是这个问题,难道她的黑眼圈真有这么严重?

"还可以。"任佳想了想,反应过来眼前人的神情似乎有些不对头,忙问,"怎么了?我脸上有东西吗?"

"没。"裴书意摇摇头,心事重重地说了句"谢谢"。

"谢什么?"任佳更加摸不着头脑了。

而裴书意明显有话想说,嘴唇翕动片刻,最后却只抬手指了指他课桌一角,那儿躺着几包没吃完的感冒药。

"谢谢你的感冒药。"半晌,裴书意闷声道,"托你的福,感冒已经好了。"

"就这个呀?"任佳连忙摆了摆手,"一点小事而已,不用客气。"

今天是周五,下午有学生们最期待的体育课。

操场上,体育老师似乎也盼着快点上完课过周末,带领众人进行简短的热身后,大手一挥,就默许他们可以自由活动了。

队伍解散后,何思凝不知从哪儿跑了出来,神秘兮兮地拽住了任佳:"任佳,我点了飞哥的外卖,得去足球场那边拿,想不想去开拓学校的新地图?"

任佳疑惑:"飞哥?"

"就是专门帮一中学生跑腿拿外卖的大哥。"何思凝抱拳解释,"和学校斗智斗勇十余载,雪中送炭无数次,江湖人送外号'黄金飞毛腿'。"

何思凝正儿八经讲解飞哥称号的模样实在很好笑,任佳被她逗得一乐,正欲和她一起去,余光却瞥蓝球场边一个落寞的身影,脚步不由得一顿。

与此同时,不远处,何思凝同桌谢晓曼正好叫了她一声,不断催着她别磨蹭。

"来啦来啦!"何思凝回头应了两声,又转过头拍了拍任佳的肩膀,"去吧,童念念最近心情好像很差。"

任佳有些惊讶："你也认识童念念？"

"当然。"何思凝笑了笑，"我和她住一个小区的。"

她一边说着，一边返身跑向谢晓曼，还时不时回头朝任佳喊话，热情邀请任佳下一次再一同拜会飞哥。任佳笑着点了点头，答应下来后，转身走向了童念念。

知道童念念心情不好，任佳有心逗逗她，放慢脚步后，便蹑手蹑脚地朝看台走了过去，先是压低嗓子"嘿"了一声，继而又迅速拍了一下她的肩膀。

"任佳。"童念念却头都不回，"我知道是你……"

任佳瞬间蔫儿了："你什么时候看见我的？"

童念念托着下巴，语气怏怏："猜的。"

说着，她突然起身，从篮球场跑到了角落里的羽毛球场，并示意任佳一起过去。

任佳缓缓跟上，走近了，才明白童念念怎么突然不肯待在篮球场了，原来裴书意今日竟然去打篮球了，她明显是在躲着他。

看台下的局面如火如荼，任佳发现陈岩也不在。

"对了，陈岩今天没去打篮球？"童念念也注意到了陈岩的缺席。

"不知道。"任佳装作浑不在意的样子应了一声，眼神有意无意向场馆门口望去，肩上却猝不及防忽然一重。

"谁！"

肩上重量骤然下落的同时，任佳一把抓紧了童念念的胳膊，同一时间，头顶传来了一声短促的低笑。

"比兔子还不经吓。"来人上前一步，自然而然地坐在了任佳身旁。

任佳迅速低下了头，童念念则有些惊讶："陈岩你今天怎么没去打篮球？兴致这么好来看羽毛球？"

"兴致一般。"陈岩转头瞥了眼任佳，"打羽毛球比打篮球好看。"

童念念听得莫名其妙，任佳则眼神一暗，想起了今天早晨在车上撞见的那半张素描，于是，只一瞬，她一颗心又像是被幽影擒住了一般，不受控地浮出了几丝淡淡的失落。

又坐了一会儿，任佳打定主意要走，不想刚起身，童念念就转身握住了她的胳膊："任佳，我一会儿送你一个礼物！本来都差点忘了，看见陈岩又突然想起来了。"

看见陈岩才想起来的礼物？任佳懵懂而诧异，问："怎么突然送我礼物？"

童念念却并未多作解释，只伸手勾紧了她的胳膊，神秘莫测地笑了起来。

见状，任佳只得重新坐下，安安静静看起了羽毛球比赛。

不想，这节体育课实在有些不同寻常，一节课过半，徐原丽居然罕见地出现在了体育馆里——她在馆内东看看西望望，明显是在找人，可不知为何，看见看台上的任佳后，脸色一下子就黑了一大半。

这架势让任佳不免有些紧张，只以为班主任有事要和自己交代，然而徐原丽才黑着脸朝她走了几步，脚步却又忽然顿住，转向隔壁篮球场的裴书意去了。

不远处的篮球场上，裴书意对于徐原丽的出现似乎毫不惊讶，只是离开时，他忽然回头望向了看台，精准对上了任佳的视线。

这一眼实在是太过莫名其妙，让任佳一下就更忐忑了。由于不安，直到二人走远，她还朝着他们消失的方向望了很久。

"看什么呢？"任佳正走着神，陈岩漫不经心般开了口。

"没事。"任佳缓缓收回了视线。

陈岩于是没再多问，面无表情地起了身。

陈岩迈步而去的方向是篮球场，任佳理所当然地以为他要去填裴书意的空缺，因而想都没想就扯住了他的衣袖，紧张道："你就别上场了，带着伤呢！"

"什么伤？"童念念狐疑地盯起了任佳，"你俩今天说的话我怎么一个字都听不懂？"

而任佳已经意识到了自己反应实在有些夸张，飞速收回了手。

"去趟小卖部。"陈岩却忽然笑了笑，"你们要带什么？"

"正好渴了！"童念念忙道，"帮我带瓶冰可乐吧！"

"行。"陈岩应下，又撩起眼皮扫了眼任佳，"你呢？"

"水就可以。"任佳仍有些别扭，边说边朝陈岩递了递手里的校园卡。

刹那间，一张校园卡横在了二人中间，陈岩点了点头，却并不接过，转身直奔小卖部而去。

陈岩动作很快，不到五分钟就拎着两个大塑料袋回来了，回来后，他把塑料袋往地上一放，看上去竟忽然有点儿紧张。

而任佳和童念念彼此对视一眼，一个眼底写满了迷茫，另一个则满脸震惊，最终，还是童念念一边吸溜着手里的冰可乐，一边徐徐拿出袋中的饮料，逐一念了起来。

"柠檬水，苏打水，椰子水，维他命水，三得利葡萄水，功……"童念念揉了揉眼睛，不可思议道，"功能型电解质水？陈岩，你是把小卖部里所有带'水'字的饮料都搬来了吗？"

陈岩含混不清地"唔"了一声，快速瞥了眼任佳："她不是要喝水吗？"

"你对水的理解真是超出常人。"童念念随手拿起一瓶饮料递给了任佳，嘴里喃喃，"买这么多？那你怎么没顺路去把校医院的生理盐水搬来？"

任佳已经彻底不敢看陈岩了，心乱如麻。

陈岩见她不自在，起身道："也不算多，顺便给打篮球的人买点儿。"说完，他就拎着袋子走向了隔壁中场休息的众人。

"啧啧啧。"陈岩一走，童念念就在他身后感叹了起来，"看上去不大像会过日子的人啊……"

任佳心脏"怦怦"直跳，没立刻接话，只含混地"嗯"了一声。

"任佳，你知道吗！我之前还不信。"童念念自顾自说了下去，"听说陈岩每次上体育课前都会直接从小卖部搬一箱水去篮球场，原来是真的啊……"

"搬一整箱吗？"任佳收回心绪，"为什么？"

"还能为什么？"童念念吸溜进一口可乐，"给陈岩送水的女生太多了呗！他不想接，又不想当着那么多人面直接驳了人姑娘的面子让人难堪，就干脆把场上所有人的水都包了。"

"直接按箱搬！"童念念比了个夸张的手势，"有谁想喝自己拿。到后来，如他所愿，再没女生在球场边等着送水了……但你知道吗？就为这儿事，还有不少男生抱怨过呢，说陈岩这种简单粗暴的一刀切做法，相当于也间接挡了他们的桃花。"

任佳哑然。

童念念说完，二人四目相对片刻，不约而同地大笑了起来。

原来是这样，任佳脑海深处那个令人心惊肉跳的猜测这才彻底飘远，太险了，她在心底长长抒出了一口气，就在刚刚，对上陈岩凝望着自己的专注神情时，她差一点儿就又像昨晚那般自作多情！

任佳正发着呆，童念念放下可乐，声音忽然有些飘忽："任佳，裴书意被你们班主任叫走了，你知道是怎么回事吗？"

看来童念念还是在意裴书意的，任佳一下想起了裴书意在车上说的那番话，欲言又止。

两人沉默半晌，童念念倏然起立："算了，和我没关系！"说着，她突然从身后的书包里拿出了一个方形盒子，"这才是正事儿！给你的礼物，保准你会喜欢，回去记得拆！"

说完，童念念笑着把礼物一把塞进了任佳手里，一脸神秘地跑远了。

"快快快！早弄完早回家。"

从没有哪节体育课像周五下午的体育课这样，下了课后，学生不是依依不舍地往教学楼走，而是火急火燎地赶往教室。

这是周五最后一节课，也是每周一次的例行大扫除，按照前海一中的规矩，学生们做完既定的清洁任务后，只需班主任验收合格后就可以集体离开，不必拖到铃声正式响起的那一秒，因而，盼着放学的学生们已经自发动了起来。

走到九班门口，任佳一眼就发现教室里空出了一个位置。

"今天要换位置吗？"任佳问身边的旁胜。

"没听说啊。"旁胜也刚进教室，一进门就吓了一跳，"任佳，你课桌怎么不见了？"

任佳的课桌并非凭空消失了，只是被挪到了第一列最后一排原本黄正奇所在的位置，此时此刻，黄正奇正搬着自个儿的桌椅往前挪。

心底的不安越来越强烈，任佳压下心中的慌张，缓缓向黄正奇走去。

"喂。"黄正奇见了任佳，头也不抬道，"徐老师让我们换一下。"

任佳看了眼裴书意空荡荡的座位，心底隐隐出现了一个猜测。

她一回头，见黄正奇动作费劲，便主动道："要帮忙吗？其实你可以直接搬书的。"

"书太多了，懒得搬，反正没多远，这样反而更方便。"黄正奇拖着课桌从她身前走过，"你的桌子我已经帮你搬过来了。"

任佳点了点头，刚想道谢，一转头，却见自己的书已经散了一地，水杯更是直接倒在了桌面上，而杯里的水早就洒了个干净，新发下来的练习册已经被打湿了一大半。

看得出来，黄正奇只是简单粗暴地把她的桌子拖到了门口，其他的一概没打算管。

"方便的好像只有你。"沉默两秒后，任佳回身，"我并不方便。"

说完，她拿起桌上的抽纸和练习册，匆匆出了教室。

"陈岩，你今天怎么不上场啊？"

"下次上。"

"还等什么下次，下课了直接去操场呗！这节体育课都没过瘾！"

"你们去吧，我放学有事。"

耳畔，熟悉的声音越来越近，陈岩和几个男生正一起朝九班后门走来。

"怎么不进去？"一见任佳，陈岩就停在了她身侧。

任佳拿着几张纸，用力按着湿透了的书页，小声道："水洒在书上了。"

陈岩只瞄了那书一眼，就直接从她手里接了过去："你用我的。"说着，他转身走进教室，任佳跟了上去。

两人刚一进门，不知何时出现的徐原丽正好敲了敲黑板，示意大家安静。

陈岩则没在意讲台上的徐原丽，盯着眼前一片狼藉的课桌。

"怎么回事？"陈岩问。

"换了个位置。"任佳含糊地解释。

与此同时，裴书意走进了教室，他似乎罕见地有些焦躁，频频回头朝后望去，然而每次一望见任佳，又很快挪开了视线。

陈岩则蹲身帮任佳捡起了地上散落的书，整个人散发着低气压。

"谁给你弄成这样的?"陈岩冷冷发问。

"我自己来吧。"任佳身心俱疲惫,接过陈岩手里的书后,压低了声音道,"你先坐回去,班主任要交代事情了。"

人到齐后,徐原丽一脸严肃地开了口:"我等下要开会,先说几件事情,说完你们再继续打扫。"

徐原丽说话的同时,九班有不少人发现任佳被挪到了最后一排,似乎都有些好奇。只有陈岩,沉默地盯着裴书意的背影,不知在想些什么。

"好端端的,你和裴书意怎么突然被调开了啊?"

任佳的新前桌冯远还挺八卦,任佳才刚一坐下,他就小声询问起了换座缘由。

"安静!"

徐原丽喝了一声,冯远又老老实实地转了过去。

"第一件事还是作业,必须好好完成,别打马虎眼。"徐原丽认真道,"转眼又快期中考了,分数就是最好的反映,自己骗自己没用的。

"第二件事就是学习态度问题。我发现,有些同学虽然退步了,但是学习劲头尤在。"她直接表扬起了黄正奇,"黄正奇,继续保持,现在你和班里最优秀的同学坐在一起,学习的同时也要多观察,看看人家有什么好方法可以借鉴。"

黄正奇重重点了点头。他上一次发挥得很不理想,在班里排倒数第几,下学期很有可能会离开九班,这个节点,徐原丽忽然把他调到裴书意身边,鼓励意味再明显不过了。

"另外……"徐原丽音调陡然一变,"有些同学虽然进步挺大,心思却明显不在学习上了。"

听见班主任这番话,任佳更加确信,逃晚自习这件事已经被学校发现了。

可如果学校真的发现了她和裴书意逃课,为什么只有裴书意一个人被叫走呢?

讲台上,徐原丽仍在继续,眼神时不时扫向任佳:"学生的心思就应该放在学习上,不要分心,更不要去想一些不该你们这个年纪去想的事情。"

徐原丽说得足够直白，显而易见，班里有人发展出了一点暧昧不清的关系。

她话音刚落，前排有几个人"唰唰"回过头，整齐划一地看向了任佳。而任佳第一反应就是去看陈岩，她发现，陈岩死死盯着讲台上的徐原丽，表情从没像此刻这般难看过。

同一时间，徐原丽的手机振动起来。

"我回趟办公室。"接起电话后，徐原丽边说边往门外匆匆而去，"你们继续打扫，别偷懒！"

"任佳，看不出来你有两把刷子啊！"徐原丽一走，冯远就朝她"嘿嘿"笑了两声。

任佳心底一团乱麻，没理会他，起身准备找裴书意好好问问，然而，她才刚迈出一步，一双手就把她拉了回去。

"别跟他走。"

话音刚落，陈岩整个人一副猎豹护食般的强硬姿态，一步绕上前，牢牢将任佳拦在了自己身后。

而下一秒，裴书意极不自然的声音在一人之外响起："任佳，能不能和你单独聊聊？"

"班主任找你说了什么？"走廊上，任佳开门见山，"是和我们翻墙逃课有关吗？"

裴书意没有立刻回答，看神情似乎很是愧疚。见状，任佳只觉脑袋隐隐作痛，懊悔道："早知道不让你跟着去了，本来逃课就是我的主意，现在还把你扯了进来。"

任佳说着，感受到了几抹狎昵的目光，一回头，教室里几个男生立刻低下了头。

"看吧……"任佳轻轻叹了口气，"座位这么一换，没准已经有人误会你和我……"

一句话还没说完，对上裴书意欲言又止的眼神，任佳脑袋里重重"嗡"了一声，飞速往后退了一步。

"任佳！"裴书意紧跟着上前。

任佳迅速伸手："你别过来！"

缓了足足数十秒，任佳才重新抬起了头，目光却没了焦点。

又过了许久，她才缓缓开了口，似自言自语般呢喃道："裴书意，今天上体育课时我就有些奇怪了，分明南边的围墙离体育馆更近，班里的同学却全都要绕远路去北边的足球场取外卖……是不是因为南边的围墙附近有监控？"

而裴书意没有立即回答，眼神暗淡了一瞬。

任佳盯了他几秒，双手不自觉攥紧了衣袖："我才刚来不久，不知道南边的围墙有监控，那你呢？你是不是也不知道……"

她话音刚落，裴书意轻轻移开了视线，于是，时隔多日，那种被人背刺的恶心感再次涌进了她胃里。

裴书意和杨瑜不同，他是任佳在前海一中第一个认识的朋友，此时此刻，任佳看着这张再熟悉不过的脸，发现自己几乎要被愤怒点燃。

她深深吸进一口气，确信自己语调平缓才开了口："你故意的？为什么？"

裴书意却仍是那副欲言又止的模样，而二人身后，何思凝已经抱着一大堆试卷，火急火燎地出现在了楼梯口。

"任佳，姜老师让你去一趟办公室拿试卷！"

何思凝一边喊着，一边迷茫地停下了步伐，狐疑凝望起了大佛一般伫立在走廊栏杆前的陈岩。

"心情不好啊陈岩？"何思凝问他。

陈岩像是被一根长钉给钉牢在了原地，没理会她。

"算了。"何思凝于是继续向任佳走去，"任佳，姜老师在办公室等着你。"

话毕，她就将怀里一半的作业本递给了裴书意，让他帮忙一起分发作业。裴书意犹豫片刻，抬眸又朝任佳看了几眼，终于还是走进教室。

何思凝和裴书意一走，走廊上瞬间就只剩下了任佳和陈岩。

窗前若有若无的探视目光仍在不停地扫向任佳，任佳忽然有些难以忍受，退后几步走到了楼梯口。

陈岩沉默跟了上去。

转身朝向陈岩的那一刹那，任佳强令自己打起精神，欲盖弥彰般朝他笑了笑，旋即又意识到自己笑得一定很难看，泄气般低下了头。

陈岩的声音也很疲惫:"那晚你和裴书意去了老街,对吗?"

"你怎么知道……"任佳不解。

陈岩仍然定定地看着任佳:"为什么?"

直到这时,二人安静四目相对,任佳才发现陈岩的眼眶红得过了分,仿佛同样被某种汹涌的情绪所撕扯着,与不久前挡在她身前的桀骜模样判若两人。

"我……"任佳努力直视着陈岩的眼睛,思维无比混乱,"办公室里姜老师还等着我。"

说完这句话后,陈岩明显愣了一下,而就在他失神的那个刹那,任佳迅速转过了身体,逃也似的走下了楼梯。

于是,那个问题再次不了了之了。

可任佳想,她根本别无他法,因为,问出问题的那个人,正是她难以宣之于口的、唯一答案。

办公室里,姜悦不在,桌上的试卷倒是码得整整齐齐。

徐老师不在这里,任佳舒出了一口长气,才刚感到几分安慰,不想拿起试卷一转身,就与正好走进办公室的李主任迎面相遇了。

李屹良一愣,挥手拦下了她。

"任佳?"他挑起了眉毛,"我正好要找你。"

再一次,任佳一副等待受审的模样,直直杵立了办公桌前。

上次,班主任至少还搬来了一张凳子让她坐下,而这一次,李主任却是连招呼都没打一声,只简短说了句"说吧",就抱臂凝视起了她。

然而,任佳根本不知道该从何说起。她不知道裴书意先前和班主任说了什么,也不知道李主任对此知不知情,她怕自己稍有不慎,就会讲出和裴书意截然不同的第二个版本。

"无话可说了?"李屹良清了清嗓子,"别告诉我你们只是朋友,什么朋友?一起逃晚自习的朋友?南边围墙那儿可是有一整排监控,早就把你们的逃课行径拍得清清楚楚!"

任佳敏锐地捕捉到了重点,比起逃晚自习,李主任显然更在意她和裴书意究竟有没有发展出一点超出朋友以上的关系。

"李老师。"任佳轻声道,"我和他确实只是朋友。"

"你撒谎。"李主任明显不信。

任佳笃定:"老师,我没有骗你。"

李屹良于是不说话了,他抬起头,注视任佳片刻,长长叹了口气。

任佳的手无力地垂了下去:"老师,对不起。"

对不起——再没有哪句话会比这句更加苍白,可除开早恋这一莫须有的指责外,任佳确实没什么好辩解的。那个时候,无论裴书意有没有提议一起去,她都会这么做,归根结底,前往老街是她自己的决定,和裴书意无关。

"我再问一次,你确定你没有撒谎?"

李屹良稍稍提高了问话的声音,任佳咬着牙点了点头。

"你还在撒谎!"

李屹良一拍桌子,动静不小,霎时,办公室里其余人都看向了他们。

任佳陡然僵在了原地,心里冒出的第一个想法是,幸好姜悦不在这里。

——比起其他人,她最怕姜悦对她失望。

尽管她清楚,姜悦迟早会知道这件事,不论是捕风捉影的传闻,还是板上定钉的通告,只要事情一涉及"早恋",在学校里的传播速度就一定非同凡响,十分钟前,她在走廊和裴书意说话时,那些看向他们的眼神就是最好的证明。

而且,陈岩向来对校内的大小新闻没有兴趣,假若连他都听说她和裴书意一起去了老街,那其他人就更加不用提了……

任佳又想起了昔日里有关她作弊的那些传言,不禁打了个寒战。

"任佳,你真是辜负了我的信任。"

李屹良忽然从口袋里拿出了一部手机。

看清手机的一瞬间,任佳整个人僵在了原地。

李屹良当着她的面,轻车熟路地点开了相册,继而举起手机示意她自己去看。

照片里是一个身姿挺拔的少年,由于任佳当时手抖了一下,照片很模糊,只拍到了他肩膀以下的那截背影。

"裴书意还穿着演出服?"李屹良冷笑一声,"看样子,这还是文艺晚会那天?"

任佳的脸"唰"一下白了，她一下有了股强烈的感受，自己已经陷进了一场骗局，一场由她亲手设下的局。

停电夜的相约逃课、只看得清演出服的模糊照片……

明面上看，一桩桩一件件事全都指向了裴书意，可自始至终，她所有的冲动和叛逆统统只与另一个人有关，那个人才是她最想捍卫的秘密。

幽深的水面之下，虬结的藤蔓深处，盛放着任佳无论如何也不愿宣之于口的两个字，陈岩。

"你先去把检讨写好。"李屹良见任佳像是被抽掉了魂魄，直接下了杀招，"这件事我会通知你的家长，"

"通知家长"短短四个字像一个冷冰冰的重锤，任佳立即磕磕绊绊地求起了情："李老师，能不能别……"

"不行。"李主任无情打断了她，"这件事你父母有权知道，我会通知他们一起来学校。"

可是压根没有他们……

原来李主任不知道，这么多年来，她身边从来都只有一个她，一个把她的学业看得比什么都重、更视她如命的母亲。

任佳直觉胡雨芝承受不起，眼睛一下就红了。

"老师，逃晚自习是我不对，我知道错了，但我真的没有早恋，而且那天正好停了电，我也没有耽误学习，老师我向您保证，再也不会有下一次了，我会好好写检讨的，只要您别告诉我妈妈……"

李屹良不为所动。

任佳不死心地还想再多说点儿什么，女孩清亮的声音在她身后陡然响起。任佳心脏重重一跳，意识到来人是谁后，半边身体都犹如炙烤。

童念念站在门口，一副公事公办的口吻对李屹良道："李主任，我来找您批个假，顺便，我还有几份文件想找您签个字，但我来得有些急，只带了假条，文件落在教室里了，您能和我回一趟教室吗？"

见来人是她，李屹良表情立刻柔和了不少："批假条你直接找你们的班主任就好了嘛，怎么千里迢迢跑到致远楼来了？"

"因为我要请个长假。"童念念小声解释，"班主任说，一个月以上的假得找您来批。"

"长假?"闻言,李屹良眉头拧了拧,随即又像想起什么似的,再次放松了下来,"哦,是艺考的集训时间要到了是吧?"

童念念迅速点了点头。

"行。"他笑道,"你先回教室,我现在还有点儿事,临放学前去你们教室找你。"

"可是我有点急。"童念念犹豫了几秒,朝始终低垂着头的任佳飞速扫了一眼,"现在不行吗李主任?"

"不行。"李主任神色一凛,"我手头还有些事情要处理,你先回教室等我,我一会儿就过去。"

闻言,童念念只好道了谢,返身离开了办公室。

童念念一走,李屹良再度看向任佳,冷声道:"既然你说你没有早恋,那和裴书意一起逃课是怎么回事?手机里有他的照片又是怎么一回事?"

"逃晚自习是我的主意。"任佳怔愣着回过神,见李主任终于肯听自己的解释,语速快了不少,"那时我心血来潮想去老街逛逛,本想一个人走的,但裴书意正好感冒生病了,可能也想散散心……"

她知道这听起来很没有说服力,但从某种程度来说,这就是全部的事实。

当然,除开更深层的原因,她去老街是想找到陈岩。

闻言,李屹良眉头果然皱得更深了,但仍然默许她继续说了下去。

"至于照片……"任佳一顿,"那是我随手乱拍的。"

"随手拍的?"李屹良轻嗤一声,"是,我知道,本来同桌之间,偶尔拍一张照片也没什么,可是大半夜的,全校成绩最好的学生突然和你一起翻墙逃课,而你手机里唯一一张照片也是他,这一桩桩一件件事情撞在一起,我作为年级主任,没办法不多想。"

"照片不能说明什么。"任佳心一横,终于咬着牙说了下去,"李主任,就算我拍了一张裴书意的背影,也不能说明我和他早恋,最多只能说明我……"

最多只能说明她单方面喜欢他。

任佳没能顺畅说完,而李屹良眼神倏然一变,显然已经懂得了她的意思。

很多时候，任佳并不是不懂得识人心，只是疲于此道而已，而在这场所谓的早恋风波中，老师们最担心什么不言自明。

徐原丽最怕裴书意被她耽误，因此，徐原丽才单单只挪动了她的座位，甚至，一分警告三分鼓励，在表扬黄正奇时，还记得间接夸奖了裴书意，而在这场由李屹良主导的训话中，他也有意无意提到了裴书意的成绩。

从没有哪一架天平是完全平衡的，他们二人，一个是常年在年级里稳坐头把交椅的优等生，另一个是中途转来，平平无奇的不安定分子。因此，任佳想，既然两个人的模糊勾连令李屹良觉得危险，那把所有的事情都揽到她一个人身上，他的顾虑会不会就少一些？

尽管承认那莫须有的单恋让她难堪到了极点，但不管怎样，至少够不着早恋那般罪孽深重。

而此时此刻，任佳别无所求，唯一希望的就是李主任收回成命。

"老师，您能不能别告诉我妈妈……"她再次拉下脸，狼狈地求起了情。

"当然不能！"说这话的人却不是李屹良，二人身后，班主任徐原丽一步踏进了办公室。

而更令任佳感到难堪的是，姜悦抱着一沓新打印的试卷，紧跟着也进了门。

姜悦显然没搞清楚状况，迟疑了两秒，对李屹良笑道："李主任，我叫来的学生怎么跑到你那儿去了？"

李屹良没搭理姜悦，转而朝徐原丽挥了挥手："徐老师，你来和你这学生说说？"

他又朝姜悦扫了一眼："姜老师下学期就要开始带班了，也可以来听听班主任该怎么和问题学生谈话，毕竟你要带的十七班不像九班，这类问题学生还是很多的。"

"问题学生"这四个字由李屹良口中轻飘飘地落地，任佳感到自己血液的流速都慢了下来。

她不知所措地抬起头，发现李主任看向姜悦的神情与徐原丽看陈岩的眼神没有两样，就好像无时无刻不在头痛，学校里为什么有这么一个不安定分子？

"前海一中有前海一中的规矩。"徐原丽朝任佳走近了几步，稍稍放缓了语气，"任佳，逃课这件事，你和裴书意都要记过，而且李主任已经给你妈妈打过电话了。"

这句话一出，李屹良轻轻咳了几声，任佳面上瞬间没了血色，原来李主任早就通知妈妈了吗？那他刚刚的威胁，统统不过是别样的试探而已？

三人间的气压瞬间降到了冰点，只有姜悦面上始终带着点儿笑。

她没像徐原丽一样站着，而是搬了把椅子并排和李屹良坐在了一起，坐下后，她嫌不舒服似的调了调座椅高度，又随手挪过一把凳子摆在了任佳身前，努了努下巴示意任佳坐。

徐原丽面色一沉，李屹良忍无可忍地扭过了脸，任佳自然没敢坐下。

"任佳。"缓了几秒，徐原丽终于继续，"你可能不知道，高二上学期有过几次十二校联考，而裴书意是这几年来，我们学校唯一一个能稳进联考前三的人，你要知道，比升学率，前海一中从来没怕过谁，但我们缺一个状元。"

李主任这才转回了头，认同地"嗯"了一声。

任佳的手攥得更紧了，她当然知道十二校联考，全省最有名的十二所高中一起参考，能够考进前三，的确有希望冲击那个全校老师翘首以盼的名次。

任佳点了点头，声音哽咽："我知道的。"

余光中，她瞥见姜悦没了动静，也微微偏着头，若有所思地望着桌上的手机。

霎时，任佳一阵绝望，她想，姜老师一定猜到了。

"知道就行。"李主任换了副苦口婆心的语气，"徐老师之前把你调到裴书意身边和他坐同桌，一定是对你寄予厚望，现在发生了这样的事情，我们没办法不感到失望，当然，裴书意也有错……"

说到此，李主任顿了顿，姜悦则皱着眉转回了头，脸上是从未有过的严肃模样。

一时间，任佳难过不已，深深低下头去，不敢直视姜悦的眼睛。

但李主任下一句话，让她更加无法抬头。

宛如苍老的审判一般，李屹良一下句话贴着头皮荡进了任佳四肢百骸。

他说："当然，裴书意也有错……

"可是作为一个女孩子，任佳，你还是要自爱一点才好。"

空气静默数秒。

说完后，李主任终于长长舒出一口气，面色也和缓了不少："今天先就这样，我得去趟文科班了，任佳你检讨记得好好写，另外，只要你继续保持，考个重点大学是完全没问题的。这件事过去了就过去了，以后一定要把心思放在学习上。"

起身后，李屹良转了转脖子往门口走去，步伐比起来时要轻快不少，可谁都没有意料到的是，就在他走到门口的那一秒，姜悦猛地站了起来。

李屹良和徐原丽以为姜悦有话要说，不约而同地回头看向了她，但任佳像是被抽走了灵魂的提线木偶一般，仍旧一动不动地静默在原地。

"什么事？"李屹良不耐烦地问了一句。

姜悦却根本没看他一眼，她俯身前去，双手握住了任佳的肩膀，认真道："任佳，别听他胡扯！"

闻言，李主任难以置信地望向了姜悦，旋即，衣袖重重一挥，怒气冲冲地出了门。

徐原丽则欲言又止，嘴唇嗫嚅半响后，拿上教案就离开了办公室。

"别听他胡扯。"姜悦再次对着任佳重复了一句。

任佳极其缓慢地抬起了头，宛若大脑宕了机一般，受伤的神情里带着几丝孩子般的迷茫。

于是，姜悦的神情又严肃了几许："任佳，你用不着怀疑自己。"

而任佳仍然没有应声回话，耳畔回响的是李屹良没有感情的那句审判。

——"任佳，你还是要自爱一点才好。"

"谢谢老师。"又过了许久，任佳努力挤出一个笑。

"我不用你谢谢我。"姜悦却直视着她的眼睛，认真道，"我只需要你知道，你永远、永远不必怀疑自己。"

任佳没再继续开口，眉头轻轻拧起，似是在思考她为何要用这样意味深长的表情说出这么简单的鼓励。

而姜悦又认真重复了两次，任佳，你很好。

最后一次，她是用英语说的。

"I'm proud of you（我为你骄傲）."

这场面似乎有些滑稽,任佳终于没忍住笑了起来。

那时,她尚且年少,想不到言语是何种厉害的尖锐武器,亦没有意识到,姜悦那连续重复三次的"你很好",说是救了她之后的整个人生也不夸张。

而同样,也是那时,刚走出办公室的李屹良也绝对不会想到,就在他身后的办公室里,那个一边忍着眼泪,一边和姜悦相视而笑的女孩,会在短短一年之后,在前海一中的主席台上作为该年高考的省状元发表讲话。

她会站在随风飘扬的红幅前,当着全校师生的面告诉他——

什么,才是真正的自爱。

第七章
在意的人

"她发现自己余光所及,仍然是那个熟悉的身影。"♪

抱着一堆试卷到达教室后门处时,任佳用力抱紧了怀里的试卷,做足了心理建设才敢走进去,一进门,立刻有几颗脑袋"唰唰"回过了头,好奇地盯起了她。

陈岩的座位上并没有人,任佳硬着头皮走到第一排,快速分发起了英语试卷。发完试卷,她便低着头去向了最后一排的角落。

她一坐下,冯远就偷偷地回过了头:"任佳,李主任之前来教室找过你。"

任佳点了点头,哑着嗓子道:"知道,我们在办公室遇上了。"

"你怎么去了那么久啊?"冯远又问,"他找你有事吗?"

这一次任佳没立刻答话,淡淡瞥了冯远一眼就低头收拾起了书包。冯远见她那样子,不愿自讨没趣,讪讪转了回去。

然而,没过几分钟,任佳又抬起头来,主动叫了他一声。

"有事?"这一次,冯远嘴上答得很快,却没再回头看她。

任佳犹豫片刻,还是问出了口:"你知道陈岩去哪儿了吗?"

见冯远有些狐疑地回过了头,任佳立刻补充解释了一句:"他的英语试卷我没给到他手里……"

"你可真负责……"半晌,冯远嗤了一声,"陈岩被老校长亲自叫走了。"

说完,他便再次感叹了起来:"今儿个还真稀奇啊,一个两个的,主任和校长都往咱们教室蹿……"

他还想感叹几句,见徐原丽在讲台上咳了两下,只好噤了声。

老校长?

冯远转过身体后,任佳发呆一般朝那空荡荡的座位看了半晌,继而再次低下头,沉默收拾起了书包。

"放假了,记得好好完成作业,回家后……"

又是老生常谈的放学叮嘱,徐原丽一句话还没说完,又突然止住了话头,同一时间,突兀的"嗡嗡"声乍然响起,打破了教室里的宁静。

讲台上的手机一直振动个不停,徐原丽皱着眉瞥了眼来电显示后,什么也没说,不打招呼地出了教室。

走廊上,徐原丽兀自接着电话,神情渐渐沉重。教室里盼着放学的众人则敢怒不敢言,只有任佳,停下了手里的动作,看向窗外时不时朝她望上一眼的徐原丽,一颗心再次悬了起来。

任佳笃定,那通电话一定和她有关。

短短几分钟漫如长夜,徐原丽走到任佳桌前的那一秒时,她已经做好了再一次挨训的准备,可出乎意料的是,这一次,徐原丽只是简单地敲了敲她的桌子,语气中有股刻意而仓皇的温柔。

"任佳……"徐原丽颤着嗓子,以一种前所未有的腔调道,"和我去趟医院吧。"

绿色的行道树、灰黑色的水泥、闪着银光的高楼……

眼前的景色斑斓繁杂,任佳已经彻底丧失了思考的能力,此时此刻,她记得的只有徐原丽发动汽车引擎时说出口的那些只言片语——医院、交通事故、胡雨芝。

陌生的车流如同斜着的疾雨般飞速向后退去,不一会儿,灰白色的住院楼就出现在了任佳的面前。

到达医院,徐原丽的车速已经慢了下来,院门口,指挥停车的保安小哥机械地重复着向右打方向的动作,对她的急迫熟视无睹。

人来人往,闹中有序,医院的空气中蕴含着一股冷静的压迫感,车却几乎滞在了窄路上,动弹不得。

"急也没用。"小哥见惯了生死，只是喃喃，"再往右，往右……"

车子停稳的那一秒，任佳一把打开车门，猛地冲了出去。

下了车，空气刚打在脸上时，任佳只觉每一个毛孔都冷透了，伴随着冷感翩然而至的便是清醒感，那种前所未有的清醒笼罩着她——假若最坏的事情发生，那么无所谓去挨，痛苦细水流长，她将跨不出每一个重复的今天。

但这骇人的清醒并未持续太久，当气流涌进肺里时，它又变成了一双黏腻的手，一径颤颤地抖着，激得人思绪模糊。

什么是最坏的事情？又能坏到怎样的地步？

任佳于是也想不清楚了，伫立在电梯里时，她仿佛又变回了那个初来前海市时，对一切都迷茫无措的小孩。

黑灰色的电梯大门从一侧缓缓推出又缓缓闭合，不知过了多久，"叮咚"一声，电梯开了，任佳先是被身旁的人裹挟着往外，继而又快步掠过了身旁所有的人，匆匆跑向了走廊尽头。

大门顶端，红色的"手术中"三个字赫然在目。

"任佳？"

等候在走廊上的李屹良率先喊出了她的名字。任佳步伐僵硬地从李屹良身旁走了过去，面上那股不知今夕何夕的错愕感愈加浓厚。

几分钟之后，徐原丽同样气喘吁吁地出现在了李主任面前。

"李主任，怎么样？"

"还好，虚惊一场，送来的人说是骑电瓶车时赶得太急了，在小路上拐弯时和另一辆刚起步的小轿车迎面相撞，不过没什么大事儿，人只是摔了一下。"

"只是摔了一下？"徐原丽忙问，"那人怎么会晕过去？"

李屹良答："医生说，是过度劳累。"

顾及不远处笔直端坐着的任佳，两位大人谈话时刻意压低了声音，说话时几乎都快要听不清彼此，可话音刚落，任佳却腾地站了起来。

伴随着任佳的猛然起立，二人皆是一愣，然而刚一转头，忧心忡忡地看向她时，她却又直愣愣地坐了下去，像是一具纸糊的小人，古怪至极。

——电瓶车。

尽管他们说话时声音压得很低,任佳还是听到了这三个字。

她不明白,妈妈每天去酒店明明是坐公交车,为什么突然会在街上骑电瓶车。

紧接着,"过度劳累"四个字再一次在脑中一闪,任佳脑袋里重重"嗡"了一下,泪水夺眶而出。

昔日里,胡雨芝还在岛上烙饼时,骑的就是一辆专门改装过的电瓶车……

所以,那些加班到凌晨的繁忙言论全是假的吗?她是打了好几份工?还是根本就没找到什么酒店超市的工作,依旧像以往在桃江岛时一样,一个人骑着辆老旧的电瓶车,奔行在这座偌大的城市里讨生活?

秒针"嘀嗒",任佳感觉时间在缓慢流逝,窗外已经一片漆黑。

"噌"一声,门把手发出了一丁微小的动静,任佳的眼神才终于再次聚焦。

"谁是家属?"

"我!"

任佳立刻迎上,一开口就是无比破碎的腔调。有那么一秒,她其实想不管不顾地跑开,眼睛却又死死凝望着手术护士,比任何时刻都更加坚决。

"放心小姑娘。"护士安慰道,"脚腕骨折,已经打石膏了,另外摔倒时倒在了一旁的花坛铁围栏上,小腿割了个口子,医生缝了几针,破伤风也第一时间打了,注意别感染就好,幸好撞在一起时那辆轿车才刚提速,没出什么大事……"

一句话,让纸糊的小人再次长出了心脏。

护士笑了笑,又继续:"但送来时的阵仗还是有些吓人,裤管上全是血,人也晕了过去,检查后我们确定没伤到其他地方,看了化验结果,才知道是贫血有点严重,以后回家,这一点也得注意到。"

"好。"任佳哑声点了点头。

胡雨芝还未醒,暂时还不能与人交谈。

任佳忙着办手续、缴费……在不同的楼层和不同的面孔之间来往穿梭,像只陀螺一样跑上跑下,徐原丽也一直跟着她。

缴费时，胡雨芝单张银行卡里的钱不够，任佳重新翻找起了她包里其他的卡，耽误了一些工夫，身后有不清楚状况的人等急了，不断催促着她快点。徐原丽等在一侧，怕任佳会尴尬，便拿出了手机预备先行垫付。

"不好意思。"任佳闻声回头，对身后的人解释，"我一张银行卡里的钱不够，拿两张卡分两次刷就行，很快就好。

徐原丽似是没想到任佳这么坦然，微微愣了一下，垂下了攥着手机的右手。任佳则朝徐原丽笑了笑，刻意忽视掉了她眼中的同情。

然而，在第二次输出那串熟悉的数字、她自己的生日时，任佳终于再也按捺不住心底的自责，一下红了眼眶。

罪魁祸首不是别人，就是她自己——任佳没办法控制自己不去这么想——假若在忽如其来的那个停电夜里，她压住了自己心底疯长的野草没有逃课，那么今天，胡雨芝就不会因为李主任的一通电话而十万火急地提前赶来学校，那么这后来的一切，自然也可以不用发生。

没有人知道，她在听到"车祸"两个字的那一瞬间，整个人几乎丢掉了半条命。

任佳办完了所有的住院手续，在走进病房之前，任佳擦干了脸上的眼泪。

尽管胡雨芝还没有醒，她也不想自己以一副红着眼眶的模样出现在妈妈的面前。

病房里的实习护士见来人是个小姑娘，朝她笑了笑，问："就你一人？你爸爸呢？"

见任佳步伐一僵，实习护士立刻又揭过了这个话题，转而叮嘱她照看好病人，药快滴完前千万记得及时按铃提醒护士们换药。

任佳连声应下，等待换药的时间里，她跑了几趟护士室，了解到胡雨芝需要在医院住上几天，而家属可以陪护，便要了一个床位。

气喘吁吁地拎着行军床回到了病房，任佳拿出纸笔，认真罗列起了陪护所需的日用品。

现在这种情况，她告诉自己，绝对不能乱了阵脚。

期间，徐原丽和李屹良进来了一次，见胡雨芝没有大碍，任佳情绪似乎也还算稳定，叮嘱几句后便先后离开了。

离开前，徐原丽把任佳拉到一旁，无言地看了她半响，继而突然拿出了那部小小的旧手机，轻轻把它塞到了任佳手心里。

胡雨芝就连躺在病床上时都紧拧着眉……

这一晚，任佳不放心她的状况，便没有离去，而是披了件校服外套缩在行军床上，预备第二天再跑回家拿陪护用品。

夜里的医院很冷，校服外套披在身上还是有些小，任佳莫名想起陈岩校服的触感，宽大又温暖，她的心里刚升腾起几丝暖意，下一秒又猛地坐直了身体。

墙上大钟兀自运作，宛若无言的审判，罪恶感如同汹涌的巨浪般吞噬了她。在这空前强烈的自责之下，任佳僵坐了一整夜，始终没有合眼。

胡雨芝醒来时是凌晨五点，听闻床上的动静后，任佳飞速打开了床头的小灯。

一片白光里，胡雨芝的眼神恍惚而迷茫，任佳只看了一眼，喉头就再次哽咽了起来。

"妈妈。"

她认真叫了一声，却又像是生怕胡雨芝听清似的，声音比秒针行走的动静更加微不可闻。

但胡雨芝却听得清清楚楚，握住任佳的手后，她轻轻点了点头，嘴皮颤动了一阵，好半天都没成功发出声音。任佳见状，赶忙倒来了一杯水，小心捧着帮她灌了一口。

再然后，她就听见了那个让她无地自容的问题——

"佳佳，告诉妈妈，李主任说你逃课，是不是真的？"

又一次，她被牢牢钉在了十字架上。

第二日，胡雨芝稍微适应了一些，已经能勉强坐起来了。

医生来查房时在她面前并未过多停留，问了几项指标就准备换病房，任佳不放心，还想多问问，其中一名医生笑着对她解释了一番。

按他的话说，骨折虽折磨人，但恢复起来并不难，病人和家属都不用太过紧张，遵医嘱好好调养，少折腾就行。

直到那时，任佳心上的那座大山才终于减轻了几分实打实的重量。

查完房，任佳跑到楼下去买早餐，回来时，一楼电梯前已经站满了乌泱泱的人，她怕胡雨芝等得太饿，又怕手里的豆浆变凉，干脆一口气跑到了四楼。

急急喘着气跑进病房时，胡雨芝淡淡瞥了她一眼："我不用你照顾。"

任佳知道妈妈这是在说气话，低垂着脑袋，小心地把早餐放在了床头。

没过一会儿，徐原丽再次来访。

她来时，任佳正坐在胡雨芝床沿，聚精会神地翻看着胡雨芝的病历报告，胡雨芝则已吃完了早餐，望着空中半瓶点滴若有所思地发着呆，两个人都没注意到她的到来。

于是当一大篮水果被放在床边小桌上时，母女俩乍一看见她，都不约而同有些慌乱。

"徐老师？"胡雨芝立刻换上了一副笑脸，当即就要起身，"我家任佳真是麻烦您了……"

"别动别动。"徐原丽连忙拦住了她，"你才刚做完手术，躺好。"

"好好好，我不动。"胡雨芝讪笑着躺了回去，"其实我也没什么大事，您来这一趟怪麻烦的。"

任佳低着头站在一旁，一言不发。

刚刚胡雨芝一动，手背上扎针的地方渗出了几滴药液，她看在眼里，不动声色地调低了滴液的速度。

"不麻烦，我住得也不远。"徐原丽搬了一把椅子坐下，"再说了，你是接到学校电话，路上一着急，才摔了那一跤……"

胡雨芝连忙摆了摆手："这事儿和学校扯不上关系，徐老师，您这么说可就太客气了，是我该感谢学校还差不多！"

听着听着，任佳顿觉心底不是滋味，偏头移开了眼神。

一抬头，又看见妈妈笑得小心翼翼，任佳不由得再次想起了妈妈第一次带她去考试的情景，那时妈妈也是像现在一般，面上始终挂着笑，整个人殷勤至极。

"任佳。"胡雨芝忽然道，"你愣在这儿干啥，去买点儿早饭。徐老师来这么早，肯定还没吃早饭吧？"

言语间，胡雨芝几乎要撑着任佳出去，全然不顾徐原丽连连表示自己真的吃过了。任佳顿时明白，妈妈可能是有话想单独问徐老师，她只好拿了几张零钱，老老实实往外走了。

二十分钟过后，任佳提着一袋早餐重新走进了医院大门。为了给病房里的两个大人多留点儿说话的时间，她特意放慢了行动速度，但她刚走进住院部的一楼大厅，竟意外看见了陈岩。

看见陈岩的第一秒，任佳的身体快于大脑意识，飞速转身躲到了一根柱子之后。

电光石火之间，任佳心跳再次一路飙升，她紧紧背靠着柱子，努力平稳着自己的呼吸，做足心理准备后才探出了头。

只见不远处，陈岩像一座孤岛般伫立在了人群中间，他的头埋得很低很低，半边脸亦陷在了阴影里……

一时之间，任佳难以看清他的神情，直到一个保安一连拨开了好几个人，人群才终于被撕了一道口子出来。

而直到这时，任佳也才终于得以看清，原来被他们围着的不止陈岩一个人，人群之中，还有一个颓然跌坐在地上，恶狠狠凝望着陈岩的男人。

是陈元忠。

跌坐在地板上的陈元忠唇瓣直抖，眼里亦尽是怒火，陈岩却漠然站在一侧，冷眼注视着他。

"你刚刚怎么能推他呢？"有人不满问了一句，"没看见他都这副模样了？"

说话间，几个人不约而同地上前，将地上的孱弱男人小心扶了起来。

不想，陈元忠刚一站起，立刻疯了般扑向了陈岩，死活都要抓紧陈岩的胳膊。陈岩反应比他快，面无表情地一侧身，男人又再度抓了空，猛地倒了下去。

"砰"的一声，大厅里再度传来一声闷响。任佳仍然躲在柱子后，大气都不敢出一声，有几个人路过柱子时，还狐疑地朝她瞥了好几眼。

任佳慌乱地低下了头，一低头，她看见手里快要凉了的早餐，心一沉，终于决定不再逗留，迈步朝前而去。不想，她刚转身走出几步，身后又传来了一声更大的动静。

"你不配提她！"

少年的怒吼一出，人群中顷刻间传来了一阵骚乱。

任佳应声回头，看见陈岩猛然揪住了男人的衣领。

见状，大厅保安立刻冲了上去，呵斥着想将二人分开，然而陈岩双眼通红，浑身力气都凝在了死揪住男人衣领的那双手上，勒得陈元忠连咳都咳不出来。

一时之间，人群中唏嘘声更甚，又有人开始帮着保安一起奋力拉拽，两人才终于被艰难扯开。

"你干什么！"扯开陈岩后，保安高声呵斥了一句，"这里是医院，容不得你们胡闹！"

"就是……"有个看热闹的中年人像是知情一般，附和道，"第一次看见这样的小孩，眼睁睁看着亲爹去死！"

任佳怔愣着站在原地，大脑里一片空白。

"你们也是！"保安回头向知情人也甩去了一个眼刀，"这么多人堵在这儿看热闹，耽误医生效率怎么办？"

人群至此散去。

人墙一撤，任佳才发现自己暴露在了大厅里。

她立刻返身往电梯走，刚刚看热闹的几个人正好走在她后面。

"到底怎么回事啊？刚刚听你那么说，你算是知道些内情？"

"可不是嘛！我亲戚之前和那人同一个病房的，听说得了骨髓瘤。"

"这么年轻，骨髓瘤？"

"是啊，最造孽的还是养了头怎么都养不熟的白眼狼！死活都不肯配型！"

…………

病房门被猛然推开，胡雨芝有些疑惑地睁开了眼。察觉到任佳的不对劲，她立即坐直了身体："怎么了？"

"没什么。"任佳慌乱地擦了擦眼角，"徐老师走了吗？这是买给她的早餐。"

胡雨芝叹了口气："其实本来就是让你买给自己的，你看你，一点都不懂照顾自己，给我带早餐的时候都不知道自己顺便也吃点儿。"

看清任佳一夜未眠的憔悴模样，胡雨芝的语气已然和缓了不少。

任佳坐定，饥饿的感觉瞬间涌进胃里，她已经十几个小时滴水未进了。

"你啊……"

胡雨芝还在不放心地唠叨，任佳却像是急于想要摆脱什么让她极度不安的心绪一般，一把抓起了桌上的凉透了的包子，深埋着脑袋，囫囵啃咬了起来。

病房里，来给病人们换药的护士跑了一趟又一趟，转眼，一个上午就快过去了。

墙上的电视机正重复播放着昨晚的天气预报，接下来一连几天都有雨，任佳在包里塞了把伞。

拉好书包拉链，刚一回头，眼前又多出了一篮崭新的水果。

"喏，小姑娘。"隔壁床陪护的大姐朝她笑道，"我刚刚在病房门口遇见一个人，他说他赶时间，让我帮忙把这篮水果带过你们。"

"给我们？"任佳狐疑接过，"会不会是弄错了。"

"不会，他说让我帮忙给32床，我记得清清楚楚的。"女人笑着往后指了指，"你们不就是32床吗？"

她们确实是32床，任佳只好先行收下。

果篮里还有一张折好的卡片，任佳拿起卡片放进了口袋，回头瞥见胡雨芝仍安稳睡着，便打算趁着这个时间赶紧回家一趟，把必要的日用品先搬到医院里来。

离开病房后，任佳展开了手里的卡片。

卡片上只有工工整整的三个字"对不起"。

看清楚后，任佳猛地跑向了电梯，一连按了好几下电梯按钮。

"为什么？"

任佳追出医院，气喘吁吁地拦住裴书意时，她劈头盖脸就甩下了这三个字。

没有任何铺垫，更没有任何寒暄，但任佳知道眼前人明白她在问什么，尽管心里隐约有一个猜测，她还是想听裴书意亲口给她一个解释。

裴书意则似是完没想到任佳会追出来，神情明显有些慌张。

"任佳，那天是我冲动了。"裴书意艰难开口，"我没想到这件事会影响到你妈妈，对不起。"

173

冲动？

任佳有些迷茫地看着眼前人，她忽然觉得，她好像从来没有了解过裴书意，甚至连朋友这一关系，说不准也只是她单方面的臆测而已。

"对不起。"

裴书意又低声重复了一次，任佳几乎要失去全部的耐心。

"对，你确实不知道事情会变成这样。"

几秒过后，任佳利落一点头，干脆接着裴书意的话说了下去："但如果不是事情变成了这样，你也不会感到一丝一毫的愧疚吧？"

说话间，任佳将裴书意各种细微神情尽收眼底，冷声问道："是因为童念念吗？"

裴书意喉咙微微一哽，忽然不再言语，眼底情绪渐淡。

任佳于是低下头，万分自嘲地勾起了嘴角："别告诉我，你费尽心思来这么一出，只是想让她吃醋？"

——"我只是想利用你推开她。"

出乎任佳意料的是，话音刚落，裴书意就忍无可忍地打断了她，声音竟也随之提高了几分。

闻言，任佳疲惫不已："既然你不想听，那我就不往下说了。"

这话一出，她身后的裴书意竟忽地变了副模样，几乎是咬着牙道："任佳，你不要以为自己什么都知道。"

"我就是知道。"任佳语气已然平淡了不少，"自从文艺晚会结束后，你就开始不对劲了，她来找你时，你把她的心意当成是居高临下的傲慢，她好不容易抽身而出，你却又无所适从，宁愿用杀敌一千自损八百的方法也要重新吸引她的注意力，你从来不肯对她把话说清楚，归根结底，只是因为你心底的……"

自卑和懦弱……

后面几个字，任佳无论如何也说不出口，于是她没再理裴书意，抬头仰望起了灰黑色的天幕。

裴书意却像是知道她要说什么一般，面色苍白地开了口："任佳，我也知道你为什么去老街。"

闻言，任佳身体一僵，但很快又恢复如常。

她想，天气预报说得没错，天幕灰而寂寥，一场大雨即将来袭。

阵阵冷风突然涌来，任佳似是仍有些迟钝，机械地发了会儿呆，稳了稳才开始继续往前。

裴书意没有跟上去。

不知走了多久，一滴冷雨打在了任佳额上。

急雨蓦然降临，不到片刻，头顶雨打树叶的声音嘈乱急切了起来，脚下的路被冲刷成了深灰色，天幕与大地快要连成相似的荒原。

任佳行至檐下，在书包里冷静找伞，一抬眼，看见裴书意仍然站在雨里，没有要躲的打算。

伞骨撑开的那一刹那，雨珠成线，斜着向四周甩了出去，墙缝里的小花几乎就要被暴雨打断茎叶。

檐下雨已成幕，任佳低下头，隔着透明的帘，朝那过分孱弱的小花看了半响。

水幕之外，急雨之下，最后一片花瓣被碾成黑泥之时，任佳收回视线，一步踏进了真实世界。

任佳撑着伞，艰难地推开了自家大门，走进空荡荡的客厅时，她有一种恍如隔世的感觉。

雨水顺着收起的伞布蜿蜒向下，任佳脱了鞋，将伞小心立起，看见桌上还放着隔夜的冷菜，顿了顿，才朝胡雨芝卧室去了。

这地方小得几乎只只能容下一张床。

任佳心情沉重地将柜子里的衣物折好放进书包，指尖触碰到一个方方正正的盒子，立刻就紧张了起来。

书包夹层里是童念念那日神秘兮兮塞给她的礼物，她拿出盒子，小心拆开了一层又一层的包装纸。

最后一层包装纸被拆开之际，映入眼帘的是一张透明的光盘，盘身上还贴了一张其貌不扬的便利贴，便利贴上写着一行很小很小的字，任佳凑近了脑袋才得以看清——

　　任佳！这是我最喜欢的一部电影的绝版光盘，好不容易才买到的，特

175

别有纪念意义！分享给你！

童念念的字迹没有什么锋芒，三个感叹号倒是力透纸背，字如其人，热情而简单。

任佳看了一会儿，将光盘轻轻放下，又在胡雨芝房间里发了会儿呆。

过了许久，她才终于像下定决心似的，走向胡雨芝的床头柜，拿起了那个被台灯压得严严实实、只露出一个角的账本。

这账本明显要比其他账本新出不少，她只见胡雨芝写过一次，还是几个月前，她被小狗咬伤的那天。

那一天胡雨芝明显有些心不在焉，一大早买完菜，回到家就开始忙着记账，记完账，她中午做了一桌子菜，却连一口饭都还没来得及吃，就以小雨姐结婚为由匆匆忙忙跑回桃江岛了。

任佳一边想着，一边拿起账本，一页一页翻看了起来。

纸张上，母女二人的每一笔开支都被胡雨芝事无巨细地记录了下来，任佳一行一行看过去，连呼吸都放轻了动静。

账本被合上时，任佳深深吸进一口气，抖着手把它放进了书包，然后起身，没耽误一分一秒的时间，从衣柜里快速拿出几件应季衣物，跑到卫生间将盥洗用品打好了包。

做完这些，任佳才重新拿起童念念送她的那个光盘，跑回了自己卧室。

屋外，雨打樟叶的声音仍然噼里啪啦响个不停，任佳走到桌前，将光盘连同包装纸，小心放置在了最底层的抽屉里。

抽屉被拉开的一瞬间，那支银色的笔再度重见天日。

它似乎连位置都没挪动分毫，一如记忆里那个看似随意，却早已深深铭刻在任佳心底的原点。

"嘭"一下，抽屉一下子被关了个严实，任佳再也不敢多看一眼，只是她弄出的动静不小，带得桌面上的纸张都齐齐一颤。

书桌之上，数张密密麻麻的草稿纸摊得随意而散乱，纸上则是一句更比一句潦草的英语歌词。

危险仿佛无处不在，任佳仓皇将草稿纸揉成了一团，烫手般扔进了桌旁的废纸篓里，紧接着，她俯身向下，像是还嫌不够似的，将垃圾袋都一并拎在了手里。

然而，抬头的那一瞬间，透过窗帘的缝隙，她瞥见了那个轻轻松松就能让她陷入慌乱的、所有危险的最终源头。

雨丝如雾，陈岩缓缓朝前走着，停在了红墙一侧的窄檐之下，连伞都没打。

檐下雨水安静滴落，他还是像以往一般，穿着件单薄的黑外套，因而，从窗帘间的窄缝里看去，人便也凝成了她视线尽头一抹颀长的黑色。

隔着密密麻麻的雨丝，陈岩的神情依旧晦暗难辨，只是他一动也不动，像是在放空，又像是在安静凝望着她那扇窗的方向，身形中透出了几丝难以名状的孤独。

一头养不熟的白眼狼。

鬼使神差地，这几个字又一次撞进了任佳的脑海。

刹那间，空气中仿佛突然多出了一双无形的手，逼着任佳再次往后退了几步，她退到门边，想冲出门给陈岩一把伞，却抖着手飞速拿出了徐原丽还给她的手机，删掉了相册里那张模糊不已的照片。

做这些之时，任佳只觉得她好像在亲手剜除掉心里一株又一株长疯了的野草。

可钝痛之下，却是奢侈而扭曲的安定感，仿佛只有这样，才能洗净她满心动荡的苦楚与愧疚。

雨还在下，屋内的窗帘被拉得分外严实，这一方空间暗如长夜。

任佳无力倚靠在窗前，等了很久，始终没有等到对面大门被关上的声音。

又过了许久，雨的动静小了下去，窗外脚步声渐行渐远，任佳才终于起身，背着沉甸甸的书包，缓缓离开了南巷。

离开行人纷纷的医院后，陈岩回到了南巷。

自一到达南巷，他就定定地盯着对面那扇紧闭的小窗看了起来，许久不曾动作。

檐下雨丝如柱，水珠顺着少年人衬衫肩线徐徐滚落，他却似万分恍惚一般，任由那点儿冷意掠过手腕，全然忘了要去屋里拿伞。

不知过了多久，片片败叶被风接连刮起，陈岩才终于从那轰轰的呼啸声中回过神来，后知后觉地意识到，他在斜雨纷飞中跑来南巷，竟只是为了盯着一间无人值守的空房间，安静地发上十分钟的呆。

意识到自己的古怪后，陈岩转身走出南巷，挥手拦上一辆出租车，径直奔向了老街。

老街的废弃画室里早已端坐着一人，纪行迟。

陈岩沉着脸走进画室之时，纪行迟正拿着他落在画室的课本随手涂鸦。

"你……"见陈岩顺手把湿外套挂在了落地衣架上，纪行迟腾地站了起来，"你家湿衣服往衣架上杵啊？老子放上边的干净外套都被打湿了。"

说着，纪行迟几步走向陈岩，一把抢过了他手里的外套。

"陈元忠又来找你了？"纪行迟问。

陈岩没接茬，径直进了屋。

"狗呢？"他问。

话音刚落，一只小胖狗疯了似的从里屋冲了出来，绕着陈岩裤腿撒欢转起了圈。

陈岩抱起狗机械地掂了两掂，神情仍有些游离："小辣瘦了。"

纪行迟张口结舌。

瘦个屁！

早中晚三顿外加夜宵和下午茶，这只名为"小辣"的小胖狗吃得都快比他好了！

纪行迟忍耐着没发作，又见陈岩一手抱着狗，自一坐下就盯着它发起了呆，越发看得气不打一处来。

"我说。"纪行迟顺手捡起了地上的笔，"给这狗换个名字吧。"

陈岩没抬眼。

"喊。"

纪行迟于是也懒得管他，拿起笔，继续自己未完成的画。

纪行迟勾勒的是一个高马尾的女孩，陈岩早知道这事儿，他也就没刻意避开陈岩。

画着画着，小辣又来扑纪行迟的裤腿了，纪行迟只好起身给它弄吃的。

纪行迟走了两步，一回头，见陈岩抬手松了松领口，又瞥了眼窗外越下越大的雨后，竟似蓦然间烦躁了不少，浑身上下透出了一股恨不能找人打一架的浓厚戾气。

看着看着，纪行迟不禁觉得，这屋里的狗实在是比屋里的人可爱得多。

当然，能换个名字就更可爱了。

这小胖狗分外违和的名字是这么来的。

约莫两月前的一个傍晚，陈岩一个电话把纪行迟从床上叫醒，开口第一句话就是问他想不想养狗，他那时一头雾水，让陈岩有什么事白天再说，只是临挂电话，他又鬼使神差问了句："你那狗有名字吗？"

电话那头，陈岩沉默半晌，斩钉截铁说了两个字："小辣。"

见他沉默不语，陈岩破天荒地解释了一句："我手头现在正好有两样东西，一只狗，一瓶辣酱。"

这是真有病！

他闭着眼撂下了电话……

给小胖狗加完餐，纪行迟继续随手乱涂。

不知过了多久，雨也小了，连小辣都吃饱喝足蜷在旧沙发上打起了盹，陈岩依旧对着窗外灰黑色的天幕一言不发。

纪行迟终于忍不了："陈元忠又发什么疯了？"

陈元忠是陈岩他爹，纪行迟原本不知道这号人的存在，直到近日里那人频频跑来老街堵人，他才隐隐有了些察觉。

就在不久之前，陈元忠为了堵住陈岩，竟打电话找人开了锁，径直冲进了这间画室里来，那时，纪行迟牵着小辣打画室楼下经过，听见玻璃炸裂的轰然声响，猛然冲上楼，就看见陈岩带着一身血淋淋的细密伤口，冷眼目睹着陈元忠发疯。

而更令纪行迟意想不到的是，第二个花瓶砸过去的时候，陈岩照旧一动不动，反而对陈元忠挑衅地笑了起来。

"那天你怎么不躲啊?"忆及此,纪行迟没头没尾地问了一句。

"躲没有用。"陈岩仍然盯着窗外的细雨,答非所问,"你是不是把我的水仙和兰草养死了?"

这刺儿挑的……

纪行迟识相地闭上了嘴。

"你这状态不大对啊。"没过几秒,纪行迟又扭脸看向了陈岩,"不像是生气,倒像是丢了魂。"

这话纪行迟说得斩钉截铁。闻言,陈岩腾地站了起来,直接扔了他手里的笔。

"不是吧,心情这么差……"纪行迟反倒乐了起来,"打架终于打输了一回?对了,你前些天干吗和那叫徐锋的小子过不去,还专程去找了他一趟?"

陈岩于是又"啪"一下扯走了他手里的书,冷声道:"早就想问你了,什么时候你那烤肉店生意差得连画纸都买不起了?一天到晚搁我书上乱画?"

"你又不看书。"纪行迟仍旧不恼,朝陈岩的神情仔细端详了几秒后,幽幽开口,"没打架,那总不可能是失恋了吧?"

他话音刚落,陈岩错愕地抬眼,嚣张气焰一下子被灭了个大半。

这下愣住的换成了纪行迟。

"你还真……"纪行迟不敢相信。

而他一句话还没说话,陈岩早已阴沉着脸起身,面色不善地递了个眼神,让他滚。

出了门,陈岩一路行过坑坑洼洼的小路,步速不减。

湿了一半的衬衫贴在胸前,他烦躁地解开两颗扣子,想起纪行迟说的"失恋"两个字,路都没看稳,一脚踏进了水坑里。

顷刻间,灰黑色的泥水溅起老高,水洼里多出了数点涟漪。

楼上传来女人"咯咯"的笑声,陈岩一抬脸,那笑声又蓦然止住了。

陈岩看了她片刻,收回视线时,仿佛四面八方所有的出路都已被彻底堵死,他心中突然涌出了一股巨大的慌张,在原地站了许久才继续往前。

老街逼仄的石板路上,宠物店的姚老板门都关了,正蹲在店门口抽烟。

见陈岩来了，他扬眉一笑："我都打烊了你还来，这次没带上你那宝贝土狗一起？"

说着，瞧见这位老主顾要往店里走，他动作利落地从兜里拿出了一串钥匙，伸手抛给了陈岩。

伴随着金属相撞的脆响，一道银色的弧线从空中划过，陈岩接住钥匙，自顾自开锁后推门而入。

进门时，他顺手脱了近乎全湿的衬衫："帮忙拿瓶酒精。"

"拿酒精干什么？"姚老板回头瞅了一眼，瞬间就忘了正事儿，"身材真够可以的啊小子。"

说着，他夸张一嗤，心想，陈岩这小子平时倒是人模人样的，只是衣服一脱，整个人的气质都变了，跟头荒岭独狼似的，一身旧伤。

锁骨之下，旧痂里混杂着几处破皮新伤，陈岩接过姚老板递来的酒精后，低声道了句谢，便低下头去，面色平静地处理起了伤口。

他那模样平平淡淡的，动作却仿佛与自己有仇，手上用力到指骨发白，好似生来就不知道轻重。

姚老板站在一旁，看得额头上冷汗直冒，倒吸了好几口冷气。

到后来，他实在忍不了了，骂骂咧咧道："你小子轻点儿！"

说着，他一把夺过酒精："脑子没病吧你？受了伤不去正经医院挂号，来给猫狗看病的地方瞎现眼……"

陈岩却置若罔闻，看也不看付了钱。

付完钱，陈岩拿起手边的衬衫，套上半湿不干的外套，"刺啦"一声将拉链拉至顶端，利落地起身推门而出。

迎面刮来一阵冷风，鼓动得空气猎猎作响，湿冷的细雨里，陈岩伤口处的皮肤痛痒无比，其上蒸发的酒精更带来了一股凿骨透心的凉。

皮肤像是第一次被撕裂开来，那触感令人印象深刻。

沿着原路缓慢前行时，陈岩感受着刺骨的寒风，却只觉快意而安慰。

这股难受盖过了那股说不清道不明的巨大慌张，得以让陈元忠歇斯底里的吼叫、医院里众人趾高气扬的斥责，还有……数日前女孩与裴书意踏着一地月夜并肩而行的身影，随着猎猎的风声而变得越发模糊。

一步、两步、三步……风越来越大了。

等到对冷的感受都被怒吼的寒风悉数抹除时，陈岩才感觉到，自己终于得以摆脱，那莫名其妙从心脏深处阵阵涌出的、名为失控的麻。

姚老板烟盒里仅剩的一根烟快要燃尽时，陈岩正好走出了窄巷。

最后一口烟吸进肺里，姚老板看见不远处，纪行迟牵着狗走了过来，与陈岩擦肩而过。

纪行迟和陈岩不一样，他自小在老街长大，却极少出现在这里。

"稀奇。"姚老板起身，"纪老板也来了。"

他比纪行迟大了快半轮，还是打趣叫对方"老板"。

"有人失恋了。"纪行迟笑得灿烂极了，"我来欣赏一下他的狼狈。"

"开什么玩笑？"姚老板压根没当回事，"就那小子那样的，怎么可能吃姑娘的苦。"

"是吗？"

纪行迟逗弄着小辣，笑而不语。

在纪行迟印象里，陈岩话少，鲜和人聊上几句，更别提谈论女孩，偶尔他不打招呼地出现在老街，无一例外都把自己关在画室里。

因此，当纪行迟鼓起勇气找陈岩打听，那日从他俩面前匆匆经过的高马尾女孩叫什么名字时，陈岩露出的表情就是不理解，只差把他闲得慌三个字写脸上了。

纪行迟则比陈岩还不理解，陈岩脑子不会真有问题吧？怎么可能放着那么大一个漂亮姑娘不知道名字？

而陈岩连口都懒得开，直接用眼神骂他有病。

不过陈岩还是讲义气的，既然纪行迟开了口，该帮的忙他还是记得帮。

因而没过多久，陈岩重回画室时，一见了纪行迟就从包里随手翻出一本书，拿起桌上的笔"唰唰"写下了几个字。

"名字。"陈岩无所谓道，"自己看。"

"不错。"纪行迟笑眯眯地接过书，对着纸上三个字越看越满意，"童念念,这名字和我有够配的。"

"还有够配的……"陈岩回头看着他,"你有没有想过,其实人家觉得自己名字和另一个人更配。"

纪行迟瞬间不乐意了:"她有喜欢的人啊?"

陈岩百无聊赖拿起笔:"我们班的裴书意。"

纪行迟于是彻底不说话了。他确实认识裴书意,对方也住老街,至于长相,在他看来也就只比他差那么一点儿,可以说是一个强有力的竞争对手。

那一整个上午,纪行迟心情差到极点,对着纸上那三个字陷入了沉思,一句话都没再多说。

到了下午,陈岩起身准备离开,看见纪行迟托着下巴神情呆滞,简直莫名其妙。

"有病?"

陈岩说着就从纪行迟手里夺回了自己的书,一瞧见书上力透纸背的那两行小字,眉头更是无比嫌弃地皱了起来:"你能不能别搁我这儿写酸诗?"

"给老子滚!"酷爱写酸诗的纪行迟抬手就拿起手边的物件朝陈岩砸了下去,"你懂个屁!"

…………

这下懂了吧?

回忆至此,纪行迟极其温柔地抱起了一脸懵懂的小辣,热情地照顾起了姚老板的生意,买了一大袋豪华罐头,心情愉快地决定给它加餐。

任佳正失魂落魄地往医院走。

陈岩为什么会忽然出现在南巷?又为什么连门都不进,孤零零在雨中发了许久的呆?

她一路想着走到了医院一楼大厅。

等电梯时,任佳拿出书包里的账本看了半响,深深吸进了一口气后,再次将账本放回到了书包里,努力让自己神色如常。

"妈妈。"

到达病房前,任佳艰难挤出一个笑,抬脚刚走进门就发现,胡雨芝压根不在病房里。

放下陪护用品后,她嗓音飘忽地问起了同一病房里的另一人:"请问您看见我妈妈了吗?"

"你妈妈啊?"那人回忆,"刚出病房没多久,说是想出院。"

她话音刚落,佳猛地冲出了病房。

看见胡雨芝时,她正被一名护士扶着,艰难地往病房挪,任佳立即上前,不发一言地架住了她一只胳膊。

"我建议你再住个一周。"护士叮嘱,"骨折和割伤在同一处,最好是别多折腾,万一流脓感染就不好了,钱难道比健康还重要?"

这话一出,胡雨芝动作一顿,见状,任佳喉咙微微一滚,默默低下了头。

晚上的一顿饭,母女二人都没有说话。

吃完饭,任佳自顾自展开了折叠床,坐在低矮的床上,搬了把凳子当桌子用,开始翻看自己的错题集。

"明天就上学了。"胡雨芝忽然道,"我这儿不用你照顾。"

任佳没有犹豫:"好。"

胡雨芝于是愣住了。

"你生个什么气?"又过了半晌,胡雨芝忽然拧紧了眉头,"逃课这事儿你还没和我说清楚呢!"

胡雨芝精神不佳,即使努力想让自己严肃,声音仍然透着疲惫。

"我没有生气。"任佳放下笔,"妈妈,你这么多天不上班,不用和酒店请假吗?"

闻言,胡雨芝眼神一闪,语速忽然变得飞快:"当然请假了!你去拿陪护用品的时候我就请了!"

"行。"胡雨芝话音刚落,任佳腾地起身,走到不远处的柜子前,拿出鼓鼓囊囊的书包,兀自翻出了她从家里带来的账本。

骗子!

她一边"哗哗"翻动着账本,一边恨恨地想,妈妈就是个彻头彻尾的大骗子!

分明就没有什么酒店的工作,她已经全都知道了。

妈妈一直都在那家超市帮人理货，但由于工资根本不够母女二人在前海市的房租和生活费，所以又特意挑了一天跑回了桃江岛，一个人骑着那辆电瓶车，带着昔日烙饼的全部家当，千里迢迢骑回了前海市。

每一个她谎称自己上夜班的夜晚，都在街头摆着摊烙饼！

"任佳！"胡雨芝似是意识到了什么，猛地提高了音量，"谁让你一个小孩子乱翻大人东西的！"

"我已经不是小孩了！"任佳更大声地喊了回去。

顷刻间，病房里所有人都看向了她们这边，胡雨芝像是被她那骤然爆发的大喊吓到了一般，态度倏然软了下来。

"佳佳。"半晌，胡雨芝忽然扯了扯任佳的衣袖，"咱回家再说。"

下一秒，任佳的眼泪流了下来，她擦干净眼泪，几步走回到折叠床边重新坐下："不回家。"

说着，她将账本丢给了胡雨芝，又拿起笔在纸上写了个"解"字："你为什么瞒着我？"

和以往截然不同的语气，毫无礼貌可言，然而胡雨芝看见她那副努力憋着眼泪的样子，却怎么都发不出火。

"佳佳。"良久，胡雨芝叹了口气，"妈妈其实也没你想的那么辛苦。"

任佳手里的笔动得飞快，应都不应一声。

胡雨芝只好继续说下去："我这还不是怕你担心才瞒着你，怕耽误你学习。"

"耽误"两个字一出，任佳手里的笔尖一顿，定了定神才继续，写完最后一行解题步骤，她才终于放下了笔。

"妈妈。"良久，任佳忽然道，"你信我吗？"

胡雨芝没听明白："什么信你？"

见任佳紧抿着唇不回答，胡雨芝又执拗地劝起了她："你看看现在，咱还要在医院住一周，你整整一周不回学校可怎么行？不知道得落下多少课……"

"所以我会回。"

说话时，任佳眼神坚定，胡雨芝神情却又倏然变得有些不是滋味了。

"挺好。"半晌，她摆了摆手，"回吧回吧，趁早回。"

"我只是去听新课。"任佳于是开始解释,"医生查房的时间很早,六点出头就会来,那时学校里第一节课还没开始上,我买来早餐给你之后,可以去学校听课,等到上完第三节课后我会回医院,去学校食堂带来中饭一起和你吃,现在午睡时间短,下午第一节课是赶不上的,但是第二和第三节课还是可以听,上第四节课时我照样买饭回医院,晚上我在医院做题,和在学校晚自习没什么区别。"

任佳说完,胡雨芝微微张着嘴看着她,思维还停留在她说的第一句话:"听新课是什么意思?"

"就是讲解新知识点的课。"任佳放慢了语速,"其实我也可以自学,但前海一中的师资力量好,我自学比不上直接听课的效率高。"

胡雨芝这才有些懂了,皱着眉道:"佳佳,可是你怎么能确定你去的那几节课正好是上新课?"

"不确定。"任佳翻过一页书,"所以我会问徐老师要一份课表,一般而言,一个任课老师会同时带几个班,那几个班的进度都是一样的。"

"你说啥呢?"胡雨芝不可思议,"你要跑去一整个年级的各个班去听课?其余班的学生你认识吗?"

"不认识。"任佳又拿起了笔,"但不影响我听课。你还有其他问题吗?"

"我……"胡雨芝想了想,只觉任佳的话一时间让她有些难以消化,半晌才又憋出了一句话,"那为啥要特意去食堂给我带饭?"

闻言,任佳抬头瞥了胡雨芝一眼,像是觉得她不懂事一般,言简意赅道:"食堂菜营养还便宜,而你和我……"

说到此,任佳伸出手在二人间来回一指,坦坦荡荡道:"穷。"

周一,任佳早早起了床,买好早餐,和胡雨芝一并吃完又快速收拾好,等到医生查完房后,她扶起胡雨芝洗漱完毕,就迅速换回了校服,背着书包往学校去了。

到达前海一中时,早自习已经开始了,学校大门口只有零星几个迟到的学生在往里走,任佳走到门口时有些惊讶,她没想到,徐原丽竟然直接等在了门卫室。

"徐老师。"任佳规规矩矩地叫了一声,声音不由得又小了下去。

"来了?"徐原丽点了点头,"我把这一周的请假条拿给你,之后进出学校会更方便。"

任佳低着头,小心地接过了那张薄薄的假条。

"还有课表。"徐原丽又递给她一张打印好的A4纸,"有几个班级经常有实习老师去听课,所以教室后排正好是有空位的,你去了直接坐就行,要是遇见没空位的班,可以去该层楼的杂物间搬。"

任佳点了点头,声音还是很轻:"谢谢老师。"

"行。"徐原丽看着任佳,有几秒没再说话。

任佳一抬眼,徐原丽又忽然一摆手,有些艰难道:"去上课吧。"

路过花坛时,任佳隔老远就看见了张贴在墙上的通报批评。

白底、黑字、红章,落款是前海一中高二年级教务组,她在经过那张通报时停下了脚步,仰着脸朝它看了许久。

看向通报批评时,她身边还没有一个人,等到她收回视线,学校里已经热闹了起来。

像以往下第一节课后一样,学生们从各个班教室冲了出来,路过任佳时,有几个学生不约而同放慢了脚步,视线在她与她身后的墙上来回流连。任佳定了定神,努力忽视着周围人的目光,开始往五楼走。

上午的一二节课是讲新课,这两节课她不用往其他班跑。

五楼,九班明显比旁边几个班要安静不少,尽管刚下完早自习,教室里还是有很多继续埋首看书的人。

但当任佳进门时,原本安静的教室还是突然多出了一阵喧嚣。

"任佳?"冯远惊讶回头,"我看你早自习没来,还以为你今天一天都不会来了。"

几乎每个人都朝后门望了过去,不同的是,有的人只瞥了她一眼就转回身开始继续做题,还有的人则和冯远一样,眼珠子滴溜溜地跟着她转,一脸藏不住的好奇。

坐满了人的教室里,只有两个人自始至终都没有朝任佳多看一眼。一个是裴书意，他正安静做着题，手里的笔动得飞快；另一个则是陈岩，他坐在教室角落随意枕了本书睡觉，头都没抬。

陈岩的桌上又有一杯没动的奶茶，任佳坐下，视线从那杯奶茶上缓缓收回，拿出了书和笔记本开始预习新课。

冯远见任佳没理会自己，撇了撇嘴，侧过身朝裴书意又瞄了一眼。

裴书意背影明显有些僵硬，黄正奇翻开书向他请教问题时，他甚至没有看一眼。

一二节课是方老师的数学课。

不一会儿，"丁零丁零"的上课铃响起，陈岩在铃声中起了身。

任佳努力克制着不去在意他，但长久以来的习惯还是占了上风，她发现自己余光所及，仍然是那个熟悉的身影。

然而，尽管她和陈岩是教室最后一排单出来的两个位置，中间没有任何阻挡，陈岩却像是根本没看见她似的，没朝她多望一眼。

最后一声铃声响完后，方老师夹着教案走进了教室，任佳握紧了手里的笔，回过神来，拿起笔，认真看向了黑板。

上午两节课上完，任佳对照着课表拿出了下节课的书，刚准备把书包放进水杯时，她看见了夹层里那部小小的旧手机，思维顿时滞住了。

犹豫片刻，做足心理准备后，她终于起身朝陈岩走了过去。

彼时，陈岩正有一下没一下翻着手里的杂志，任佳走近了才发现，他手里的杂志很旧，看版面最上方那个加粗的标题，似乎是在介绍一位许多年前的新闻记者。

任佳走到陈岩身边时，他快速翻到了另外一页，没让任佳把先前那一页上的图片看全。

与此同时，陈岩前排的姜馨回过了头，小心捏着一包咖啡朝他晃了晃。

"陈岩。"她朝他笑，"我这儿有咖啡你需要吗？"

"谢谢。"陈岩抬眸，"已经不困了。"

姜馨一时有些尴尬，拿着咖啡的右手不知是要放还是要缩。她一转头，见任佳站定在了陈岩桌前，便像找到了救星般和任佳搭起了话："任佳，你才刚回九班就要走吗？怎么去倒水还背着书包呀？"

任佳解释："第三节课我去别的班听课。"

回答姜馨的问题时，任佳仍然看着陈岩，揣在校服口袋里的那只手再次握紧了手机，而陈岩却连头都没抬一下，始终没瞥她一眼。

任佳于是鼓起勇气喊出了陈岩的名字："陈岩，可以和我出来一下吗？"

话音刚落，姜馨一愣，看任佳的眼神顷刻变得有些讶异，拿着咖啡的手也缓缓缩了回去。

"怎么还背上书包了，这是去哪儿？"

姜馨回过头后，旁胜从任佳身后挤过，见她背着个书包，同样也很好奇。

任佳只得一并回答完："时间不够，怕落下新课的进度，所以集中听新课。"

旁胜还是一脸蒙："为什么？"

任佳："要去医院……"

不想，她一句话还没说完，陈岩腾地站了起来："出来说。"

方才，任佳之所以不想在教室里把手机给陈岩，就是害怕招惹事端——她仍然不知道文艺晚会结束后检举揭发她的人是谁，经历过那一遭之后，她比起之前要谨慎了许多。

此时，任佳和陈岩站在楼梯口，四周都没有人，她才终于敢伸出手，把拢在袖子里的手机迅速塞进了陈岩口袋。

任佳小声道："我已经找回来了。"

塞完，她还想问问陈岩的感冒怎么样，陈岩却反倒先于她开了口："生病了吗？"

任佳愣了愣，过了几秒才反应过来，自己刚刚和旁胜提起了医院。

她没想陈岩是要问这个，正不知要怎么回答，交完班级作业的何思凝和裴书意一并路过了走廊。

裴书意知道她喜欢陈岩！

这个想法一冒出来，任佳就迅速朝后退了一步。

明明，裴书意当着她的面明晃晃提起她去老街的缘由时，她还没有一丝一毫的慌乱，可这一刻，当她与陈岩近在咫尺、真正四目相对，她的感受便顷刻

189

间变得截然不同，仿佛一个巨大的把柄被人捏在了手里，难以自处。

幸好裴书意没有朝他们看一眼，径直回九班了。

何思凝倒是停下了步伐，朝任佳道："任佳，今天早自习你没来，我就先把英语作业收上去交了。这一周的资料我都会帮你留一份的，你到时候来找我就好。"

看来何思凝作为学习委员，已经提前从徐原丽处得知了她这一周要在年级里到处听课的事。任佳连忙道起了谢，何思凝立刻挥了挥手，说了句"不客气"后就进了门。

何思凝一进门，楼梯口便再次只剩下了任佳和陈岩二人，任佳刚刚那一退，二人之间的距离已经被拉远了许多，她无端有些心虚，便率先开始解释："我没有生病，妈妈扭伤了脚，我得照顾她。"

至于个中缘由，任佳并没解释得太详细，含糊带过后，便再度往后退了一步。

而陈岩仍然注视着裴书意离开的方向，视线重新回到任佳身上时，他轻轻拧了拧眉，仿佛一瞬间失了神。

"只有几分钟就要上课了。"任佳一边说着，一边匆匆往楼下走去，"我先走了。"

她刚迈出一步，陈岩"噔噔"朝下跨出了好几步，先她一步到达楼梯平台处，焦急转身，突兀地喊了声她的名字。

"任佳！"

这声毫无来由的呼喊让任佳动作一顿，反应过来后，她已经陡然停在了楼梯正中间，失了进退。

不知为何，和在南巷的那个晦暗月夜，二人分别伫立在窗户两侧时一样，陈岩嗓子像是被砂纸磨过一遭一般，透着疲惫不堪的哑。

"怎么了？"任佳心跳又莫名快了不少。

陈岩没答，只安静地看着她。

此时此刻，他站的地方比她要低上许多级台阶，任佳因而第一次从这样居高临下的角度注视陈岩。

看着看着，她心底涌进了一阵莫名复杂的滋味。

陈岩变得有些不像陈岩了,但具体有哪里不一样,她好像又说不上来,她只是本能地,感到了一丝不同以往的难过。

"怎么了?"任佳又问了一句,故作自然地朝他挤出了一个笑。

陈岩终于往上走了几步,却仍然执拗地站定在任佳两级台阶之下,堪堪与她双目齐平。

"你找我就这事儿啊?"

过了许久,陈岩终于开了口,声音虽哑,语气却像是倏然沾上了几丝散漫似的,不甚在意。

"对。"任佳意识到他在说手机,忙道,"不好意思,最近才找到,我还迟了。"

陈岩没立刻应声,看了她几秒后,忽然无所谓一笑:"找了很久吗?原来这么不想欠我?"

不知不觉,两人距离再度被拉近,任佳难以忍受地低下了头,轻声道:"总是要还你的。"

这话一出,空气里只剩下无边无际的沉默。

"行。"良久,陈岩朝她干脆一点头,"还清了。"

说完,他快速跨上一步台阶,终于,干净地消失在了任佳身后。

任佳在原地愣了许久,直到意识到上课铃声快要打响了,才终于朝目标班级匆匆而去了。

陌生的老师、陌生的同学,说不紧张是假的,但很快紧张情绪便被抛至脑后了。

任佳很喜欢数学。

她记得,方老师在这学期第一节课上曾引用过数学家康托尔的名言,数学的本质,在于它的自由。

任佳那时听听就过去了,没把这句有些玄妙的论断放在心上,然而,当她昨晚坐在病房里的折叠床上、倚着那个简陋的小木凳专心思考数学题之时,那句话却又倏然回响在了耳畔。

在医院闹哄哄的环境下,任佳比以往更加专注地沉浸到了书卷里,甚至,做完一张试卷，从纸张中回过神来时，她还感受到了一阵巨大的满足——仿佛被生活拖住的脚步忽然变得轻盈，身心都摆脱了厚重的大地，无拘无束。

"是任佳吧？"

"九班那个？"

前方，说话的人声音不算太大，任佳还是听到了窸窸窣窣的交头接耳声。

"我知道，九班那个女生，和裴书意……"

"谁不知道？之前文艺晚会，还和陈岩一起在台上唱过歌。"

"陈岩"两个字一出，任佳心一跳，手里的笔"刺啦"一声划破了纸张，她抬头，面无表情地向前方看去，说话的人立刻噤了声。

直到科任老师进了门，教室才终于安静了下来。

每个老师都有着自己不同的上课风格，这位老师走进教室后，第一时间就在黑板上写起了板书。

老师在讲台上写板书时，任佳对着桌上歪掉的那一截笔芯看了一会儿，继而伸出手，轻轻抚过了纸上那道略微有些锋利的突兀划痕。

在老师转身开口之前，她合上习题本，正襟危坐地看向了前方。

第三节课结束后，任佳出门出得比谁都快。

甚至，跑去食堂飞速打好饭、拎着鼓囊囊的饭盒往回走时，她的步速比起去时又要快了不少。

求知楼离致远楼隔了段距离，幸而离食堂倒是不远，因而她才得以赶在上课铃打响之前，气喘吁吁地赶到了童念念的教室门口。

"童念念在吗？"

"你找童念念？她去参加艺术集训了。"

被任佳拦住的人心情似乎不错，说话时面上也带着笑模样，然而，任佳喘顺一口气后一抬头，她立刻就有些惊讶地闭上了嘴，表情也一并复杂了起来。

"谢谢。"任佳装作毫无察觉的样子，继续问，"那她什么时候走的呢？"

女生犹豫片刻，朝教室里的一个空位努了努下巴："一大早来到教室，拿了几本书就走了。"说这话时，她神情明显有些飘忽，眼神缓缓落到了任佳的身后。

任佳不用回头就知道她在看什么，求知楼也和致远楼一样，每层楼的楼梯口都贴着白纸黑字的通报批评。

"她走之前是什么样子的？"任佳不死心地又问了一句。

"就和平常没什么不一样，只是……"说到此，女生顿了一下，但见任佳神情分外认真，便干脆伸出了手，朝着楼梯口指了一下，"只是对着那张通报批评，看了很久很久。"

提着饭盒，心情复杂地回到医院时，任佳隔老远就听见了胡雨芝的声音。

"你闺女在前海一中呀？"有人问她，"我看你们不是本地人呀。"

"不是本地人怎么啦？"胡雨芝拔高了声音，"我闺女成绩好，特意招进去的！"

这句话她说得神气十足，语气里尽是自豪。然而，任佳推开门走进病房时，胡雨芝立刻又咳了咳，恢复了原先那副严肃派头。

"怎么样？"她问任佳，"今天上课还好吗？"

"挺好的。"任佳答得飞快，不愿细想这一天之内发生的事情。

第二天，再一次缺席早自习、于第一节课上课前走进九班时，班里的同学已经对任佳见怪不怪了。

临近期中考，各个老师布置的作业也比以往多了不少，这才过去一天，何思凝给她留在桌上的作业就已经堆了老高。

而陈岩那个位置，堆积的各科作业照样堆成了一个小山坡。陈岩那人一点儿也不喜欢在桌面上堆东西，任佳想，这样的情况发生，只能说明他昨天没来上课。

上课之前，任佳偏着头，放任自己朝那空荡荡的座位看了一小会儿。

她忽然觉得，陈岩似乎总是若即若离的，即使他们同住南巷，比班里其他人见面的机会还要多上不少，他还是常常会给她一种随时都可能消失的不安定感。

上课铃声乍然响起时，任佳的思绪被拉回到了现实。

第一节课结束，教室里热闹了起来，她没找人打听陈岩。

第二节课上完，任佳去找旁胜交了昨日的数学作业，往回走时，姜馨回过头朝她看了一眼,又很快转了回去,任佳则始终目不斜视,没朝陈岩的座位多扫一眼。

然而,坐下时,冯远忽然转过头,朝她重重叹了口气,她看似平静的心情立刻就紧张了起来。

她还是输了。

任佳发现,当她强忍着不开口,努力把自己封闭成一座孤岛时,"陈岩"两个字便也能好好地掩埋于心底,一旦有人和她交流,那么不论那人是谁,更不论那人是想简单和她打个招呼,还是过于无聊找她寒暄几句,她都会立刻严阵以待,费尽心思地开始盘算该如何把话题绕到陈岩身上去。

"陈岩好像不在。"任佳看着冯远,故作自然道,"他的英语作业交给何思凝了吗?"

"我说课代表同学啊!"冯远恨铁不成钢地朝她耸了耸肩,"你认真负责是挺好的,但你也得分人啊!班主任都不管的人,你干吗搁他身上浪费时间?"

"浪费时间"四个字一出,任佳眉头轻轻皱了皱。

冯远见她那样,又是一哂:"说你榆木脑袋你还不信。本来就是嘛,陈岩又不像我们一样靠高考挣前程,人家就是高考挂个零分,往后的日子也照样过得比咱们好。"

这话冯远说得斩钉截铁,任佳于是不再说话了,缓缓低下了头。

冯远看不清任佳变了表情,还在继续说:"看来你是真不知道,学校里可早都传开了,陈岩他爸一回家就在裕云湾给他买了套别墅,那可是前海市最贵的地段……"

任佳这才抬起了头,想说,陈岩分明住在南巷,然而瞥见冯远笃定的神情,忽然又没了底气。

学校里早都传开了……

她仔仔细细回味着冯远这再自然不过的一句论断,心想自己根本一无所知。

刹那间,任佳只觉心酸不已,莫名想起了仍旧躺在医院的胡雨芝……

医院白茫茫的天花板再次撞进了任佳的脑海,莫名其妙地,此时此刻,她竟猛地有了种强烈的感觉,仿佛即使过了这么久,她,还有她的妈妈,也仍然只是这个地方的局外人而已……

转眼，一连三天过去，陈岩始终都没有出现在教室里。

他和任佳最后说的话，是那句轻飘飘的"还清了"。

陈岩不在的这三天里，任佳按部就班地过着自己分外忙碌的生活，要么在学校与医院之间两头跑，要么一个班一个班居无定所地飘，没过几天，就在全校人面前都混了个脸熟。

只是，她在各个班级上课时从来不会和班上的人有什么交流，上课时分外认真地听课，下了课就开始翻习题，偶尔遇上课间，她想出去走一走，也是拿着单词或文言文的小册子倚在走廊上看。

不知不觉，关于任佳与裴书意的传言又变成了另一种版本——明明是两个人一起逃课，可是被下放到普通班听课的人只有任佳一个，任佳不服气，所以一心想要证明自己。

原本有几丝暧昧的传闻，莫名其妙就励志了起来……

但其实，只有任佳自己知道，她不过是在用这种方式抵御心里空缺的那一角。

人能高度集中的时间一定是有限的，所以课与课之间，才会被设计出用来放松的课间十分钟，然而，陈岩再次不打招呼消失的时候，任佳就连这短短的、用来放空的十分钟都不肯放过，她宁愿机械地填满生活中的每一个空隙，也不愿让自己停下来哪怕一分一秒。

时间仿佛又倒退回了她来到前海市的第一天。

童念念离开了学校去参加集训，她的生活中不再有这个叽叽喳喳的朋友；裴书意早已和她形同陌路，他们二人同样不会再有交集；而陈岩，在她心中也拢上了一层模糊的面纱，仿佛变成了初见之时那个让她本能地感受到几丝距离感的人，那一个有着自己庞大城池的、和所有人格格不入的陈岩。

久而久之，任佳将有关陈岩的心绪藏得很好很好。

只是，出院那一天，逐渐靠近南巷之时，她还是不由自主乱了阵脚。

可她所期盼的画面并没有出现，巷子尾的樟树旁，那把锈迹斑斑的大锁仍然牢牢悬挂于门上，一派寂寥。

"二老真搬走了啊？"胡雨芝拄着拐杖被任佳搀扶着往屋内走，咕哝道，

195

"这么热心的邻居,我还真有些舍不得。"

任佳没应声,一回到家,就把成摞的书堆到了书桌上,照旧没有闲下来。

分明只在半个月之前,她还像是有着用不完的勇气一般,因为陈岩的消失而匆匆跑去了全然陌生的老街,而不过短短半个月之后,她就仿佛再也没了任性的力气,就连"陈岩"两个字都不敢认真提及。

脚不沾地的陪护生活结束后,距离期中考试便只有几天了。

九班会在高三另外进行一次分班,期中考试就是重要的依据。重返九班,任佳一早就认真收拾起了桌面,终于没像以往一般,时不时就要朝角落看上一眼,只是后门处,总有三三两两的女生不间断经过,朝陈岩的座位望了又望。

"喊。"课间,冯远嗤了一声,"就知道玩失踪玩神秘,成天钓着人家。"

至此,任佳终于没忍住,也返身朝陈岩的座位望了过去。

看了一会儿,她回过头,右手倏然一抖,手里一本厚厚的习题册就滑了下去,重重砸在了脚上。

"砰"一声,任佳闹出的动静不小,前排好几个人都回过了头。

见状,任佳无力地揉了揉眉心,叹了口气俯身去捡,却在起身的刹那,看见了桌子里一个小小的青色包装。

看清那东西究竟是什么之时,任佳耳畔"嗡"的一声,大脑刹那间一片空白。

一颗糖。

和她跑到小卖部买给陈岩的水果硬糖是同样的包装,不同的是,那时她直接拿了一大包给陈岩,而此时此刻,她的桌子里只有一颗,是青柠糖。

她记得,那包糖之中有草莓味、甜橙味……口味繁多,而青柠味,无疑是各种口味的水果糖中,最为酸涩的那一颗。

"陈岩来过我的位置吗?"上课前,任佳小心问冯远,声如梦呓。

"他来你这儿干吗?"冯远回头,"找你交作业吗?没来过。"

话毕,他又补充了一句:"杨瑜倒是来找过你。"

说这话时,冯远的神情忽地揶揄了起来:"对了,他之前为什么给你送奶茶啊?说说?有情况?"

闻言,任佳那颗几乎要跳出心腔的心脏,再一次无比失落地沉了下去。

下晚自习回家之前，时隔多日，任佳又鬼使神差地去到一楼小卖部，排了很长很长的队，给自己买了一包糖。

从那之后，任佳越发投入到了备考之中，回家的时间也越来越晚，常常是等到教室熄灯，保安小哥从一楼巡查到五楼，她才终于从书里抬起脑袋，匆匆离开。

周三这日，不知为何，通往南巷入口的那条路上的路灯突然熄了好几盏，因而放眼望去，约莫有五百米的距离都是一片漆黑。

路灯一失灵，小路便比平日里黑上了不少，任佳向来怕黑，走着走着，便不禁胡思乱想了起来。

或许是错觉，越往南巷走，她越觉得背后有人，可走了几步，她陡然站定，四面八方都没有脚步声，缓了几秒，再迈步时，她便咬牙跑了起来，越跑越快、越跑越快，飞速跑回了家。

第二天，离期中考试只剩这一天了。

短短一天时间，能够掌握的知识点都已经掌握得差不多了，任佳想起昨晚那心惊胆战的一小截夜路，终于不打算再继续多待，却不想，下晚自习时，姜馨忽然找到了她。

"问你一道化学题可以吗？"姜馨自顾自拿出了一张试卷，"我不太擅长这门科目。"

姜馨试卷上的分数不高，却写满了密密麻麻的红色批注，任佳拿过一看，发现姜馨要问的那道题她是会的，便从书包里重新拿出了草稿纸，认真讲解了起来。

一道大题讲完，不知不觉，时间又已经很晚了。

姜馨接过试卷，朝任佳说了声"谢谢"，临走前，忽然又冲她笑了笑："他好像不会回来了。"

姜馨说话时，任佳握笔的动作没停，像是根本就不甚在意。

直到写完最后一个字，她才终于抬起头来，朝姜馨笑道："快回家吧，不然太晚了，回家的路会黑。"

独自一人下了公交车，任佳走得很快很快，然而出乎意料的是，刚走到拐弯处，她就看见了盏盏相接的昏黄路灯。

路灯居然就被修好了。再度行走在光亮之下，任佳的步伐不由得又慢了下来，心想，昨夜里的那场插曲似乎只是她自己吓自己的想象。

这条路和以往一样，依旧安宁、柔和，让人神思如潮，缓慢翻涌。

走在最后一盏路灯下，即将拐进南巷之时，任佳突然站定，没再朝前。

她记得，第一次见到陈岩，他就是站在这盏路灯之下，高挑的身影被灯光拉得老长。

发了会儿呆后，任佳低下头，盯着自己同样颀长的影子看了一会儿，回手从书包里摸出了一包糖。

月光在红墙上洒下了一片银辉，颜色各异的水果则闪着细碎的光。

夜色里，任佳朝路灯走近了几步，暖光洒在了她柔顺的发丝之上。

她微微昂着头看着月亮，在灯下站了一会儿后，低下头，小心拆开了手心里的糖。

——"他好像不会回来了。"

直到这时，姜馨那一句苦笑着说出口的论断才重新涌进了任佳的脑海。

食指夹住硬糖，往唇边一抵，酸涩的滋味便涌进了唇舌之间……

任佳想，陈岩永远不会知道，十七岁那年，她曾站在他昔日里伫立过的路灯下，轻而珍重地，给自己喂了一颗青柠糖。

第八章
不期而遇

"他的世界她根本一无所知。" ♪

路灯之下,女孩的身影被拉得飘渺而不真实,像是一场虚幻的梦。

陈岩目送任佳彻底消失在巷子口,才终于不再刻意收敛着呼吸的动静,让肺里灌进了一大口冷气。

沿路,昏黄暖灯盏盏相接,陈岩背离南巷缓慢前行,时不时抬头看一眼那如星芒般模糊的圆形光斑,心想,他找人新换的灯与以往没有变化,依旧柔和,堪堪照亮了南巷的红檐。

这条路很快就走到了尽头,来到大路上,陈岩又往回看了一眼,紧接着,抬手拦上了一辆出租车。

出租车在夜色里疾行,南巷里泛着月光的红墙青瓦迅速朝后而去,不一会儿,就小成了视线尽头一个模糊的点。

陈岩按下一截车窗,不再盯着越发单调的后视镜镜面,转而看向了自己手里紧紧攥着的老式手机。

这样的键盘按钮对他而言已经很陌生了,他开机,犹豫片刻,点开手机里最近播放的歌,又在前奏响起的那一秒,把声音调成了静音。

"没事!"司机朝他爽朗一笑,"跑夜路时顺带听听歌也蛮好的。"

陈岩没应,认真盯着旧屏幕上无声滚动的歌词。

"想事情啊小伙子?"

司机又问了一遍，稍稍提高了音量，他这会儿显然心情很好，从南巷到老街，这段路几乎快要横跨前海市，他拉了个大单。

陈岩"嗯"了一声，他在想一个声音，清澈的、温柔的，不疾不徐。

——"还给你。"

即使是久未返校的第一天，她也依旧记得要还他东西。

You are safe in my heart（你一直活在我的心里）

And my heart will go on and on（我的心将永恒）

手机屏幕上，歌曲进度条已经拉到最尾，歌词停止了滚动，女孩的声音却仍在他脑海里挥之不去。

过了几秒，陈岩忽然暗灭了手机屏幕，将车窗开得更大，转头注视起了窗外的夜幕。

今夜里没有星辰闪烁，夜风里蓦然夹杂上了几丝稀疏的斜雨，似乎有着越下越大的趋势。

陈岩任由冷风荡在肩头，想起和她同台并肩的那天，天上也下着漫天斜雨，雨丝冰冷。

"过来吧。"

撑着伞，快步行过花坛之时，陈岩的手心都微微出了汗。

而女孩照旧只扫了他一眼，轻轻低下了头。

那时，她盯着灰色的水泥地，自然看不见漆黑的伞下，他的视线已不由自主地向下，落在了她发梢末端。

有人在周围起哄，询问一身白裙的女孩叫什么名字。

陈岩喉头微微一哽，将伞沿向下压了压，不着痕迹地挪开了视线。

又有人答："任佳。"

"任佳"两个字甫一落地，陈岩忽然就有些忍无可忍，一把将伞递给眼前人，转身走进了雨里。

他记得，任佳穿校服从来都把拉链规规矩矩拉到顶端，但今天清晰的锁骨、纤长的脖颈曲线，在浓黑墨发的映衬下苍白得惹眼。

送完伞，陈岩立刻走去了队伍最末端、离她最远的位置，然而，即使是在大后方的男生队伍里，众人的谈论还是有关于她的。

"以前没发现，九班那书呆子还挺清秀的。"

"对啊，换了条裙子，整个人都不一样了。"

说话的是隔壁班几个男生，一开始，他们还只是在感慨任佳与以往的反差，可说着说着，语气便忽然玩味了起来。

"你说那种好学生，是不是都喜欢比较坏的啊？"

"哈哈哈……怎么个坏法啊？"

陈岩霎时抬眸，目光精准落到那几个人身上。那几个人也看见了他，伸手想和他打个招呼，看清他的神情后，笑意一僵。

他们不约而同地噤了声，但其中有一个，可能是觉得莫名其妙丢了面子，皱着眉向前走了一步，身旁立刻有人小声提了句"忘了锋哥的事儿啦"，那人怔了怔，识相地低下了头。

陈岩反而朝前走了一步，视线从他们身上一个一个依次扫过，定了几秒才收回，重新看向了队伍前排的那抹白。

女孩小心提着裙摆往前走着，背上的黑发流淌下来，随着前进的步伐如水波纹般轻轻荡漾，而她踏过的地方，浅水洼泛起的涟漪都只有很小一圈。

看着看着，他那点儿没来由的躁意忽然就越发压不住了，莫名其妙的。他想，她总是有办法，在她自己都不知道的时候让他格外焦躁。

记忆于是又回溯到了她放学后故意不走、小心翼翼在他身前踱步的那一天。

"陈岩。"

在前面磨磨蹭蹭收拾完书包之后，女孩终于回头走向了他。

不止走向他，还细着嗓子叫了他一声，声音小得生怕他能听清似的，他屏气凝神才能听清楚。

她今天有事找他——看够她装模作样看了好大一会儿书，还时不时回头快速瞥他一眼后，他早已得出了一个这样斩钉截铁的结论。

可他就是不应。

不止不应，还一页一页、有一下没一下翻看起了手里的旧杂志，心底回想着她为了自己那莫须有的胃病而担心记挂的紧张神情，难得起了一点逗弄人的心思。

"陈岩……"她终于鼓起勇气，"你不回家吗？"

陈岩想都不想："不回。"

今天是周五，陈元忠说不准一早就开着车在校门口等着堵他了，他不想那么早回。

或许是察觉到了他有些不爽的语气，她整个人都变得有些尴尬，耳朵立刻升起了一片红，紧接着就匆匆走了，跑得比兔子还快。

原本，他以为自己应该乐得没人扰才对，然而，等到教室里终于彻底安静下来时，他心里那点烦躁却被勾得更深了。

有什么事情不对劲，但他一时想不出来。

过了几秒，他扔下杂志，随手从课桌里一翻，就拿出了一包拆开了的水果硬糖。

回座位时，姜馨告诉他这是任佳送来的，他那时点了点头，表示知道。

姜馨于是小声补充了一句："任佳说她只是帮人送的。"

他还是点头，心底却觉得好笑，撒谎干什么？难不成还怕他误会，怕他觉得她对自个儿有意思？

他又不是没看见——走廊上，碰上徐锋那群人之时，她手里就小心攥着一包水果硬糖，用力到指关节都泛出了一片薄薄的苍白。

对，徐锋……

霎时，那张狞笑着的脸一闪进脑海，他腾地站了起来。

到达徐锋那群人自认的领地之际，场面已经一片狼藉。

她干净整洁的校服被踩上了灰黑色的脚印，校服旁到处是散乱的零钱，以徐锋为首的一众人则笑得极其放肆。

在分外刺耳的笑声之中，任佳艰难地挥舞着木棍，姿态笨拙又坚决。

看清她的脸时，陈岩的步伐倏地沉了下来。

发丝散乱，满脸尘土，通红的眼里蓄着未落的泪，然而对上徐锋的眼神时，嘴角却强行扯出了一个不屑至极的弧度，眼底笑意分外张狂——无论怎样看，她那样的姿态都是野蛮的、原始的，和世俗的美扯不上任何关系，而尽管只是短暂一瞥，他却感到自己的心脏都像那袋包装柔软的水果糖一般，下一子就被她猛地攥紧了。

他已经很久没有过这样的感受了，仿佛身体的深处有火舌蹿动，只待燎原。

带着任佳突破重围的第一秒，陈岩就松开了手。

尽管重见天日，他心里的火却一丝一毫都没有弱下去。

他看见了眼前人手上的红痕，更看见了角落里一言不发、自始至终缩成一团的杨瑜。

他想问，为什么不直截了当地和我说让我送你回家？

话递到嘴边，他转身，对上她仍一步三回头的犹豫神态，尚为说出口的疑问立刻变成了彻头彻尾的讽刺。

任佳却恢复了那副逆来顺受的模样，轻声说，你不会明白的。

另一种截然不同的火蹿上头顶，他回头凝望着她，努力让神情冷下来，好掩饰自己近日来每每一见了她便越发趋向失控的异常心情。

女孩却低着头，近乎一字一句地告诉他，猎物是有气息的。

猎物是有气息的。

他于是被这句话定住了。

再然后，他就看见了她终于忍不住的眼泪。那一秒，他心里有什么巨大的东西在呼啸，与心底仍未消散的愤怒融合在一起，发出了近乎暴烈的巨响。

直到又过了很久，他才意识到那样浓烈的情绪，原来是叫作心疼。

"小伙子，到地方了。"

司机笑嘻嘻地在老街入口开始减速，从后视镜里瞥见陈岩仍闭着眼时，又问："睡着了？"

陈岩睁眼，眼睛微微有些红，沉默地拿出了手机付钱。

"没睡好？"司机望了陈岩那神情，没忍住咕哝，"做梦了？"

"嗯。"陈岩答得倒是利落，付完钱，他伸手打开了车门，"一场大梦。"

雨最终还是没有下大，几点冷雨落在额上，陈岩伫立片刻，长腿一迈便走入了老街。

只是,还没走出几步,一把灰伞便映入眼帘,挡住了他近乎一半的视线。

这是陈元忠的伞,陈岩冷脸后退一步,却在瞥见来人之时,整个人微微怔了两秒。

"岩儿啊。"老人家费力地举高了伞骨,和煦笑道,"下雨天怎么不撑伞?"

陈岩迅速向一旁望去,果然看见了那辆黑色的商务车,以及倚车而立、冷眼望着他的陌生司机。

"他竟然让你来?"陈岩冷笑一声,话虽说得嘲讽,却还是接过了老人家手里的伞,带着她开始往回走,"这事儿用不着你掺和。走,送你回南巷。"

只是,"南巷"两个字刚说出口,陈岩又似想到了什么一般,步伐再次顿住了。

这一次,他的表情彻底冷了下来。

"差点忘了。"半晌,陈岩笑了笑,"你们搬去他新买的别墅了。"

"那是你爸爸买给你的!"向奶奶连忙提高了声音,"裕云湾多好呀,比你现在窝着的画室可宽敞多了,岩儿……"

说着说着,老人家的声音竟带上了几丝哭腔:"你就和我们回去吧岩儿!医生说了,就算是亲生父子,配型也不一定能配上的,如果没配上,你爸爸也就彻底认命了,他现在还是早期,趁着没恶化,心里有了个准头后还能把这事彻底放下,尽情活几年……"

"我知道。"陈岩还是冷笑,"你们最终还是和他站在一边的。"

话毕,他终十不再多言,放下了手里的伞,径直走入了雨里。

可这一次,前方依旧有人相拦。

陈元忠穿着蓝白相间的病号服靠在石砖墙上,神情比起以前已平静许多。

夜色之下,他手里捏着厚厚一沓画纸。

陈岩却丝毫没有探究的欲望,只是像遇见了一个毫不相干的过路人一般,目不斜视地朝前而去了。

然而,就在二人擦肩而过的那一瞬间,陈元忠猛地扬起了手里那沓画纸。

霎时间,漫天纸张飘扬而下,陈岩直到这时才看清那是什么。

是画。

是他将自己关在画室之时，深深烙在脑中的那一点儿念想。

一张，又一张……

空中的画轻飘飘地落了地，在斜雨中盘旋着坠进了满是泥泞的大小水坑里，而画面之上，无一例外是女孩带着轻浅笑意的温柔眉眼……

于是，只一瞬间，女孩的眉眼便被泥水所覆盖，笑意尽失。

反应过来时，陈岩已经疯了般抡起拳头，发狠砸向了陈元忠。

见状，等在后方的司机立刻冲了过来，作势就要把陈岩拉开，而在他身后，举着伞的老人已经声嘶力竭地吼了起来："陈岩！住手！"

陈岩的拳头还是砸了下去。

刹那间，老人再也挨不住，声音干涩地哭出了声："陈岩！那是你爸爸！你现在和杀人犯有什么区别！"

"见死不救就是杀人犯吗！"一瞬间，陈岩双眼布满了赤红的血丝，"那九年前他把我和我妈妈扔在那场火里，是不是也是杀人犯？"

吼完，他怔怔后退几步，蓦然垂下了自己最终砸在了陈元忠身后的石墙上、那早已鲜血淋漓的右手。

陈元忠却似癫似痴地笑了起来："陈岩，你连朝我挥拳都做不到，何必非要折磨你自己呢？"

陈元忠笑得歇斯底里，陈岩却似是没有听见一般，跟跟跄跄地踏在雨水里，一张一张捡起了地上被洇得面目全非的画纸。

不到片刻，陈岩手上的血水便与泥水彻底融在了一起，而陈元忠已笑得越发夸张，到最后，竟宛如大胜而归的赌徒一般，摇摇晃晃地折返而去了。

雨里，陈岩的动作已越发笨拙，捡起最后一张画纸时，他失神般想到，如果没有落笔就好了。

如果，他一开始就挨住了那几丝想要落笔去留下点儿什么的心思，那他连肖想一次都要用尽全身力气的那个名字，是不是就永远沾不上他脚下这片污黑的泥？

陈岩已有数周不曾出现在前海一中。

他不在的日子里，任佳一如既往地埋头看书，企图用"期中考试"这一沉重的大山，压倒心底那些不合时宜的纷杂思绪。

幸而，埋首行路时，时间往往过得比想象中要快上许多。

转眼，前海一中的期中考试如期来临，校园广播里再度出现了那个轻柔的女音，一遍一遍重复起了考试须知。

教学楼里的气氛同样肃穆了不少，放眼望去，成片的座位都是空落落的，书早已被学生们用纸箱清了空。

九班的动作比起其他班要迟一些，早自习上了一大半，徐原丽才挥挥手让大家开始收拾。徐原丽话音刚落，学生们就立刻动了起来，不一会儿，走廊之外就摞满了大小不一的纸箱。

走廊上，任佳放下怀里的最后一沓书，在纸箱上用马克笔写了个"任"字，写完，扣上笔盖一回头，她就下意识望向了最角落那个书籍散乱的座位

徐原丽不知何时已经站在了陈岩课桌前，她皱着眉头翻了会儿他桌上的杂志后，就随手找来了一个箱子，遣来几个学生帮陈岩一并把书清空了。

"还不走啊任佳？"

"马上就走。"

朝何思凝点了点头后，任佳不动声色地朝后退了一步，又等了几秒，见走廊上已经没人留意她，便飞速蹲下，在皱皱巴巴的那个旧纸箱的侧面，一笔一画写下了一个"岩"字。

书太多了，如果不写上名字的话，她担心陈岩的书会被弄混，尽管她也知道，所有人都已经默认，陈岩要走的是另一条路。

写完名字后，任佳返身起立，刚出教室的裴书意正好从她身旁走过。

她立刻背过了手，将那支马克笔藏在了身后。

裴书意则低着头，视线长久地停留在了那个"岩"字上。

见状，任佳干脆垂下了背在身后的手，大大方方地让他看。而裴书意却已淡淡收回了视线，目不斜视地朝楼梯口而去了。

任佳分到的考场在一楼尽头。

往考场走时，不好的回忆涌上心头，她连脚步都渐渐沉重了起来。

任佳想，如果没记错的话，自己即将去往的考场，正是徐锋所在的班级。

她一边走着,一边努力安慰自己,这个时间,大家都赶往各自的考场了,徐锋应该不在。却不想,她才刚迈出几步,就看见了走廊尽头,正朝她缓缓而来的徐锋。

看见任佳时,徐锋身边有人用手肘戳了戳他的胳膊。

徐锋沉着脸打掉了那人的手,然而下一秒,和任佳擦肩而过时,他抿紧的嘴唇又夸张咧了起来:"哟!这不是通报批评上大名鼎鼎的任佳吗?"

任佳目不斜视,并不理会徐锋,徐锋的话却成功吸引了周围一干人等的注意力。

看向任佳的眼神越来越多,任佳忽然就有些迷茫了起来,她不明白,分明通报批评早已撤了下去,可为什么那张纸却像是永远定死在了墙面上一般,在众人脑海里挥之不去了。

直到走进教室,任佳才终于明白到底发生了什么。

考场里,老师还没来,已经有三三两两的学生坐下了。

而在所有的座位中,第五列第三排的那个座位,明显比其余所有座位都更引人注目,那张课桌上有一张白底黑字的A4纸,即使隔着很远,任佳也对那上面的内容烂熟于心。

那正是任佳考试的座位,而那张纸,则是不知被谁撕下后保留下来的通报批评。

纸上,任佳和裴书意的姓名被人用红色水性笔画了个大大的爱心。

多么别具一格的嘲讽。

任佳走近后拿起那张纸,"唰"一下撕成了两半,而徐锋不知何时已出现在了后门旁,正得意扬扬地看着她。

把通报批评撕成两半后,任佳走到后门处的垃圾桶旁,波澜不惊地丢掉了手里的碎纸片。见状,徐锋顷刻间变了副凶神恶煞的表情:"你在老子面前拽什么拽!"

而在二人头顶,宣读考试纪律的广播正好响了起来。

声响一出,前方等着看热闹的学生们瞬间回过了头,如梦初醒一般,争分夺秒地看起了手里的资料。

任佳于是淡淡一笑:"徐锋,要迟到了,你不去考试吗?"

徐锋狞笑一声："老子才不在乎什么考试！你以为谁都像你一样，成天埋头读死书？"

"是吗？"任佳仍然很平静，"如果真的不在乎，也就用不着作弊了吧？"

话毕，她转身朝教室内而去，再不打算和徐锋浪费一分一秒的时间。

徐锋却像被戳中了软肋一般，一伸手就抓住了任佳的胳膊。

"你以为还有陈岩当靠山？"

然而，徐锋一声怒吼一出，监考老师正好夹着试卷进了教室。

徐锋于是又退了回去，朝任佳狠狠剜了一眼后，阴沉着脸出了门。

任佳仍旧没什么太大的反应，最后瞥了眼垃圾筒里的碎纸片后，她面无表情地坐回到了自己的座位上。

对于考试，任佳的习惯与教室里还在看书的大部分人不同，考试真正开始前，她不会再去翻动书页，反而只会重复提醒自己一些最基础的事情，譬如注意答题时间，不要留到最后几分钟涂答题卡，注重题目的性价比，不要在一道题目上过多的钻牛角尖等等。

铃声响起时，任佳在心底重复起了"专注"两个字，努力将身体挺得笔直，尝试着让脑海中的纷乱画面变成和答题卡一样空白的简单纸张。

这一方法卓有成效，不一会儿，裴书意的眼神、徐锋的刁难、教室里仍然窸窸窣窣的翻书声，就彻底消失在了她的世界里。

静默一会儿后，终于，考试正式开始，任佳接过前方传来的试卷，无比郑重地拿起了笔。

为期两天的考试结束后，原先沉闷到谷底的气氛终于又活络了起来。

短短两天的考试像是一场漫长的战争，比起以前的月考或周考，这一次，考完互相对答案的人要少上不少，不仅是因为考试成绩和过于沉重的高三分班息息相关，还更是因为，清明假期要到了，眼下，学生们终于能获得短暂的喘息。

原本，清明节胡雨芝是要回去看任峰的，但她骨折还没好彻底，来回行路并不方便。任佳清楚，这件事一定会成为妈妈心上的一个坎，毕竟，每一年的清明时节，妈妈都一定会去看看爸爸。

正想着，不知不觉间，教室热闹了起来，徐原丽已经宣布了放假。

教室里，人一下子少了一大半，任佳收拾好书包，刚准备起身离开，何思凝忽然叫住了她，热情邀她一起去KTV唱歌。

过去的日子里，任佳一直闷头念书，与班里的其余人算不上有多熟悉，这会儿众人一邀请，她明显有些犹豫。斟酌几秒后，任佳正要拒绝，却不承想，她竟从何思凝口中突兀地听见了童念念的名字。

闻言，任佳一下想起了何思凝曾提起过，她和童念念住在一个小区，于是便再也顾不得其他，急切道："童念念也要去吗？"

"去啊。"何思凝笑着解释，"不过她得晚些来，毕竟她也才放假不久，刚赶回来。"

一行人浩浩荡荡去往市中心的KTV时，任佳才知道原来今天是何思凝的生日。

一了解到这回事，任佳忽然有些不好意思，她知道得太仓促，没来得及给何思凝准备礼物。

到达KTV后，何思凝径直走向前台，报出了自己预订的包间。

任佳离前台站得挺近，何思凝说话时，她一眼就瞥见了相应包间的价格，又瞧见何思凝连着点了一溜儿果盘与饮料，价格都不便宜，便更觉自己不该空手来了。

任佳于是打定主意要去买个礼物，这样想着，跟随一干人去包间里放下书包后，她便以上厕所为由，匆匆离开了大部队。

只是，走到电梯旁，她才意识到了自己的钱在书包里……

太粗心了！

任佳懊恼不已，当即往回跑去，无奈KTV的布局七拐八弯的，她一时不记得房号，只觉自己简直在走迷宫。

幸而，有位路过的工作人员看出了她的慌乱，热情地询问她是否需要帮忙。

任佳想了想："我们十二三个人，有男有女，刚来没多久的，点了一个很大的包间。"

"前面那间。"小哥笑道，"进去就是了。"

前面那间？

任佳隐约觉得不太对劲，小哥却已经推着酒水往回走了。

走到包间前，任佳抬起头朝门牌看了几秒，看着那千篇一律的花哨图案，隐隐约约又感觉到，似乎还真是这儿……

她试探着推开了门。

刹那间，昏黄灯光朦胧而暧昧，陌生的气息一下侵占了她全部的鼻息。

眼前这间包间分明比他们的那间还要大上不少，而且，分外喧嚣的鼓点之中，一男一女正坐在沙发上，正忘情地接着吻。

猛地关上门、大喘着气倚靠在门边时，任佳就连额上的青筋都不甚规则地重重跳动了起来。

在她身后，一切都是陌生而迷离的，甚至，也包括了角落里那个再熟悉不过的人。

那人大马金刀坐在一旁，一副与众人格格不入的倦怠模样，任佳想，她无论如何也不会认错他，陈岩。

九班人所在的包间里，一行人已经唱得很"嗨"了。

任佳如愿拿到钱，心神不宁地进包间坐了一会儿后，就找了个由头再次急匆匆出了门。

出了门，任佳快步拐过了几个转角，却在与陈岩只有一门之隔时，步伐又宛如被重物拖住了一般，生生慢不少。

她发现，即使KTV用的是隔音门，这间包间里的声音依旧震彻耳畔。

门内，重金属的鼓点比她的心跳还快了好几个节拍，鼓点之下，男男女女的笑声见缝插针地传来。

仿佛不只是人，就连空气都沾染上了浓厚的醉意。

任佳讨厌酒精，深吸一口气后，加快步伐走过那个包间。

然而，尽管步伐再快，那个晦暗画面却像烙进了她脑海似的，难以摆脱。

任佳记得，推开门的那一刹那，包间里的灯闪烁得很快，不到片刻，陈岩头顶的镁光灯就已经变幻了好几个颜色。

斑斓流动的灯光之下，他微微陷在了沙发里，轮廓被勾勒得分外不真实。

就是那样的模样，让任佳想起了悬挂于老街深处的废旧灯箱，像是自甘被喧嚣所淹没一般，破败无比。

破败。

这两个字一从任佳脑海里冒出来，她就突兀地止住了脚步，心脏微微一麻。

像是被什么冥冥之中的事物所感召一般，她不由自主地又朝那个包间多看了一眼。

下一秒，"吱呀"一声，包间门猝不及防地被人推开了一个角度。

于是，原先那股微小的麻意一下子被放大了数百倍，顷刻间，任佳只觉全身上下每一处微小的血管中都涌进了呼啸的风。

如同预先演练过无数遍一般，大门尚未被彻底推开之时，任佳极其快速地回过了头。

然而，回过头的下一刹那，她看见了捧着礼物袋子直挺挺僵在前方拐角处的童念念。

童念念迟疑着叫了一声任佳的名字，语气里明显带上了几丝拘束。

任佳嘴唇微张，同样有些无措地看着童念念。她还记得文科班的女生曾经说过，离开学校前，童念念伫立在那张通报批评下，有许久都不曾挪过脚步。

一时间，任佳心头升起千头万绪，想要解释，却不知该从何说起。

而童念念则微微往上踮了踮脚尖，视线落在任佳身后时，怔怔叫了一声："陈岩。"

陈岩？

刹那间，任佳心里的声音与耳畔的声音合在了一起。时隔多久，她看着许久不见的念念，又听见身后鞋履叩击大地的声音逐渐逼近，莫名地，鼻尖就涌起了一阵强烈的酸楚。

然而，就在任佳回头的刹那，陈岩径直从她身旁走了过去，一声招呼都没打。

于是，不远处，陈岩和童念念站在了一起。

意识到自己此刻的表情一定非常可笑之时，任佳身体已经先一步作出了防御反应。她低下头，迈步朝电梯快速而去，又在余光瞥见一个熟悉的身影时，陡然转了回去。只是，避无可避地，何思凝明显已经看见了她。

"任佳？"何思凝惊讶道，"你还没找到卫生间吗？"

任佳尴尬不已，瞥见童念念手里包装精美的礼物袋，更加无措了。

她想，如果是九班其他人过生日，她一定不会这么紧张，然而何思凝不一样，她的作弊传闻被传得沸沸扬扬之时，何思凝是第一个说相信她的人。

瞧见任佳的神情，何思凝明显有些放心不下："你吃坏肚子了吗任佳，我看你脸色不大好。"

她话音刚落，陈岩回过头来，面无表情地朝任佳扫了一眼。

任佳心一跳，赶忙朝何思凝摆手："没有的事！我只是刚刚才找到地方而已！你们先回去吧，不用等我！"说完，任佳便逃也似的跑进了不远处的卫生间。

卫生间的的隔音比起KTV专业的隔音门要差上不少，一墙之隔的地方，外面三人的说话声清晰地传进了任佳耳里。

何思凝先是和陈岩打了个招呼，紧接着又半是调侃半是认真地和他开起了玩笑，说是正好有机会，问他过一会儿想不想和任佳一起唱首歌，重现一次那天在文艺晚会上的经典画面。

任佳实在想不到何思凝会提起这茬，心脏不受控地"扑通扑通"跳了起来；然而，陈岩却拒绝得干脆利落，没有一分一秒的犹豫。

刹那间，任佳只觉心脏某个角落传来了熟悉的钝痛，分外难过。

几分钟后，外面的脚步声终于彻底走远。失落之下，任佳走到镜子前匆匆冲了把脸，发现镜子里，她的眼下的黑眼圈实在存在感不低，脸色也确实如何思凝所说，非常糟糕。

神情恍惚地发了片刻呆后，任佳勒令自己打起精神，抬脚朝外走了出去。

然而，就在走出门的一刹那，她竟看见了倚墙而立的、等在大厅里的陈岩。

二人四目相对之时，陈岩似无所适从一般，眼神没有焦点地落在了别处。

认识这么久以来，任佳还从没在陈岩脸上看见过这般古怪的神情，不由得忘了接下来的动作，同手同脚地僵在了原地。

陈岩亦没有动作，只是等了又等，见她行动实在缓慢，才终于迈大步朝她走了过来。

站定后，陈岩声音不知为何有些飘忽："你不舒服？"

这一问题实在是不能更简单了，然而，任佳却像是遇到了什么无比困难的压轴题一半，花了好一段时间才反应过来陈岩在说什么，而更令她自己也意想不到的是，直勾勾地对上陈岩许久不见的眼睛时，她竟忽地有种恍如隔世的感觉,眼眶不自觉就红了。

一察觉到自己的失态,任佳连忙手忙脚乱地擦起了眼泪。

擦干净眼泪,任佳便就着何思凝之前抛给她的借口,磕磕绊绊了撒起了谎:"我确、确实是有点肚子疼……"

说完,她略一抬头,竟发现陈岩不久前还格外冷淡的气场不知何时已经荡然无存,此时此刻,他嘴唇抿得很紧,好看的眉眼亦无比焦急地拧了起来。

"很难受吗?"陈岩再度朝任佳走近了一步。

任佳心乱如麻,硬着头皮点了点头:"你先去和大伙儿一起唱歌吧,我得去趟楼下的百货店……"

而这话一出,陈岩竟又像是忽然意识到了什么一般,不由分说地挡在了她身前,耳后更是微微泛起了一片红。

"难受就去坐着等我。"他小声道,"我下楼帮你买。"

帮她买?

闻言,任佳明显一愣,心想,自己人就在这儿,哪有让别人帮买礼物的道理?却不承想,陈岩根本没给她一丁点儿拒绝的时间,话一说完,便闪身走入电梯,风一般消失在了她眼前。

反应了几秒后,任佳猛然回神,迅速追了下去。

节前第一天,路上行人如织,任佳一路穿过密密麻麻的人群,行色匆匆地踏入到商店里。

走过琳琅满目的货架,终于瞥见收银台前那个分外出挑的身影后,她立刻跑上前去,却又在看清货架上那一整排分外显眼的卫生巾后,陡然停下了步伐。

刹那间,一切不同寻常的细节都串在了一起,任佳恍然大悟。见陈岩看得认真,她在原地踌躇了片刻后,鼓起勇气朝货架走了过去。

"陈岩……"到达陈岩身旁,任佳轻轻扯了扯他的衣袖,"你好像有点误会……"

陈岩一听见她的声音就皱起了眉头,回头望着她:"怎么下来了?"

"你误会啦。"任佳小声重复了一遍,"其实我只是想找个由头,下楼帮何思凝买个生日礼物。"

有数十秒的时间，空气里沉默得针落可闻，想了想后，任佳决定说点儿什么缓解尴尬，便问起了陈岩要不要和她一起去给何思凝买个礼物。

陈岩动作僵硬地放回了手里的东西："不喜欢挑礼物，太麻烦了，一会儿我把饮料包了，再叫个三层蛋糕送进去。"

好吧，果然是很陈岩的方式。

任佳无奈地扶额，一下子有些不知道该说什么。

"那我去买礼物了，你先上楼？"说罢，任佳加快步速向另一方向走去，然而，才走出几步，身后与她同频率的脚步声便不间断地响了起来，一声更比一声铿锵有力。

任佳疑惑地一回头，身形挺拔的少年霎时刹住了步伐。

陈岩的神情极其犹疑，看了她半晌，才生硬道："我帮你参考一下。"

任佳忙不迭点起了头，只觉自己好没出息，陈岩随便和她说上一句话，她一颗心脏就像是被大块大块的夹心糖包裹住了一般，轻轻一捏就能流出糖汁来。

与此同时，她又极其矛盾地患得患失了起来，不明白陈岩的态度为何总是如此忽冷忽热，毕竟就在十五分钟前，他还对她冷淡得要命……

琳琅满目的货架前，任佳和陈岩一起挑选起了礼物。

路过一排各种动物形状的夜灯时，陈岩微微俯下了身体，任佳一偏头，就看见了他右眼角一颗很小的红色小痣。

原来陈岩眼下有一颗泪痣？任佳略略有些走神，陈岩一抬眼，她就迅速收回了视线。

"这个动物灯好像很可爱？"说着，任佳故作自然地拿起了一个大肥鹅形状的夜灯。

"还可以。"陈岩也拿起了一个，"兔子的更好。"

"为什么？"任佳于是凑过了脑袋，仔细端详起了他手里那个自带腮红的小兔子夜灯。

"何思凝不是说你像兔子吗？"陈岩稍微往后退了退，声音有些不自然。

"我怎么不记得？"任佳问，"何思凝什么时候说过这话？"

"就知道你不记得。"闻言，"啪"一下，陈岩一下放下了手里的夜灯，任佳简直莫名其妙。

买完礼物,任佳往收银台走着时,一张硕大的绚丽海报映入眼帘。

——新款小动物浪漫夜灯!同系列两件打八折哦!

海报正中,则俨然是发着光的一只冷脸刺猬和一只脸红兔子。

看着看着,任佳笑了笑,心想,那只凶巴巴的刺猬竟莫名有些像陈岩……

这样想着,她便没忍住偏过头去,飞速朝陈岩望了一眼,而出乎意料的是,陈岩的眉眼比她想象中柔和不少,像是自己都不曾意识到自己的开心一般,嘴角缓缓噙上了一点淡淡的笑。

见任佳正偏头望着他,他低声道:"我也要。"

"要什么?"任佳有些蒙。

而陈岩已经迈大步折返而去,重新站定在小夜灯前后,转头看向了任佳:"帮我挑一个。"

任佳呼吸一快,旋即也折返而去,似是无比随意一般,看也不看就从货架上拿下了那只刺猬小夜灯,飞速塞到了陈岩怀里。

"行。"陈岩接过了任佳怀里的那只,"买两只有折扣,正好一起付了,省钱。"

"省钱"两个字从这位每节体育课都帮一整个篮球场的兄弟们搬箱买饮料的人嘴里说出来,实在是有些违和。然而他的表情又分外认真,甚至认真到了有几分坚决的地步,任佳差点没被他那样紧张兮兮望着自己的模样晃花了眼。

意识过来时,她已经鬼使神差地点了点头。

霎时,"嘀嘀"两声响起,收银员很快扫好了码,然而,陈岩拿出手机正要结账时,一包烟"啪"一声被扔在了台面上。

"谢了。"

扔烟的人穿着水洗灰短T,脖子上挂着条银色狮头项链,任佳心里"咯噔"一下,倏然想起包间门被推开的时候,她似乎也瞥见了他。

是那个在沙发上和一名女生接吻的人!

说起来,这还是她长这么大以来,第一次在现实生活里见到这样暧昧的画面……

男生朝陈岩和任佳笑了笑,紧接着又在货架上随手挑了一包烟,两指捏着烟盒在陈岩面前一晃,便又丢在了台面上。陈岩看了他一眼,没说什么,拿过那两包烟一起买了单。

任佳心里顿时有些复杂,她仍然记得在南巷初见的那一幕,陈岩分明是不喜欢烟味的。

"还回去玩吗?"那男生又开了口,说话时,视线掠过陈岩,精准落到了任佳的身上,"这是谁啊?不介绍一下?"

他话音刚落,陈岩把两包烟往他怀里一抛,紧接着便转过身去,虚虚往任佳肩上揽了一下,虽没碰着她,但步伐强硬地一带,不由分说就挟着她往外走了一步。

"你们玩你们的。"陈岩边说边带着任佳往外走,"不回去了。"

那男生即刻笑了出声。

他笑得夸张极了,笑声里更是溢满了明晃晃的嘲弄,任佳步伐一沉,闻见了身后浓郁的酒味。

"不是喜欢刺激吗?"那人似乎真喝多了,陈岩一转身,他就提高声音向陈岩喊起了话,"陈岩,你几年前烂成那样窝在老街的时候,和我们这样的人成天混在一起,手里大把大把的钱花出去只为听个响,终于腻了?"

那人说得有些激动,陈岩步速不减。

那人还在继续:"现在你玩腻了就想走,那你招惹过的那些人呢?哪一点不比你身边这个好……"

你招惹过的那些人——这是一句任佳从来不曾预料过的话,她的脚步彻底停了下来。

任佳发现,眼前人一番话就像一把锋利而精准的尖刀,顷刻间就挑起了她脑海中最为紧绷的那根神经。

她自以为对陈岩有所了解,然而,他的世界她根本一无所知。

虚幻、不真实,仿佛随时都能轻飘飘消失……

有时候,尽管陈岩就真实地站在她身前,她却还是会莫名有种感觉,她目光所及之人，是一个游离于现实的人。

就比如，此时此刻。

任佳正发着呆，陈岩终于停下步伐，转身，撩起眼皮看向了身后的人："我没招惹过谁，你替谁出头都找不着我身上。"

这话一出，那人一下子拧起了眉头，手指抖得几乎快要拿不稳手里的烟："你装什么啊陈岩？所有的人、所有的东西，在你面前不都只是玩意儿？"

一句话吼完，那人嗤嗤一笑，伸出手朝任佳玩味一指："你以为你就不一样吗？"

闻言，任佳轻轻拧起了眉，而陈岩已经彻底失去了耐心，他转身，一把推开了眼前人横在任佳身前的手，不耐烦道："离她远点儿。"

说完，他猛一回头，对上任佳惊疑不定的视线，喉结微微一滚，沉默几秒后，便径直朝电梯而去了。

包间里，推着小车的服务员依次进门，陈岩点的三层蛋糕到得很快，占据了长桌的二分之一。

气氛已经热火朝天，何思凝把榜单上的经典热歌唱了个遍，直到气喘吁吁才终于停下。

借着昏暗的光线，任佳肆无忌惮地朝陈岩望了起来。

在陈岩身旁，不少人在问东问西，他却只低着头摆弄着手里的手机，时不时简单应上几句，神情隐没在了流动的灯光里。

任佳能清楚地感觉到，经过刚才那一遭后，陈岩的情绪再次冷了下来。

见任佳没有主动点歌，何思凝的同桌谢晓曼忽然回头望向了她，兴奋道："任佳，你要唱歌吗？对了！要不要和陈岩一起？"

她话音刚落，陈岩手里的屏幕灯光瞬间熄灭，却压根没有抬头来。

任佳心底失落更甚，只觉一颗心脏闷得过分，像是被笼罩在了巨大的阴影里。

她下意识摇了摇头，正结结巴巴地说着推辞的理由，陈岩却倏地站了起来，随之，又跨越了一排的人，随手将手机扔在了桌上，继而走上点歌台，自顾自点起了歌。

而与此同时，大门再次被推开，童念念似乎也出了趟门，直到这时才返回包间。

霎时，包间里倏然传来了一阵低低的唏嘘声，好几个男生朝她望了过去。

童念念却没有停留太久，她走至何思凝身旁，朝她抱歉一笑，低声说了几句话后，匆匆离开。

童念念离开之际，任佳怔怔站了起来，却在包间大门彻底被关上时，心里不自觉呼出了一口长气。

紧接着，罪恶感如潮水一般向她涌来。

是嫉妒吗？

任佳难过地想，原来她从来没有停止过嫉妒念念吗？

如果不是的话，为什么明明有很多话想对她说，可是看见她不在包间后，却没有第一时间去找她解释和裴书意一起逃课的弯弯绕绕？

如果不是的话，为什么一边期望和她见面，却又在陈岩在场时，恨不得这样的时间被自己全部独占？

她一边想着，一边颓然地坐下，看着大理石玻璃里自己随着灯光明明灭灭的倒影，只觉那张脸根本面目可憎……

何思凝已经分起了蛋糕，她见陈岩忙着点歌，便把两份蛋糕一股脑递给了离点歌台最近的任佳，叮嘱她一会儿把陈岩的那份给他。任佳这才回神，朝陈岩离开前的位置挪了几步，小心地把蛋糕放在了桌上。

陈岩的手机也在桌子上。

任佳俯身之时，眼前的手机屏幕骤然一亮，霎时，一条连姓名备注都没有的短信一下弹了出来，短信内容无比简单，然而只一眼，就让任佳心脏倏然一揪：**陈岩，那你就眼睁睁看着我死！**

陈岩仍伫立在点歌台旁点着歌，他压根就没想好要唱什么，长指在屏幕上百无聊赖地划来划去，足足过了几分钟才点了几首。

点完，陈岩重新走向桌旁时，桌上的手机屏幕已经暗了下去，任佳艰难张了张嘴，有心想问问他短信的事，然而手指刚一指向他落在桌上的手机，又不由自主端起了蛋糕。

"给。"任佳故作轻松道，"挺甜的。"

"我不爱吃甜的。"陈岩接过蛋糕，隔了点儿距离坐在了任佳身旁，"你平时爱吃甜的？"

任佳点了点头，心思却早已不在眼前的蛋糕上了。

胡雨芝住院那天，她曾在医院大厅见到过陈岩，那时他置身于人群之中，始终深埋着头，被人指着鼻子骂白眼狼……

这画面一出，她立刻又想起了陈岩身上凌乱的伤口。

那一道道触目惊心的伤口一浮现至脑海，任佳便再也顾不得其他，几乎是想都没想就看向了身旁人："陈岩，你这些天去了哪里？"

闻言，陈岩的身体微不可闻地僵了一下，旋即，又朝她无所谓一笑："玩嘛。"

任佳还欲再问，陈岩却已放下蛋糕，转而拿起了桌上的手机。

刹那间，任佳不自觉绷紧了身体，紧抿着唇留意起了陈岩的反应，陈岩却像是什么都没有看见一般，长指缓缓滑过了屏幕，始终没什么特别的举动。

这景象让任佳不禁怀疑，先前的短信内容是不是她的错觉？

又或者，陈岩也在隐藏着自己的情绪，不愿在他人面前表现出来？

扪心自问，任佳从来都是个分寸感极强的人，假若察觉到周遭的人有着自己不愿宣之于口的事情，她是无论如何都不会打破砂锅问到底的……

但明显，当同样的事情发生在陈岩身上，她便没办法那么理智了。

犹豫片刻后，任佳再一次鼓起勇气，小声叫了陈岩的名字。

陈岩隔了几秒才抬眸看向她，安静地等着她的后话。

此时此刻，二人四周围一片嘈杂，喧嚣之下，陈岩的神情似是有些抽离于现实，任佳咬了咬嘴唇，正欲开口，陈岩接下来的反应却令她始料未及。

"已经看见了啊？"

说着，陈岩已经不打招呼地站起身来，将她笼罩在了一片更为厚重的阴影之下。

盯了一会儿任佳，陈岩懒洋洋地开了口，说发来短信的是个女生，而他这人，平生最讨厌有人为他寻死觅活。

说话时，他嘴角微微扯了两扯，眼里的凉薄毫不遮掩，任佳一瞬间不敢细

219

看，内心深处莫名生出了一股恐慌。

二人擦肩时，任佳条件反射般伸出了手，却只堪堪抓住了一团冰冷的空气，而下一秒，姜馨不知何时出现在了陈岩身旁，直愣愣地将手里的话筒递向了他，陈岩照旧不接，只是一路朝前，经过了乱糟糟的长桌，经过了安静下来的众人，也经过了沙发最末端、那只安静躺在一堆礼物中的兔子小夜灯。

直到这时，他的步伐才微微顿了一下。

但也只是一瞬而已。

而他身后的众人早已习惯了他的行踪不定，不到片刻又热热闹闹地聊了起来。

随着门"砰"一声被关上，任佳有些呆滞地转过了身体，不由自主地看向了屏幕上的歌词。

陈岩点的歌，是文艺晚会前的那一夜，她守着那个老式手机微弱的光线，在被窝里单曲循环了无数遍的《背影》。

熟悉的歌声响起之时，任佳猛地吸进了一大口气，艰难地咳嗽了起来。

抬起头时，女孩的裙摆已经占据了她全部的视线，她看见姜馨神情落寞，低头拿起了桌上的话筒。

看着看着，任佳喉中酸涩更甚，竟像是透过包间内明明灭灭的虚浮人影，看见了另一个狼狈的自己。

力气虚脱之时，任佳紧抿着嘴唇低下了头，怔怔抱起了一旁的书包，像是急于抓住些什么一般，手上力气越发渐重。

不同于书本，书包中似乎有某个更为柔软的东西混杂其间，意识到什么后，任佳"唰"一下拉开了拉链。

于是，她看见了一只小小的刺猬夜灯。

轻轻一碰，小夜灯便泛出了一片柔和的暖光。

暖光之下，任佳呆坐在喧嚣的人群之中，巴巴凝望着眼前这只紧拧着眉头的小刺猬，想起了陈岩点歌时那分外僵直的脊背。

  感谢我不可以

住进你的眼睛

　　所以才能

　　拥抱你的背影

歌声渐弱,熟悉的声音宛如梦中呓语,轻轻回荡在了任佳耳边。

于是,宛若拉开了阀门一般,许久之前的记忆亦似洪流般倾泄而出……

——"他们说你作弊是吗?为什么不反驳?"

——"任佳,你不知道自己唱歌很好听吗?"

——"很难受吗?难受就去坐着等我……"

又过了许久,就在柔和的旋律即将消失在众人耳畔之际,任佳像是意识到了什么一般,陡然站起,动作之大,几乎吸引了全部人的注意力。

但她却像是失了神思,愣愣地盯起了包间大门。

一秒,两秒……

何思凝放心不下,犹疑着向任佳走了过去。

而同一时间,任佳猛地拎起了书包,无比决绝地冲了出去。

第九章
漫天大火

"大人的世界会更好吗?" ♪

——陈岩,那你就眼睁睁看着我死!

手机屏幕上,来自不同号码的短信一条接着一条,陈岩看也不看,从九班所在的 KTV 包间离开,闪身走进了另一间喧嚣的房间。

一走进房间,一帮人就自动朝陈岩围了过来。

陈岩并不理会,径直走到沙发角落坐下,随手丢远了手里的手机,一开口就是三个字"别烦我"。

于是,明白过来他心情不好,默契齐聚的一帮人又如鸟兽般四散开去,开始玩起了游戏。

"你输了呀!快快快!惩罚!"

"惩罚!惩罚!"

光影迷离,包间里的人吼得肆意张狂,鼓点分明的重金属旋律则在包间里轰然炸响,眨眼之间,整个世界都只剩下了震耳欲聋的吼叫,陈岩却像是终于找到了一方时间的罅隙一般,整个人宛如虚脱般向后仰去,让身体陷进了沙发里。

只是,即使是这被喧嚣笼罩住的别样清净,也依旧奢侈得不像话。

不过一首歌过去的时间,陈岩的手机屏幕便又亮了起来。

尽管,那铃声比起人声微弱许多,却怎么都盖不过四周的嘈杂,那振动无法忽视,响一下,又响一下,如同缓慢的沙流般从四面八方向他涌去……

到最后,似是有大把粗沙钻进了骨与骨的缝隙一般,陈岩微微挺直了身体,仿佛连呼吸都沾上了几丝异样的沉。

路过的人将手机重新丢回给了陈岩,陈岩伸手接过,面无表情地点开了短信内容——屏幕上,每条短信都不过寥寥数语,语气却千差万别,有时生硬愤怒,有时渺小卑微,混乱到了有些怪异的地步。

——岩儿,你去做个配型好不好?

——陈岩,你等着,我会让你这辈子都走不出来!

——你是爸爸唯一的希望!岩儿,爸爸只是想活下去啊……

陈岩快速划过,除了事不关己的冷淡,眼底再无其他。不过,看见"活下去"三个字时,他嘴角倒是轻轻扯了一扯,轻而易举就扯出了一抹疏离至极的嘲讽,漠然更甚。

第三条、第四条……

文字内容大同小异,陈岩一一删除,却在看见一张骤然弹出的图片时,视线凝聚了几秒。

图片里是一个瘦骨嶙峋的男人,男人躺在床上,眼睛直勾勾地望着天花板,像是濒死的鬣狗,满目绝望。而图片的配文,则是简简单单的七个字:骨髓瘤晚期患者。

紧接着,一张又一张更加骇人的图片不间断地弹了出来,有的是女人肿大的关节,有的是男人乌青的身体……陈元忠应当是怕他设置了黑名单,发来图片的号码依旧各不相同,到最后,乌青与黑白渐渐消失不见,取而代之的是色彩饱和度更高的诡异画面。

蓝色的病号服、彩色的药丸、红色的血……

这些图片,与其说是祈求,倒不如说是某种歇斯底里的警示,意图把"刽子手"三个字牢牢焊死在陈岩身上,陈岩却懒得细看,沉默着移开了视线。

静坐几分钟后,他缓缓点开自己的相册,将数张同样无比骇人的图片一张一张发给了陈元忠。

他一边发着,心里升起了一抹奇异的报复快感。

223

燃烧的人、满目的红、绝望的吼叫……

陈岩发过去的全是烧伤病人的身体,最为严重的,浑身上下只有一双能动的眼珠,而他之所以在手机里保存了如此多的此类照片,只是为了提醒自己,别忘记。

然而,让陈岩自己也没有想到的是,连同报复的快感一同迸发而出的,还有一股无比强烈的呕吐欲,即使移开视线,他相册中那一张张图片依然纤毫毕现。

发完,陈岩再度向后仰去,轻轻闭上了眼。

他近乎自虐一般,想用记忆里那场漫天燃烧的大火,驱散纷杂的一切。

不会忘记……

陈岩想,无论如何,他都不会忘记。

火灾发生的那一年,他八岁。

意外发生时,怀有身孕的孟桢睡在了书房里,而那场大火,正是从离书房最近的杂物间开始燃起来的。

火势滔天,焦黑的悬梁木从屋顶轰然砸下,粗暴截断了从书房求生的道路。

那时,陈元忠抱着陈岩从卧室里狂奔而出,亲眼目睹了这一幕后,却根本没有回头,仿佛女人压根就不存在一般,毫不犹豫地将她丢在了火海里。

漫天红光,房门好不容易被推开一角,在那红光之中,孟桢似梦般温柔的面孔若隐若现,年幼的陈岩想喊妈妈,浓烟却直逼入肺,呛得他完全发不出声音来。

烟雾已经遮挡了陈岩的视线,触目之处,不断有悬梁木先后砸落,那时,于他而言,整个世界都仿若一片末日焦土,唯余一片沸腾的红。

不到片刻,滚滚黑烟越发浓厚,陈元忠跑进洗手间打开了所有水龙头,又慌张扯下了两条湿毛巾,放下陈岩后,无比惊惧地示意他学着自己的样子,捂住口鼻匍匐前行。

陈元忠爬得很快,没一会儿就将陈岩甩出了一段距离,陈岩艰难抓到了陈元忠的衣摆,然而才朝前爬出两步,伴随着"轰"一声巨响,烧红了的酒柜竟已轰然倒下,拦腰砸在了他身上。

刹那间，酒瓶全碎，刺耳的玻璃碎裂声中，火舌向酒精席卷而去，顷刻间形成了一片蔓延的火帘。

火帘疯狂燃烧，灼热的刺痛刹那间涌向全身，酒柜的重量更让尚且年幼的陈岩一瞬间就动弹不得。

腰上那处皮肤仿佛被一瞬间剥离身体，陈岩从来没有遭过这样的疼痛，咬紧牙望向了前方的父亲。

只是，浓烟与火实在太大了。

他看不清陈元忠的背影，只听见自己喉咙中发出了一声如同怪物吼叫一般的绝望声响。

那一刹那，陈岩用尽全身力气喊了一声爸爸，而下一秒，令他无论如何也没想到的是，他手上的重量蓦然一轻，陈元忠仿佛是被他那声喊叫也烫到了一般，竟然猛地甩开了他的手。

震惊、难过、不知所措……

剧痛之际，陈岩怔怔望向了身后的书房方向，眼底浮现出了孟桢与火焰相融的单薄身影。

妈妈那边的火烧得更厉害，她是不是……也和他一样疼呢？

这时，令陈岩更绝望的事情发生了，就在他的手被陈元忠慌张甩开的下一秒，口鼻上那条快要抵挡不住烟雾的毛巾也被陈元忠一并扯走了，紧接着，他终于看清了陈元忠的脸。

记忆里从来威严的父亲双眼血红，一边狼狈咳着，一边用从陈岩手中夺走的湿毛巾猛地覆盖在了口鼻上的另一条毛巾之上，紧接着，陈元忠手脚并用地朝前爬去，一分一秒也没有迟疑。

于是，就是在那一秒，陈岩清楚地知道自己被丢掉了。

生死之际，那个粗重的酒柜拦腰砸下，一下子把他变成了父亲的累赘，他被彻彻底底地丢掉了。

仿佛就是从那一瞬间起，他再也做不成天真的小孩，而就在他恐慌闭紧双眼之时，"砰"一声，竟有玻璃碎裂的声音猛然响起。

巨响之下，陈岩一瞬睁开了眼睛，在他头顶，客厅里偌大的鱼缸被砸了个稀碎，霎时间，满缸水"哗啦哗啦"向下涌去。

水流漫下之际，放肆的火帘终于矮了一寸，紧接着，陈岩的下半张脸被一方湿透了的软布蓦然捂住。

女人的胳膊很细，却在生死危机关头迸发出了巨大的力量，生生推开了粗重的木头。

"岩儿不怕。"孟桢踉跄着起身，满手是血地抱起了他，"不怕，不怕，妈妈带你出去……"

地面上，金鱼的尾巴拍打着碎玻璃，孟桢光着脚冲出了满地热浪。

陈岩看见了她腿上的血，看见了她一脚踩在了细碎的玻璃之上，还看见了她像是破棉絮一般被烧掉了一大半截的裤管，甚至，就在抱着他竭力奔跑之时，她后脑勺还被落下的灯管重重砸了一下，头发上霎时燃起了熊熊的明火。

短短几分钟，却漫长得宛如永无宁日的灾厄末日。

不知过了多久，阵阵长鸣终于划破了长空，穿着橙色消防服的年轻男人们一个接一个向这里冲来。

噩梦似乎终于有了结束的兆头，孟桢却在这时垂下了鲜血淋漓的手，一张脸再度融进了火光之中。

"妈妈！"

陈岩嘶吼出声。

孟桢的眼里唯余一片平静，竟冲他咧嘴笑了笑，紧接着，她拼着最后一点力气，猛地把陈岩朝前推了一把……

似乎就在下一秒，又似乎已经过了一个世纪那般久，数双大手有力地抱起了陈岩，与此同时，那个仿佛在熊熊燃烧的大火里也依旧无知无觉的英雄，却如同彻底烧干了的柴火一般，无比轻易地折了下去。

那一天，说不出是幸运还是不幸，孟桢最终还是被救了出来，只是躺在病床上时，身体已然变成了一个怪物。

90%的可怕烧伤……

甚至就连往日里和她最亲近的那些人，也没办法把眼前近乎不人不鬼、全身上下都缠满了绷带的女人，和"孟桢"两个字联系在一起去。

火灾发生的第三天，孟桢心电图上的曲线变成了一条毫无波动的直线，陈元忠将她安葬完毕,就申请了岗位调动,带着刚做完植皮手术的陈岩出了国。

崭新的环境,崭新的肤色各异的人,还有一个同样崭新的、像是变了一个人的陈元忠——在异国他乡的那些日子里,陈元忠几乎是在倾其所有对陈岩好,就连和陈岩说话时,他也会学着孟桢的样子,整个人都蹲身向下,永远与陈岩视线保持齐平,永远双目含笑地注视着陈岩的眼睛。

而就是透过那双眼睛,陈岩越发笃定,原来一直以来,他都是更像妈妈。

——"岩儿,把你和妈妈丢在了火场里是爸爸不对,但你还记得那天的火有多大吗?"

——"岩儿,你和妈妈从来都没有被抛弃,爸爸从来都没有想过要抛弃你们。"

——"岩儿,爸爸只是在生死攸关的那个瞬间,遵循人性里趋利避害的本能,选择了自己先走……"

——"岩儿,等到一逃出去,爸爸就会马上想办法找来更多的人救你们,爸爸怎么可能抛弃你们?"

陈元忠说了一次又一次,每一次都说得快要掉下泪来……

原本,陈岩是信了的,又或者说,为了不再一天天坠落于循环往复的噩梦之中,唯有相信才能给自己一条活路,可直到两年后,陈元忠再度娶妻,陈岩在婚礼当天误打误撞翻开了一个盛放着钻石戒指的盒子,他才发现,那一切的一切,不过是一场天大的笑话。

盒子里的鉴定证书显示,该枚价格不菲的戒指购于国内,购买时间则是三年前、孟桢正怀着孕的时候。

当天傍晚,陈岩目睹陈元忠将那枚戒指戴到了女人的手上,戒指的尺寸不大不小,和她的无名指完美契合。

冷水浇上脸颊,一阵撕心裂肺的干呕之后,陈岩大喘着气望向了镜子,然而,刚一对上镜中人的眼睛,却又似嫌恶一般,极其快速地移开了视线。

骨髓瘤晚期患者……

陈岩拿出手机,认认真真看着短信里的那几个字,看着看着,就忽然笑了起来,只是笑着笑着,他胃里再次涌出了一阵巨大的不适,连带着心跳也闷了不少。

陈元忠竟然信誓旦旦地说，要让他一辈子走不出去。

原来陈元忠直到今天都没有意识到，早在许久许久之前，他就已经跌落在了那场漫天大火里，再也挣不出去了。

已是入夜，KTV越发热闹了起来，卫生间外脚步匆匆。

呼吸节奏恢复如常后，陈岩擦干手向门外走去，却在瞥见女孩跑进电梯时一闪而过的背影之际，猛然停下了步伐。

"岩哥，该换场子了。"

几个醉醺醺的人朝着陈岩迎面而来，陈岩立刻往后退了一步。

而女孩的电梯门早已匆匆关上了。

为首那人有些疑惑，笑嘻嘻地搭上陈岩的肩膀，陈岩不着痕迹地后退几步。

过了许久，直到又一批人聚焦在了电梯旁，他才终于走至光下，回头朝那群人望了一眼。

"这都该转场了，怎么兴致还不高啊？"那人又道，"今天可是你自己说的啊，要请大伙儿去玩个痛快，怎么着，还去不去啊？"

"去。"半晌，陈岩简短一点头，"走，'怒兽'。"

这是靠近市中心的地段，人来人往的百货商店旁，穿流的行人已经比之前多了不少。

任佳站在玻璃大门旁，有些茫然地向四周环顾了一圈。

放眼望去，到处都是步伐匆匆的行人，每个人的面孔都被广告上的射灯燎出了一层浅浅的白光，几分虚幻、几分寂寥。

任佳的目光穷极到了她所能遍布的每一个角落，却仍然没有看见陈岩。

回想着陈岩离开时走得再随意不过的短短几步路，任佳步伐越来越快、越来越快，几乎要被恐慌所吞噬。

今天之后，是不是就再也见不到他了？

不知为何，这个预感又一次从任佳心底冒了出来，前所未有的强烈。

任佳头顶，交通信号灯由红变绿，陌生的人群同时站定，等待车流停下。

3，2，1。

红灯转绿的那一秒，人群默契地迈开步伐，朝着各自既定的方向分流而去，任佳却站在了原地。

陈岩会去哪里？她根本不知道这个问题的答案。

又几十秒过去，绿灯开始闪烁，一字排开的车辆开始缓缓启动，众人的步速倏然变得飞快，任佳被带着向前走了两步，却又突然扭过头去，逆着人群跑向了来时的路。

她出来得太急，竟忘了先去陈岩先前所在的包间看看！

走廊外，推着酒水的工作人员不断从任佳身旁走过，见她穿着一身规整的蓝白校服，又在走廊上跑得风风火火，不由得朝她多看了几眼。

任佳丝毫没放慢速度，跑到先前那群人所在的包间前，倏地停下步伐后，一下子推开了门。

屋内，唯留有狂欢过后的寂静。

嘈杂的音乐已然消失，斑斓的灯光不再闪烁，桌上亦只剩下东倒西歪的空瓶，夸张地堆在了各个意想不到的角落。

"找谁？"

听见动静后，正佝着身子打扫卫生的工作人员抬起了头，回身向任佳投去了探寻的一瞥。

任佳怔了两秒才转身，迅速向电梯而去。

焦灼到极点的时刻，她却与下行的电梯堪堪错过。

等待的时间不过半分钟，墙上的电梯按钮已被任佳断断续续按了十来次，在她身侧，与她一并等着下楼的几个年轻人皆有些讶异。

"叮"一声，电梯上行，银色大门终于打开，任佳一步跨了进去。

顶着晦暗无边的幽深夜幕，又一次，任佳行走在了一块块巨大的高清广告灯牌前。

她还不知道陈岩为什么会搬走，还没问清他为什么会出现在徐锋所在的那条小巷，更没来得及搞清楚突然出现在自己包里的刺猬夜灯到底是怎么回事，陈岩却已如匆匆一现的昙花般，又一次消失在了她的世界里。

时间仿佛又回到了停电逃课的那一天。

没有任何线索，她却在偌大的城市里四处奔走，一分一秒都不愿停歇。

任佳头顶，硕大的霓虹灯交相闪烁，她也不知道自己究竟走了多久，只知道停下来时，路灯已然将她的身影拉得十分寂寥。

时候不早了，妈妈一定在为她担心，任佳明白，不能再漫无目的地找下去了，却在路经一条狭窄的长街时，无论如何也挪不开脚步了。

这是一条与周围的辽阔街道格格不入，与老街有些相似的窄路。

但真正走进时，任佳才意识到了它与老街的不同——老街的粗犷是原始而不修边幅的，而它分明细致得多。

道路两旁，刻意做旧了的橱窗之中，放置着古老而精致的红酒瓶，瓶身一侧的价格标签上，小数点前有着好几个零。

这里的安静与别处的安静不同，天然自带一副拒绝生人的气场。

但任佳已经顾不得那么多了，内心那股冥冥之中的指引比任何时候都更加强烈，她喘着气向前跑去，跑进路的深处后，耳畔才终于有了点儿喧嚣的人气。

任佳的步伐慢了下来。

紧接着，又走了几步，道路豁然开朗，拨片扫弦的声音"轰"一下从她头顶传来，任佳怔愣着抬起头来，看见了一个巨大的黑色牌匾。

像是不欢迎她似的，牌匾之上，暗金色灯光无力地闪了两闪后，又陷入到了更为长久的沉寂之中。

却不承想，就在她准备低下头时，第四层楼的灯光竟已倏然亮起，牌匾上的暗光亦如溶蜡一般，在漆黑的背景下缓缓淌过，将两个字的轮廓勾勒了出来。

——怒兽。

任佳不由自主往后退了一步，一转身，她就看见了不远处站定在路灯下，微微拧着眉遥望着她的陈岩。

此时此刻，陈岩正被男男女女簇拥着，他一停，他周围那些人便也不明所以地跟着停下，目光一同停留在了任佳身上。

陈岩反而是最早收回视线的人。

任佳没有犹豫地朝他走了过去。

"来太早了吧，哪有酒吧这么早开门的？不如在 KTV 多唱会儿。"

"你懂个屁，'怒兽'最顶层随时都能去，但得看是谁。"

他们说话时，任佳已经站在了陈岩身前。

第一次叫陈岩之时，陈岩没有理她，还在向前走着。

于是任佳直接拦住他，第二次喊出了口："陈岩。"

这一下，周围响起了不怀好意的笑声。

"陈岩，学校里的姑娘都追这儿来了？"说话的是个吊儿郎当的男生，打量她的目光透着淡淡的烦躁。

他一边说着，一边招呼陈岩继续往前，陈岩却定定看着任佳指关节攥得用力到发了白的两手，没动。

不一会儿，人群中有个女生慢悠悠地踱到了陈岩与任佳面前。

与之前那男生不同的是，这女生面上带笑，整个人透出了一股漫不经心的调调。

招呼着陈岩继续往前时，她自然而然地伸出一只手来，在陈岩肩上虚揽了一把，中指指骨眼看就要掠过他耳后皮肤。

见状，陈岩拧了拧眉，不动声色地往后避开了，却在任佳第三次叫出他的名字时，无所谓地一点头，转身便朝前而去了。

他走得利落，任佳用力闭了闭眼，一边鄙夷着自己今晚的冲动，一边不顾一切地追了上去。

是愤怒。

此时此刻，任佳终于可以承认，再次看见眼前人的第一秒，愤怒要大过所有纷杂的情绪。

"陈岩，你没必要勉强自己！"忽然，任佳朝陈岩喊出了声，"你明明不喜欢这个地方，不喜欢和这帮人混在一起！"

夸张的哄笑声立刻响了起来。

"不懂了吧？"方才的男生再次开了口，"地方不重要，人才重要——和我们这帮哥们儿是没什么好混的，可今天有姑娘做伴啊！人家姑娘，可比你这样的书呆子乖乖女有意思多了。"

这话一出，周围的笑声便一下子变了个调，任佳嫌恶地皱起了眉头。

陈岩的手却莫名有些抖，几秒过后，他甩开众人，像是急于逃离什么般朝前走出了数步，却还没等身后的人反应过来及时跟上，就已陡然折返，快步退回到了路灯下，隔了点儿距离看着任佳，像在看一个完全无关紧要的人。

"不喜欢这个地方的人是你。"昏黄的路灯下，陈岩低着头盯着任佳的眼睛，说出口的话如云雾般一样飘忽，"所以，任佳，你没必要勉强自己。"

"勉强？"看了陈岩几秒后，任佳难过地低下了头，声音一下子有些沙哑。

"陈岩，你明明一个小时前都还不是这样的。"

第一次，任佳没有伪装、没有躲避，让她这个人，连同着她所有赤裸的情绪都盛放在了陈岩面前。

此情此景之下，就连她自己都有些无所适从，陈岩却只淡淡一笑，看着她无所谓道："我一直都是这样的。"

他说话时，身后那几个人已经自发围了过去，看向任佳的眼神都带了点儿等着看好戏的玩味。

任佳深吸一口气，不打算再和陈岩就无意义的问题纠缠下去。

"那好。"她重新望向陈岩，"可是我就是比你想象中了解你，你根本没在准备出国的材料，你住的地方也根本就不是裕云湾。"

陈岩眉头一皱，正要开口，任佳微微提高了声音，自顾自说了下去。

"既然如此，那你为什么要离开学校？为什么要搬家？又为什么要……"说到此，她喉头一哽，而陈岩也终于打断了她。

"你总共有几个问题？"

分外不耐烦的语气，陈岩身后，那几个人再一次笑了起来，任佳当即愣在了原地。

忽然之间，任佳觉得自己实在像个笑话，有些机械地转过了身体。

而她身后，一声更比一声刺耳的评判却不断响起。

"陈岩，她那一款的我见多了。"

"就是正经的嘛，谁没见过似的……"

"对啊，一开始还觉得新鲜，玩多了也就腻了。"

…………

任佳猛然折返而去。

"我是哪一款的?你们平常又都怎么玩啊?"

站定在那几人身旁时,任佳眼眶虽红,面上却带上了几抹狠戾。

那几人皆是一愣,而任佳下一句话要更加锋利——

"我这款的一般都看不上你们这种烂人。"

话音刚落,其中一人咬着牙向任佳冲了上去,而陈岩比他更快,不发一言地上前一步,一下子挡在了任佳身前。

而任佳还在继续,只是,说话时,她视线从那几人身上收回,缓缓看向了近在咫尺的陈岩。

"我也看不上和他们这种人混在一起的人。"

陈岩终于正眼看向了任佳。

"任佳。"他笑着开了口,"为什么不和何思凝他们继续唱下去?为什么要跑出来找我?又为什么……"

"你总共几个问题?"任佳干脆利落地打断了他。

"三个。"陈岩怔了一瞬,语气下一秒又恢复了镇定,"三个换三个。"

"好。"任佳点了点头,"你先回答我前两个。"

"第一个,为什么离开学校。"陈岩言简意赅,"没意思,不想读,再说你也知道,我过不了多久就出国了,没必要成天待在教室里。"

任佳像是听到了什么笑话一般,嘴角一勾,眼眶却一瞬间更红了。

"第二个,搬家。"陈岩沉默两秒,移开视线才继续,"还是那个原因,住南巷没意思,其实他们说得没错,我这人就是喜欢刺激,哪儿刺激我就去哪儿找乐子,这世上多的是乐子找,我也多的是地方待,你用不着操心我。"

"第三个。"说到此,陈岩重新看向了任佳,"你问吧。"

任佳却像是走了神一般,怔了几秒才终于开口。

"就在今晚之前……"她低下头自嘲一笑,"你为什么对我这么好?"

世界仿佛安静在了这一秒。

抬起头后,任佳见陈岩面上闪过了几丝慌张,她短促一笑后,自顾自往后说了下去:"你把我带离了被徐锋困住的小巷,你连续一周送我上下学,你无条件相信我没有作弊,你不止一次鼓励我要自信,你在意我为什么要和裴书意一起去老街,你甚至因为我一句想喝水,就会把商店里所有带水字的饮料都搬过来,还有,只是因为看见我脸色不好,你就会……"

说到此,任佳终于控制不住,眼泪夺眶而出,哽咽道:"陈岩,我偶尔是有些迟钝,但也不至于迟钝到这种地步,今天你和你朋友说你没招过任何人,但是你自己都不记得,你招过我。"

而陈岩面上仍然没什么波动。

只是,当任佳说完最后一句话,昂起头想要硬生生把肆意的眼泪憋回去时,他却有些无所适从地看了眼地上的烟。

那根烟一口没抽,却已经快要燃尽了……

紧接着,他立刻有些焦躁地摸了摸口袋,然而,口袋里什么都没有。

"为什么?"任佳又问了一遍。

陈岩的视线于是落到了她胸前那个蓝色的校徽图案上。

在校徽下面,还有两行很小很小的字,是前海一中的校训,比起其他的学校,要格外口语化,如果不仔细看的话,一般是看不出来的。

那两行字是:永远心怀希望,走向灿烂明天。

"因为可怜你。"

半晌,陈岩终于轻笑着开了口。

"就和你可怜杨瑜一样,本能的反应,没有道理。"

话毕,陈岩甚至还补充了一句:"你觉得自己不可怜吗?"

任佳瞬间僵在了原地,她一下子觉得,身体里支撑着她走到陈岩面前的那一点儿倚仗,在这一秒内轰然倒塌。

"你知不知道自己在说什么?"任佳再也抑制不住汹涌的眼泪,像个无措的小孩一样,用手背一下一下抹起了眼泪。

而陈岩身后,不屑的声音再次响了起来。

"还没完啊,不是吧陈岩?看见女孩哭就心软啊?"

"你对她够客气了,没必要继续浪费时间了。"

"不是说今天请大家去怒兽喝酒吗?"

"走呗。"过了一会儿,陈岩笑着开了口。

任佳却哽咽着叫住了他。

"有完没完啊?"有人实在忍不住,恶狠狠地回过了头。

而任佳置若罔闻,安静凝望着陈岩的背影:"我还欠你三个问题。"

她不想欠着陈岩了,再也再也不想了。

"无所谓。"陈岩嗓子哑透了,语气却依然不甚在意,"本来也没什么想问的。"

任佳仍然没让步:"你问完我就走。"

"就一个吧。"终于,陈岩笑道,"意思意思。"

任佳安静等着他说下去。

"你写在便利贴上的那个学校,能考上吗?"

任佳茫然地朝后退了一步。

而陈岩却只像是意兴阑珊般随口找了个话题一般,就连背影都着不耐的冷。

"能。"许久,任佳终于给出了回答,"我不想再有人觉得我可怜。"

"可以。"闻言,陈岩干脆一点头,像是终于结束了一场无聊的游戏一般,"那就去吧。"

晚上十一点,南巷。

任佳垂着头,踏着地上的影子,在昏暗的路灯下徐徐前行。

看见等在前方巷子口的那个身影后,她好不容易压抑下来的泪意顷刻间又变得汹涌。

"妈妈!"

任佳背过身去,昂头憋了几秒,迅速吸进几口气后,才转身朝她走了过去。

胡雨芝亦急匆匆朝任佳走了几步。

到达任佳身前,胡雨芝一把拽住了她的胳膊,劈头盖脸就是一阵责骂:"吓死我了!你怎么这个时候才回来?"

任佳一愣,刚要解释,眼前光线倏然变黑,她还没反应过来时,胡雨芝就已经不打招呼地将她整个人挡在了身后。

"谁!"

一声呵斥炸响在任佳耳畔,胡雨芝对着那空荡荡的路口高喝了一声。

235

"什么？"任佳心一跳，慌张地探过头去，然而别说是人了，路中间就连半条人影都没有。

"怎么了妈妈？"

过了几秒，任佳又小心翼翼地问了一声，胡雨芝这才放松了下来。

"没事。"她回身摆了摆手，皱着眉咕哝道，"总觉得有什么东西闪了过去，难道真是我眼花了？"

说着，她揽过了任佳的肩膀，和任佳一起朝家里走去。

"下次不准在学校待到这么晚了，也没个顺路的同学互相照应，一个人走夜路多危险。"

"知道了。"任佳点了点头，声音一下子没了底气。

原来，妈妈还以为她像期中考试前几天一样，由于自发留在教室里学习，回来的时间才比平常要晚，一想到此，几丝自责攀上心头，任佳的脚步再次滞重了起来。

胡雨芝则伸手接过了任佳手里的书包，像是若有所思一般，看了她几眼后，步速也一并慢了不少。

这一晚，二人走得比往常慢上许多。

然而，快到达家门口时，任佳又骤然加快了步伐，目不斜视地从樟树后那扇小窗前走了过去，匆匆拿出钥匙预备开门。

"吱呀"一声，大门被推开，任佳向里迈出一步，又不明就里地回过了头，看向了突然停下来的胡雨芝。

"妈妈？"任佳有些紧张地开了口

胡雨芝依旧不发一言地看着她。

"怎么了？"任佳又问了一句，避开了她过于严肃的视线。

夜里，微风轻拂，樟树叶窸窣作响，任佳的头埋得越来越低，胡雨芝突然朝她迈出几步，伸手抬起了她的下巴。

"佳佳。"胡雨芝定定看着她，"谁欺负你了？"

任佳喉间一下子变得滚烫，毫不犹豫地摇了摇头："没有！"

胡雨芝却明显不信，仍然如临大敌地望着她。望了一会儿后，胡雨芝甚至退后一步，朝着任佳转着圈儿端详了好几圈，又夸张地撩起她校服衣袖瞅了又瞅，最终，确定任佳只是红着眼，并没有什么别的异常，才"扑哧"一下笑出了声。

"傻孩子，什么事这么闹心？长这么大了还要哭鼻子呀？"胡雨芝一边说着，一边伸出手，轻轻刮了刮任佳的鼻子。

带着厚茧的食指从任佳鼻梁"唰"一下刮过的刹那，任佳浑身一个激灵，惊讶于那骇人的寒凉。记忆里，妈妈的手从来都是很温暖的，此时此刻这么冰冷，只能说明她在巷子口等了很久很久……

任佳面上又是一酸，紧接着，胡雨芝又像小时候笑话她是爱哭鬼时一般，笑着捏了捏她的鼻子。

任佳立刻闻到了一股熟悉的气味。

是面粉。

胡雨芝数十年如一日推着小车四处摊饼，因而，面粉的气味已经融进到了她皮肤的纹路里，甚至，任佳想，或许也将融进到她往后人生的又几个十年之中。

"怎么了佳佳？"胡雨芝咧嘴一笑，"你看你，眼睛咋还更红了呢？"

任佳仍在怔神。

被风吹凉了的身体，带着淡淡面粉气味的指腹，还有她并未恢复彻底、走路时仍有些一瘸一拐的脚。任佳低下头，又抬起头，视线从胡雨芝身上徐徐扫过，终究还是没抑制住，一下子扑进了她怀里。

"妈妈。"任佳难过地哽咽，"我可不可以回桃江岛待几天？我一点都不喜欢这里。"

"怎么了？"胡雨芝忙问，"之前不是还说挺喜欢南巷的吗？"

"不喜欢了！"任佳吸了吸鼻子，余光瞥见那扇紧闭着的大门，声音越发哑了下去，"以后都不喜欢了！"

第二天，任佳醒来时，已经过了十点。

窗外传来淅淅沥沥的水声，她一下子坐了起来，下意识冲到了书桌前。

然而，窗户一拉开，眼前却是一个艳阳高照的大晴天，她的视线亦被一片晾晒整齐的床单占了个满满当当。

看见桌上码得整整齐齐的一摞书后，任佳推开窗户朝胡雨芝喊起了话："妈

237

妈，你怎么把我的书包也洗了？"

"天气好！"胡雨芝不知从哪片床单下钻了出来，好心情道，"先用旧的吧，趁今天太阳大，咱把该洗的一并洗了，大扫除！"

说着，她又感慨了一句："时间可真快啊，转眼这气候就要热起来了，佳佳，你今年夏天要不要吃冰棍，等有空了，妈直接批发一整箱搁家里？"

"只有书吗？"任佳却答非所问，看着桌上的书道，"我的书包里只有这些书吗？"

说话时，她语气明显有些紧张，胡雨芝立刻停下了动作，一脸狐疑地望向了她。

"书包里不就只有书吗？"胡雨芝问，"不然你还想有什么？"

闻言，任佳一噎，顿了几秒后，忽然就低下头。

"算了。"她"唰唰"翻开了桌上的书，"没什么。"

而下一秒，任佳看见被夹在厚书页里的东西后，不可置信地滞住了动作。

"妈妈？"任佳腾地站了起来，仿佛梦游般看向胡雨芝，"给我的吗？"

"不然还能给谁？"胡雨芝得意扬扬地走到了任佳窗前，她的手有些湿，使劲揩了揩手才拿起了桌上的那个手机，"不是想家了吗？不是要回桃江岛吗？你拿着它去，咱俩得保持联系。"

任佳一下子说不出话来。

"我昨天只是随便说说而已。"半晌，她低着头，把新手机塞回到了胡雨芝手里，"你怎么特意还去买了个手机？"

"让你拿着你就拿着！"胡雨芝摆了摆手，"昨晚回来那么晚也没个通知，都快急死我了！再说你同学不都有吗？那你也得有！"

任佳有些呆滞地看着她。

"又没让你上学带！"胡雨芝继续，"收拾收拾就走吧，顺便……"

说到此，她嗓子一颤，下一秒又恢复了正常："顺便趁着清明，去看看你爸爸。"

任佳回桃江岛没带什么行李，和以往一样，她的包里装满了书。

背着旧书包往巷子口走时，任佳有点不习惯手里揣着一个手机的感觉，她走了几步,站定,把手机放到衣服口袋里,没过一会儿又拿了出来,点开空荡荡的通讯录,郑重其事地输下了一串烂熟于心的号码。

输完后,她缓缓地打出了两个字"妈妈"。

去桃江岛需要大巴转轮渡,一路奔波后,终于,任佳又一次闻到了海风的味道。

咸湿的,有些凉,像浪一般,一阵一阵涌入到她鼻息之间,将她辗转奔波的疲劳吹散了个彻底。

走在能够望见樵石的海湾小道上,听着海浪缓缓推进又缓缓淌远的声音,任佳的步伐前所未有的轻盈。

她甚至感到自己变成了一只海鸟。

前海市奔行的车流、老街嘶吼的冷风、KTV里震耳欲聋的喧嚣……一下子就变成了她记忆里分外遥远的从前。

风,只有风,无处不在的风。

走着走着,任佳忽然就有些难以抑制,飞速朝前奔跑了起来。

任佳踏在已经积了灰的逼仄楼梯上,缓步上行时,近乡情怯的感受才一开始一点一点涌上心头。推开门,任佳"噔噔噔"地跑到阁楼上,闻见空气里尘旧的灰尘味,"唰"一下拉开了窗户,让阳光照了进来。

这是专属于她的小阁楼。

小时候,她还没有自己的卧室,有一次,她看见电视里的动画片中,海里的小公主住在一开一合的蚌壳床上,便也异想天开,嚷嚷着和爸爸说她也要一个自己的"蚌壳"。

那时任峰戳了戳她的额头说她在胡思乱想,却在之后的整整半年里,开始扛着一根根木头往楼顶跑。

于是半年过后,小任佳就真的有了自己的"蚌壳"。

一个像魔法电影里一样,有着三角形的屋顶、圆形的窗户的小阁楼。

任佳躺在床上,盯着尖尖的屋顶看了一会儿后,偏头看向了阁楼一侧的窗户。

直到这时,她飘飞的思维才终于沉了下来。

万籁俱寂的时刻，任佳认真感受着自己心口涌来的异样情绪，有些沮丧地意识到，还是好难过。

她是在逃吗？

用一场远行逃离陈岩的领地，来到他绝对不可能出现的桃江岛，在这一方小小的阁楼里寻找慰藉。

任佳坐起来，再次凝望起了这方熟悉的小天地。

明明是她从小长大的地方，此时此刻，她却觉得自己与它有些格格不入了——它依然规整、简单，一如既往，她的心思却逐渐变得多变、复杂，格外沉重。

看了一会儿，任佳沉默地打开书包，坐在小桌前，安静地拿出了一本书。

一分一秒过去，看着纸上密密麻麻的公式，她脑海里有关陈岩的画面才终于不再清晰，如同被水淋湿的宣纸一般，逐渐洇成了一团模糊的浓黑。

等她做完题拿出手机一看，才发现已经到下午六点了。

一阵强烈的饥饿涌进胃里，该去吃点儿什么了。

只是，虽然饿，她却并没有什么胃口。

她一边想着，一边有些迷茫地放下了手机，却在抬眼的那一刹那，一下子惊呼出声。

是落日！她许久未曾见过的海上落日！

浅金色的海面之上，大片大片的玫瑰色晚霞铺陈其间，而晚霞之中，云水交接的地方，那半轮圆日比月亮还要朦胧梦幻。

任佳一下子推开了窗。

霎时，"轰"一声，呼啸的海风朝她扑面而来，原本梦幻绮丽的景象一下子壮阔了起来。

愣愣看了一会儿后，任佳拿起手机，猛地冲出了阁楼。

急匆匆地跑过成排的矮房，来到其中一户前敲响大门时，任佳呼吸的节奏已经变得飞快。

"咔嚓"一声，门锁被打开的刹那，任佳一下子站直了身体。

"小佳！怎么是你？"

看清来人是任佳后，开门的女人不可思议地惊呼出了声。

"方阿姨好！"佳忙紧张道，"陶芙在吗？我想找她去喝一碗甜汤。"

陶芙，是任佳自初中就认识的朋友。

那时候，课业的压力还远不如如今繁重，一到夏天，她们每天放学后都会去买一碗甜汤。

晚霞之中，两个小姑娘坐在露天大伞支成的铺子旁，头发被风吹得散乱，还一边用勺子舀着碗里的红豆，一边叽叽喳喳地着讨论着学校里的热闹事，恣意而畅快。

"陶芙不在吗？"见方阿姨的神情忽然变得有些迟疑，任佳小心翼翼地又问了一次。

"不在家呢。"方阿姨朝她讪讪一笑，似是有些欲言又止。

不在家？

任佳眉心微微一皱，刚要细问，方阿姨忽然叹出了一口气："小佳，我们家芙芙不像你，她成绩从来都是倒数，书是她自己不想读的，她觉得没盼头，还不如早点开始赚钱。"

不读书了？

任佳不可置信，她记得陶芙成绩虽不好，学习却是很认真的。她们成为朋友的一个契机，就是某次考试之后，陶芙鼓起勇气找她问了一个题目，那时，有人见陶芙拿着几十分的试卷找上了满分的她，还不怀好意地对陶芙冷嘲热讽过。

"可是她才高二……"任佳喃喃。

"高二怎么了嘛。"方阿姨笑了笑，"芙芙上学晚一年，比你大一岁，都满十八了，十八岁已经不能算是小孩了，是个大人了咧！"

闻言，任佳还想再说点儿什么，方阿姨又道："其实也挺好的，她学习不行，但人很机灵，她跟我说已经开始带着团队跑业务了，每个月还给我转钱嘞！"

这话一出，任佳只得把想说的话憋在了喉咙里。

"方阿姨。"半晌，她从口袋里拿出了手机，"我已经有手机了，能给我一个她的联系方式吗？"

"当然可以！"方阿姨爽快地报了一串数字，任佳认真记在了通讯录里。

241

往回走时，任佳在路边看见了记忆中那个支着伞卖甜汤的奶奶，她突然有种自己置身梦中的不真实感。

她和陶芙在奶奶的铺子里光顾过无数次，却仍然不知道奶奶姓什么，每次见了面，她们都是"奶奶""奶奶"地叫，看着奶奶往小碗里加的料越来越多，叫得也就越来越欢快。

从铺子旁路过时，任佳看见摊子旁多出了一块小牌子，上面写着几个歪歪扭扭的字：三天后收摊。

收摊是什么意思？为什么还要特意说明是三天后？

任佳驻足在了那块小牌子旁。

半晌，任佳叫了一声"奶奶"。奶奶转过身来，却没理她，而是有些机械地擦拭起了眼前的小牌子。

"让你见笑了小姑娘。"忽然，一个看上去四十来岁的女人不知从哪里冒了出来，朝任佳不好意思笑了笑，"就一个小小的糖水铺子，关个门还搞得这么正式。"

"要关门吗？"任佳愣愣看着女人。

问完，她才觉得自己这句话实在是多余又残忍。

奶奶的状态明显和以前不一样了，自己在这里站了这么久，奶奶却始终紧紧攥着手里的抹布，一遍一遍擦着手里的小牌子，神情刻板而呆滞，像是坠进了一场长久的梦里。

任佳看得局促不已，女人倒是回答得爽快："医生说是……说是什么海默症？哎呀，不就是痴了嘛。人一老啊，各种病就来了……"

女人说得轻松，似是不想把氛围变得太沉重，任佳于是也竭力挤出了一个笑，背过身朝着无垠的海面发了会儿呆后，重新看向二人，轻声要了一碗甜汤。

去扫墓的那一天，天上下起了密密麻麻的小雨。

任佳撑着伞，趟过长到了小腿高的丛丛野草，来到任峰墓前，将周围的野草清理完毕后，把手里的花小心翼翼地放到了石阶上。

来时，她曾问过妈妈，有没有话要带给爸爸，妈妈却只挥了挥手，说，让他看看你就好。

忆及此，任佳笑了笑，心想，每一次妈妈带她来到这个地方，说出口的话也只有寥寥数语。

于是，只需一闭上眼，胡雨芝那眼眉微弯，在墓碑前絮絮叨叨的模样便浮现在了脑海里……

——"任峰，佳佳九岁了，怕黑，不敢一个人睡你给她建的阁楼。"

——"任峰，佳佳十岁了，第一次整整三天没理我，因为我不许她偷偷去喂一只脏兮兮的小狗。"

——"任峰，佳佳十一岁了，别的孩子放了学都跑去疯玩，她却一个人在海边闷头捡海螺。"

——"任峰，佳佳十二岁了，身高怎么都不见涨，还是那个小萝卜头。"

——"任峰，佳佳十三岁了，终于交到了好朋友，每天手拉着手跑去渔港边的铺子上喝甜汤，和我说的话一下子就少了。"

——"任峰，佳佳十四岁了，喏，给你放这儿了，这孩子找了三年才找到的凤尾螺，说是能保佑人的，她要保佑你。"

——"任峰，我今天吓了一跳，这孩子身高一下子就蹿上来了，成绩也是！前些天考试居然是年级第一！"

"爸爸……"

终于，任佳深深吸进一口气，哑声开了口。

"我今年已经十七岁了。

"我逃过一次课，好久都没拿到过年级第一了。

"我让妈妈伤了好几次心，她一定对我感到很失望……

"我交到了让我喜欢又嫉妒的新朋友，我想和她说话，但是我没有勇气。

"我遇见了一个男孩子，他害我哭得好丢脸，我一定再也不要理他了。

"爸爸……"说到此，任佳忽然低下了头，"可是说出这句话的时候，我好像还是有一点难过。"

旋即，任佳顿了顿，笑着继续："今天方阿姨告诉我说，十八岁就是大人了，我马上就要变成大人了，所以……大人的世界，会更好吗？"

背着包，准备离开桃江岛时，任佳特意绕了远路，来到了马上就要彻底关门的甜汤铺子前。

"小姑娘,我记得你。"比起昨天,今天的奶奶似乎清醒许多。

任佳欣喜地点了点头:"我以前常来的!"

"要加什么料?"奶奶笑眯眯地问。

"红豆、糯米、花生……"任佳简直想把每种料都来上一点儿。

然而,话才说到一半,她就有些诧异地抬起了头——那个小小的碗里,分明已经被堆得全是红豆了。

尽管,奶奶还是笑着的,却开始一边机械地重复着她的话,一边不断地舀起了红豆。

"奶奶……"任佳不知所措。

"妈!"不远处,收拾着伞的女人立刻冲了过来,利落夺了奶奶手里的碗。

"其实早就让她收摊回家了!"她忽然就有些生气,"她偏偏要惦记这个小小的铺子!"

任佳心情复杂地接过了女人手里的甜汤,喝完后,她回头一看,发现奶奶又在擦拭着那块小牌子。

"去哪儿呀小姑娘?"任佳走时,奶奶还抬头问起了她。

"去前海市念书!"任佳大幅度朝她摆了摆手,"奶奶!我还会再来看你的!"

天边,落日西行,海上的流云又渐渐晕上了玫瑰色的淡影。

海风也越来越大了,收了伞,渔港边那个孤零零的小铺子,顷刻间便显得有些摇摇欲坠了。

女孩早已消失在了视线尽头,老人却仍巴巴望着她的背影。

"妈,这风越来越大了。"女人焦急道,"咱赶紧收摊吧!"

闻言,老人却像个孩子似的,一下攥紧了手里的小牌:"还剩最后一碗呢!"

"就一个赚不了几个钱的小破铺子!"女人叹了口气道,"你都这样了,还宝贝成这个样子!"

老人却置若罔闻,只喃喃重复:"最后一碗,最后……"

转眼,乌金坠海。

银色的海面被燎上了一层暖融融的金边,金色的太阳则坠进了银浪之中,美得像是电影中的画面。

然而，在这巨幅油画一般的景象中，零星的行人仍然埋头走着——他们早已习惯了这样的景象，对此不以为意，但忽然，有一个人抬起了头，紧接着，他身旁的那个人也停了下来，有些惊异地看向了远处。

不远处，有一辆红色单车冲进了渔港，速度快得像是一只破云而出的血色海燕。

而在这样的大风天里，单车上的少年却只穿着件单薄的白衬衫，海风把他的衬衫鼓得老高。

"要买甜汤吗？最后一碗了！"不远处，女人似是看出了少年是外地人，爽朗吆喝道，"包甜的！岛上的小孩从小喝到大！"

闻言，单车上的少年怔愣一瞬，旋即，竟猛地按下了刹车，似是有些恍惚一般，看向了那个摇摇欲坠的渔港小铺。

于任佳而言，比起往常，这个周一要特殊很多。

当她返回前海市，重新背上洗好的书包、缓步走向致远楼时，学生们早已里三层外三层地围在了排名公告前，眼里涌动着或欢欣或愁苦的情绪。

好不容易挤进人群之中后，任佳没像上次月考那样，从一百名开外往前找，而是从第一列第一个，从上往下仔仔细细地浏览了起来。

裴书意、何思凝……

裴书意仍然是第一，但分数比起上次低了将近二十分，何思凝已经咬得很紧了。

任佳心神微微一荡，继续往下看，当一个再熟悉不过的数字映入眼帘时，她几乎怀疑自己出现了幻觉。

第三十五名……

和上次月考一模一样的名次，她甚至没有往前跨出哪怕一名。

一股近乎虚脱的无力感蓦地向任佳涌来，刹那间，她只觉有人向她迎头浇了一盆冷水，透心的凉。

"任佳，你考得怎么样？"任佳走进教室后，冯远立刻转头望向了她。

"和上次一样。"任佳顿了顿才开口，"三十五名。"

"厉害啊！"她话音刚落，冯远立刻朝她竖了个大拇指，"这都能稳住？我记得你考前那一周到处跑，差不多有十几节课没听成吧。"

任佳却对他的夸奖置若罔闻，攥着书页的手都莫名有些发白，挫败感前所未有的强烈。

过去这么久，她始终深埋着头，一刻也不停地走在一条翻山越岭的道路上，以为只要往前，路两旁就是不断递进的新风景。

而直到此刻偶然停下，她才猛地发现，她身边的景色竟然没有一丝一毫的变化，还有好多好多座山，不论往后回望还是朝前远眺，她目光所及皆是一座座大同小异的单调山峰，仿佛根本就没有尽头。

好累。

这两个字荡进心头的那一秒，一阵惊惧感如雨丝一般密密麻麻地攀上了任佳的心头，她立刻"唰唰"翻过了几页书，强令自己不再想考试的事。

那么，任佳忍不住安慰自己，如果在翻山越岭的过程中细数行程会让自己感到疲惫，就一直埋头往前走，不要停下好了。

正想着，徐原丽突然提起了换座位一事，紧接着就念起了成绩。

见任佳神情迷茫，冯远朝她解释了起来："等到进高三，咱们就得按照成绩自主选座位了，但不知道为啥，老徐突然把这规矩提前了。"

闻言，任佳不明就里地环顾一周，发现果然如冯远所言，九班众人并不感到意外。徐原丽话音刚落，就已经有不少人利落收拾了起来，自发去走廊上排起了长队。

在走廊上缓缓前进时，任佳发现，她在年级的名次虽然没变，在班里却前进了好几个名次，这也就意味着，短短几个月过去，普通班已经有更多的人冲进了前四十名。

而更令任佳感到惊讶的是，班主任最后一个念到的名字居然是黄正奇，黄正奇和裴书意坐在了一起，成绩竟然不进反退了。

"选座位时大家注意一下……"念完名次，徐原丽神情越发严肃了，"男生和男生坐在一起，女生和女生坐在一起，别混着坐！"

话音刚落，任佳条件反射般敛去了呼吸，一下子有种想把自己藏起来的冲动，但幸好，所有人都被考试成绩牵动着心神，没有人回头看她。

除了黄正奇。

任佳绷紧了身体的那一瞬间，路过的黄正奇恨恨扫了她一眼，面色分外阴沉。

"对了，陈岩不在，是不是得单出来一个位置？"

又过了一会儿，任佳翻着书默背单词之时，忽然有人提起了陈岩。

闻言，任佳动作一顿，却生生按捺住了抬起头寻找声源的冲动。

班里的座位变动很大，自从前十名固定下来之后，后面进去的每一个人，几乎都默契地和前十名挤到了一起，于是，以裴书意和何思凝等人为中心，班里成绩最好的一堆学生行成了一个核心圈子。

又过了一会儿，就轮到了任佳。

任佳走进前门时，讲台上的徐原丽朝她笑了笑，紧接着就看向何思凝右后方的空位，示意她可以坐那儿。

那是教室里成绩最好的一众学生所形成的那个严密圈子里、唯一空出来的位置，任佳却没往那儿走，而是走向了自己原先的位置上，选择继续一个人坐。

见状，讲台上的徐原丽皱了皱眉头，迈开步伐急急朝她走了几步，却又陡然一顿，沉默着退了回去。

自坐下后，任佳就开始继续看手里的书，没再关注过教室里的新布局。

直到黄正奇最后一个走进教室，徐原丽清了清嗓子宣布座位更换完毕，又让人把角落里另一张桌子抬走时，任佳才终于停了笔，有些迷茫地看向了与她遥相对应的那张空位。

男生们动作很快，于是，不到半分钟，长久占据任佳余光的那一方角落就空了。

连带着，那个写上了"岩"字的纸箱，也被随意地扔进了杂物间。

陈岩的桌子被彻底搬出九班之时，任佳感到心里某个角落也猛然颤了一下，像是有什么根深蒂固的东西被生生扯走了一般，空落落的。

但紧接着，她又干脆利落地拿起了笔，埋头在纸上勾画了起来。

时间。

任佳想，除了课本上的知识，她将只允许流淌的时间占据她心绪一隅。

她要不惜一切代价去争取时间。

五月。

短暂的春季终于只剩下了尾巴，酷暑未至，空气里却已逐渐吹来越发闷热的风。

这个月，任佳开始早起去往学校，和广场上三三两两等候列队晨跑的高三生站在了一起。

有许多时候，天都还只有蒙蒙亮，等候的时间里，一部分高三的学生会拿着电筒看书，另一部分则会就着路灯的光翻来覆去地看手里的试卷。

当然，更多的人是在提前进行晨读。

任佳站在他们之间，英语发音仍有些不太标准，但并没有人朝她多看一眼。

经过半个多月的探索，她找到了最适合自己的培养语感方式，那就是读。

不是默读，也不是小声地读，而是不在意自己并不标准的口音，也不在意自己可能有些傻兮兮的姿态，尽情大声地去读，旁若无人地去读。

在南巷，这样干有可能会吵醒胡雨芝和楼上的邻居，她便提前来到了学校。

久而久之，任佳发现，利用早自习正式开始前的这段时间，她可以逐渐由读到背，又逐渐由背一个自然段、两个自然段……过渡到背完整整一篇短文，而当她开始把课本、试卷上出现过的所有英语文章一篇篇背完之后，她的阅读题正确率已经很高了。

六月。

天气堂而皇之地热了起来，学校里的人全都穿上了短袖。

这个月，任佳剪掉了自己的头发。

准确地说，是在胡雨芝的把关之下，她拿着剪刀，对着浴室里那面湿漉漉的镜子，"咔"一下剪掉了自己的头发。那时，胡雨芝可惜极了，说她家闺女头发又长又浓密，这一剪刀下去，不知道得多久才能长回来……

而任佳只淡淡一笑，剪完便回到了书桌之上。

七月。

高二最后一学期即将结束，暑假来临之前，九班的氛围前所未有的低沉，每个人都在专心准备期末考。

这个月，任佳桌上的台灯坏了，看书时，灯泡常常忽闪忽闪的，时不时发出"刺啦刺啦"的电流声。

因而,任佳找到了胡雨芝,让她帮忙买一个新的灯泡回来。

胡雨芝那时很开心,因为这几个月以来,任佳回到家说的话已经越来越少了,大部分时间,她都把自己关在房间里,一刻不停地写写算算。

只是临出门前,胡雨芝却又突然顿住了脚步,转头,忧心忡忡地看向了预备重回房间的任佳,认真道:"佳佳,你不开心吗?"

你不开心吗?

这个问题没头没尾地一出,任佳抬起头,茫然地看了一眼胡雨芝,而就在那一秒,流淌的时间仿佛陡然间慢了下来。

"怎么会不开心?"半响,任佳笑了笑,将脸颊两侧的短发挽在了耳后,"我这不是好好的吗?"

胡雨芝欲言又止,似是想说点儿什么,却又讲不出个所以然来。

不过,临出门前,她却突然似想起了什么一般,步伐一顿,眼睛"唰"地亮了。

又过了几分钟,再出现在任佳身前时,她手里便骤然多出了一只软趴趴的小刺猬夜灯。

看见那只小夜灯时,任佳手里的笔微不可见地顿了一下。

"是我疏忽了。"胡雨芝解释,"那天大扫除,我把床单和厚棉袄连着书包一起洗了,这东西不小心被几件旧被罩压在了柜子里,这些天收拾起来才留意到。"

任佳仍旧没抬头,只伸出手朝它随意弹了一下,却发现触控功能已经失灵了。

"不应该啊?"胡雨芝自言自语,"前些天找到的时候还能亮,难道是没电了?"

"没事儿。"任佳无所谓笑了笑,"不是什么很重要的东西。"话毕,便拿起衣物,头也不回地走向了浴室。

在水汽蒸腾的房间里,由着热水从头顶倾斜而下时,任佳还是没想明白,妈妈为什么会有那种忧心忡忡的眼神去看她。

分明过去几个月里,她心无旁骛地学习、争分夺秒地生活,已经很少恍神,更很少想起那个人了。

她一边想着，觉得水温有些热，伸手将控制水温的按钮随手旋转了一个角度，刹那间，滚烫的水淋到了手臂上，她被烫得一跳，"啪"一下关了水。

等到房间里的水汽都消散至尽，任佳看着自己胳膊上那一小片红，才后知后觉地意识到，自己好像走神了……

幸而……

任佳仔细想了想，幸而这样的次数一只手就数得过来，不过四次而已。

第一次，是站在晨光熹微的路灯下，她闭上书开始背一篇经典的阅读文章，背到一半，不远处一个拎着塑料袋的男生忽然拍了拍一个女生的肩膀，紧接着就从塑料袋里拿出了一瓶矿泉水，小心翼翼地递给了女生，女生接过水后，他什么也没说，笑了笑就跑走了。

那时，任佳卡壳了一下，低下头想了好久，才终于记起了后一句，继续往下背了下去。

第二次，是六月初，圆梦湖边开始有美术生对着风景写生，任佳拿着书从他们身旁匆匆路过，看见写生的那群学生里，所有人都在画风景，唯有最后排的一个男生凝望着前排女生的背影，一笔一笔勾出了她浓密的黑发。

那时，任佳低下头，发现自己的头发好像已经很长很长了，紧接着，步伐一顿，便忘了自己要去哪里。

第三次，则是六月末的某个晚上。

在书桌旁整理完错题集后，任佳抬起头，看见对面樟树下早已沉寂许久的小窗，心跳一沉，下一秒，便拿起剪刀冲进浴室，对着镜子，剪掉了那一头乌黑柔顺的长发。

剪完头发，她察觉到胡雨芝眼里浓浓的担忧，便转过头刻意朝妈妈夸张一笑，问，妈妈，我好看吗？

而胡雨芝看了她许久，伸出手摸了摸她的脑袋。

好看什么？她有气无力地回话，头发边缘都没剪齐，活脱脱一只小刺猬。

那时，任佳拿剪刀的手忽然就有些抖，对着发尾随意修了几下后，大步流星回了房。

而第四次，就是今天。

当胡雨芝拿起那只早已坏掉的小灯出现在她面前时，她内心的野草又仿佛在顷刻间拔地连天，几乎拿不稳写字的笔。

时间啊。

半晌，任佳深吸一口气，心想，时至今日，除了不惜一切代价去填满时间的空隙之外，她似乎仍然别无他法。

可她向来对自己狠得下心来，也因此，从来清楚，总有一天，她将会在不断向前的时间中，变成一个再也不会在生活的某个零碎片刻里，忽然间失掉神志的人。

第十章
暗流涌动

"身体里某个角落像被人生生剜去了一块似的，空落落的。" ♪

不知为何，前海市今年的暑假放得格外晚。

直到七月中旬，最后一科考试才终于开始，这是任佳第一次参加市内联考，试卷是由前海市各个学校的优秀老师集中编写，总体难度不高，但很灵活，题与题之间的难易分档也很明显。

考场上，还剩四十分钟时，任佳只剩最后一道压轴题了，这道题看上去很复杂，光是题干就有七八行。

又二十分钟过去，她在草稿纸上算出了一个简单的数字。

当把解题步骤一行一行地写上答题卡之后，任佳笃定自己把这十二分拿到手了。

很多时候，她都有种这样的体验，有许多题干条件无比繁复、看上去分外难啃的大题，最终指向的往往是一个"轻盈"的答案。

四两拨千斤，再难的题目，统统不过是课本上已有知识点的不同变形——姜悦曾告诉她，要学好英语是需要锻炼语感的，任佳想，学习理科同样如此。

做题也是有手感的。

当把课本上最原始的例题看过无数次，又把所有错题一道也不放过地记录在册、时时翻阅之后，任佳逐渐就形成了自己的手感。

很多时候，仿佛是循着冥冥之中的指引一般，她很快就能找出最简单的解法。

冯远曾问过她做题的速度怎么越来越快，她那时候说不上来，此时此刻却豁然开朗，不论是英语的语感，还是做题的手感，其背后的逻辑都是共通的。

烂熟于心而已。

而想要达到如此高的熟悉度，无疑是需要花费大量精力来一点一点去堆叠的，但幸而，比练习强度，任佳不会输给任何人。

求出最后一道的答案，任佳便开始翻来覆去地检查起了试卷。

彼时，考试时间只剩下了最后十分钟，考场里有不少人都已经提前交卷了。

但任佳始终没有抬头。

直到墙上的指针指向了最后一秒，"丁零丁零"的铃声乍然响起，她才终于停下了笔。

走出教室的那一秒，任佳的思维忽然就慢了下来，她有些艰难地意识到，高三要来了。

时间比她想象的还要快，回想起来，很多曾经觉得很遥远的，转瞬间就已近在咫尺。

"任佳！"

走廊上，何思凝抱着几乎半人高的习题本，火急火燎地和任佳打了个招呼，任佳立刻回过了神。

"要帮忙吗？"她马上问。

而何思凝像是没听到一般，"噔噔"跑下了楼。

"何思凝，看路！"

任佳连忙提醒了一句，却还是迟了。

下一秒，"砰"一声，何思凝与监考老师撞了个满怀，刹那间，二人手里的答题卡、试卷、还有一大摞习题资料，洋洋洒洒砸在了台阶上。

见状，任佳马上返身向下，与路过的几个学生一起捡起了台阶上散落的资料。

不知道是不是大脑高负荷运转了两小时的缘故，起身的那一瞬间，任佳感到了一阵强烈的眩晕，几乎要站立不稳。

她靠着扶手稳了一会儿后，才深吸一口气转过了身体，而她身后，一脸困窘的何思凝正一边捡着试卷，一边和监考老师连声说着对不起。

"没事。"监考老师接过了何思凝手里的答题卡，"好像还差几张，我得数数。"

何思凝连忙伸长了脖子朝前望去："有几张答题卡从栏杆里飞了下去！"

她一边说着，一边往下快速跨出几步，黄正奇正好拿着一小沓答题卡，有些紧张地走向了监考老师。

看见任佳的那一刹那，黄正奇步伐明显一顿，一下子攥紧了手里的答题卡，脸色有些怪异。

任佳早就习惯了他那从来都算不上礼貌的态度，并没放在心上。

"要我帮你搬一部分吗？"捡完后，任佳把散落的习题本递给了何思凝，又问，"考试都结束了，你怎么还搬着书往楼下跑？不回九班吗？"

"唉。"何思凝叹了口气，"假期作业太多了，我去了好几趟办公室都没搬完，一不小心还把普通班的作业抱回九班了！现在人家班上缺一科作业，我得赶紧帮人家送回去。"

说着说着，她又连连向监考老师道起了歉："实在不好意思啊老师，我刚刚太着急了，就没好好看路。"

"没事儿，你忙你的去吧。"监考老师已经接过了黄正奇手里的答题卡，"正好差七张，齐了。"

要去的班级在一楼，任佳和何思凝各自抱着一堆习题本朝目标班级而去，步履匆匆。

送完作业往回走时，二人的步伐才终于慢了下来，何思凝却忽然小跑着上前几步，兴奋地朝不远处挥了挥手。

任佳顺着她的视线望去，看清不远处的身影后，站定在了原地。

何思凝打招呼的人是童念念。

童念念还是和以前一样，随意扎了个有几分松散的丸子头，一如既往的活泼漂亮。

忽然间，任佳觉得自己胡乱剪出来的短发一定非常呆板可笑，强忍着才没有埋下脑袋。

童念念像是没认出短发的任佳一般,快步朝何思凝所在的方向走过来,然而,她刚朝前迈出几步,看清任佳后,脸上的笑意一下子就敛了下去,瞬间有些不知所措。

任佳瞥见童念念那样的神情,也即刻迈步而出,不发一言地走向了楼梯口。

"她回来了吗?"

童念念走后,任佳怔愣着开了口,像是在问何思凝,又像是在自言自语。

"才回来不久。"何思凝再次与她并排而行,"就算是艺考生,市内联考也要尽量参加的。"

"哦。"任佳闷闷应了一声,过了几秒,又没忍住回头望了一眼。

和以往相比,童念念的背影要低落许多,有气无力一般,仿佛连骨头都沉了下去。

"念念!"

任佳终于还是忍不住,跑向童念念。

童念念回过头来,惊讶地看着任佳,怔怔往后退了一步。

"我剪短头发了。"任佳摸了摸头发,不好意思一笑,"你接下来还去集训吗?"

"去的。"童念念轻声答话,"得等下学期再回来复习文化课。"

这话一出,任佳忽然就有些不知该说些什么,二人再次沉默了起来。

任佳瞥见童念念紧张地咬了咬嘴唇,欲转身走,她又像是忽然有了勇气一般,急急开了口。

"念念!那天我之所以和裴书意一起逃课……是因为想去老街找陈岩!裴书意正好住在老街,才想和我一起去的!"

"陈岩?"童念念不可置信地惊呼出声。

任佳苦笑一声:"对,陈岩。"

顷刻间,由"陈岩"二字带来的陌生感扑面而来,任佳已经不记得,自己有多久没有提起这个名字了。

于是一时间，气氛更加怪异了起来。

过了一会儿，任佳鼓起勇气看向了沉默不语的童念念，妄图从她的表情中看出点儿什么，眼前的女孩却不发一言，面色古怪地转过了身体。

"怎么无精打采的？"

回到教室，同样情绪不高的冯远看向了任佳，以为她也没在市内联考中发挥好。

任佳却像是没听见一般，机械地从包里拿出了一本书。

"不是吧？考完了还看书？"冯远简直莫名其妙，摇摇脑袋后，长叹一口气转了回去。

不知过了多久，直到徐原丽走进教室，任佳才终于抬起了头。

而徐原丽走进教室第一件事，就是在黑板上写下了两个大字：高三。

简简单单两个字，却仿佛有种无言的魔力，一时间，九班所有人都不约而同地盯起了黑板上那两个字，面容分外肃穆。

甚至，当徐原丽说完了放假通知，还有不少人仍然坐在座位上，安静凝望着黑板。

任佳就是其中之一。

不知看了多久，等到教室里已经没多少人了，她才起身离开了九班。

通往学校大门的林荫大道已经挂上了漫天红幅。

任佳走在密密麻麻的红幅下，看着那一条条高考喜报，意识到过去几个月自己埋首于书，竟然没有留意上一届高三学生的高考。

一想到此，任佳立刻加快了步伐，在红幅中一步一步向前踏去，最终，停留在了张贴高考排名的公告栏前。

前海一中的老校长写得一手好字，因而，他每年都习惯拿着毛笔，蘸着烫金色的墨水，把学生们的名字一个一个写在红纸之上。

任佳从头到尾看了一遍，心里的滋味难以言喻，短短一个月过去，那些与她同在广场高声诵读的学生，皆已奔向了各自的前程。

这是第一次，任佳如此强烈的意识到，原来，最朝气勃勃的夏天，其实是离别的季节。

看完高考排名，任佳就看向了另一个公告栏上的优秀校友一览——这也是才贴上去不久的，她之前从未留意到过。

放眼望去，照片上的人全都意气风发，但最吸引人视线的，无疑是一个女人，一个她曾在多媒体教室的屏幕上见过的，很美很美的女人。

光是从一张脂粉未施的照片前偶然路过，就让人惊鸿一瞥的美。

任佳于是开始仔细浏览起了她的介绍。

姓名：孟桢。

职业：明珠台新闻主持人。

出生年月：……

看到出生年月时，任佳的心脏都漏掉了一拍。

与其余人不同，孟桢的出生年月之后紧跟了一个破折号，而破折号的右边和左边一样，同样是一串清晰具体的日期数字。

也就是说，照片上的女人，她的人生已经宛如一条端点明晰的线段一般，被破折号一左一右的两个数字固定了下来……

任佳正盯着照片，神思远游，肩膀突然被人轻轻拍了一下。

"任佳。"

听见再熟悉不过的声音，她一下子有些不知该作何种反应。

"念念。"努力扬了扬嘴角后，任佳还是笑着转过了身体。

只是不承想，转身的那一刹那，她竟看见了双眼通红的童念念。

"你怎么了？"

任佳正要细问，童念念已经带着哭腔开了口："任佳，对不起，是我一直都很嫉妒你，所以才选择躲着你。"

嫉妒？

任佳从来没有想过，有一天，她会亲耳从童念念嘴里听到这两个字。

反应过来后，她有些着急地解释起来："你误会了，裴书意并不喜欢我！"

童念念却难堪地低下了头："和裴书意没有关系。任佳，你成绩比我好很多，人也比我勇敢很多，我常常觉得自己比不上你。"

任佳仍是不敢相信，眼前的女孩会说出这样的话。

但见童念念神色颓败，她的神情也渐渐也认真了起来。

"念念，没有什么好比的，大家都有彼此擅长的地方，非要说的话，你多才多艺，而我只会闷头读书，而且我根本没你想的那么勇敢。"

她一边说着，童念念的头却埋得更低了，声音也一并小了下去："其实那天，我也看见杨瑜被欺负了。"

于是，在眼前人带着哭腔、断断续续的叙述里，任佳了解到了事情的前因后果。

高一的某节体育课上，杨瑜送了童念念一封信，送信时被徐锋他们撞见了，他们因而嘲笑杨瑜，而童念念本着多一事不如少一事的心态，便没有帮他说话。

可她没想到的是，杨瑜那时被逼急了，居然和徐锋发生了冲突，也正是从那开始，徐锋等人就盯上了他。

分外相似的难堪回忆涌上心头，任佳呼吸不自觉急促了起来，而任佳耳畔，女孩的声音倏然变得有些激动，将她的思绪再次拉回到了现实里。

"可是任佳，你知道吗？杨瑜的那封信根本不是什么情书！"

任佳连忙将书包背在身前，从包里找起了纸巾。

把纸巾递给童念念时，童念念却没接，自顾自说了下去。

"我初中的成绩不算差，进了前海一中却一下成了吊车尾，第一次月考放榜的那一天，我在榜前看见自己的排名后，没忍住就掉了眼泪，杨瑜初中和我一个班的，当时看见了，才特意给我写了一封安慰信。"

闻言，任佳攥紧纸巾的手滞在了空中，一时间不知该往哪里放。

"那天我准备去五楼找裴书意，在你上楼之前，我正好从三楼杂物间路过。我知道徐锋那伙人特别嚣张，也知道杨瑜一直被他们欺负，可是我没有像你一样停下来，甚至，听见徐锋那群人拦住你时，我都没有下去帮你……"

"那天从杂物间路过的人还有很多。"任佳忙道，"又不是只有你一个人，你别放在心上……"

然而，她话音刚落，童念念却像是再也忍不住一般，眼泪一下子涌了下来。

"可是徐锋作弊也是我告发的！"

任佳当即被这句话定在了原地。

过了许久，她的手才缓缓垂了下去，而那张洁白平整的纸巾，已经变成了她手里皱皱巴巴的一团。

童念念已经不敢与任佳继续对视，满脸是泪地说了下去。

"周考结束后我去小卖部，正好经过致远楼一楼，看见了徐锋在作弊……

"那时候，我忽然想起那天在杂物间时，你拿李主任来吓唬他们……他们是怵李主任的，所以后来，我就悄悄把这件事举报给了李主任。

"那天在天台上，我看见杨瑜说欠你一句对不起，鼓起勇气跑去问了他后才知道，徐锋因为作弊被举报的事，居然把你骗进了巷子里……

"可是，杨瑜至少还有道歉的勇气，我却一直瞒着你。"

沉默，开始在二人间无休无止地蔓延。

任佳静默了数秒，才终于开口："所以你是因为内疚，才主动找我做朋友？"

童念念下意识想摇头否定，然而，一瞥见任佳早已冷静了下来的表情，眼皮又落寞地垂了下去。

此时此刻，学校的道路上已经鲜有行人了。

空旷的道路上，任佳微微昂着头，出神凝望着头顶的红幅，像是陷入了一场长久的回忆里。

她想起了几个月前，童念念神秘兮兮地出现在九班后门时的模样——那时，童念念居然说，如果不是主动请客，她身边就不会有朋友……

现在回想起来，怎么可能？她可是童念念，长相漂亮，性格大方，不论出现在哪儿都是众人眼里的焦点。

这样的人，怎么可能缺少朋友？

而她却傻傻地相信了，还自以为是地把自己当成了念念在这所学校里最好的朋友。

任佳不知朝着那红幅看了多久，收回视线时，眼前的女孩仍然紧张兮兮地望着她，一脸无助。

半晌，任佳终于揉了揉眉心，声音飘忽道："那李主任把我叫去办公室问话的那天，你以集训请假的名义想帮我解围，也是因为内疚吗？"

"不是！"童念念拼命摇了摇头，"我只是不想你挨李主任的训……"

闻言，任佳却轻声打断了她，吸了吸鼻子道："就算是内疚也没什么关系。"

童念念猛然噤声，不敢相信地睁大了眼睛，而任佳已经从包里拿出了一支笔，从容写下了一串数字。

"虽然我有点难过，但归根结底，这些事情本质是徐锋那伙人自己太烂，和其他人没有关系。"说着，任佳将手里的纸片递给了童念念，"我也有手机了，虽然平常不常用，但可以先把号码给你。"

童念念愣住，任佳直接把纸片塞进了她手里。

"我也很羡慕你。"递完号码，任佳继续，"我羡慕你家世好、性格好、人漂亮，轻轻松松就能让人喜欢，到后来，甚至到了嫉妒的地步，但这些我一直都憋在心里。"

说着，任佳璨然一笑："现在，我们扯平了。"

于是，在公告栏前浏览优秀校友名单的女孩变成了两个。

她们并排站在一起，像树梢上两只小麻雀一样，脑袋从左往右扫了过去。

"你刚刚为什么一直在看孟老师呀？"童念念擦干净眼泪，声音又恢复了往常的清亮雀跃。

"她好漂亮。"任佳情不自禁，"这样一张脸，实在太容易让人看走神了。"

"那当然！"童念念好心情道，"孟老师可是公认的大美人！"

闻言，任佳"扑哧"一笑，发现此刻的童念念无比嘚瑟，仿佛因为上了几节孟桢的录播课，尾巴就要翘到天上去了。

"不过……"童念念旋即又敛去了笑意，难过道，"天妒英才，孟老师离开得很早。"

任佳有些难过，问："你知道孟老师是怎么去世的吗？"

童念念点了点头："依稀听说过，火灾。"

和童念念一起走出校门后，任佳看见墙边倚立了一个似曾相识的身影。

一开始，任佳并没有记起他是谁，但与那人擦肩而过时，任佳瞥见一双略微下垂的狭长眼角，瞬间就了然于心——他是陈岩的朋友，纪行迟。

纪行迟像是刻意在等着任佳一般，一见到她就站直了身体，甚至，任佳从他身旁走过时，他还自然而然地叫出了她的名字。

任佳迟疑着停下了步伐。

"任佳，这些天见过陈岩吗？"纪行迟开门见山。

任佳缓缓拧起了眉，不发一言地看着他。

"陈岩这几个月不是忙着申请国外的大学吗？"童念念一边咕哝，一边好奇地打量起了眼前的人。

闻言，纪行迟却答非所问，转头看向了童念念："怎么哭过？"

他一副天经地义要问出个所以然来的样子，童念念霎时尴尬了起来，只觉这人自来熟的程度简直和她有得一拼，低头避开了他的视线。

"我想起来了！"没过多久，童念念又腾地昂起了头，"你是周六那天请我们吃烤肉的人！"

任佳则完全不似童念念那样激动，甚至，在纪行迟面前，她一改往日的温和，整个人蓦然散发出了一阵生人勿近的气场："我不知道陈岩在哪儿，他不是喜欢刺激，喜欢满世界找乐子吗？"

突然沉默下来的空气里，任佳面无表情地与纪行迟对视着，气氛竟倏然间焦灼了几分。

"怎么了？"童念念于是扯了扯任佳的衣袖，一脸迷茫。

纪行迟却"扑哧"一下笑出了声。

"太可惜了。"他懒洋洋道，"几个月没见那小子了，特意等着他放假过来找他，本来还想宰他一顿的。"

"还真是啊……"纪行迟走后，童念念忍不住嘀咕，"好像很久没听人提起过陈岩了？"

一句话说完，她又猛然想起任佳今天上午才和她说过的话，任佳说，她那天去老街，其实是为了去找陈岩！

所以，任佳原来对陈岩……

童念念顿时收声，不放心地朝任佳瞥了几眼，发现她面色平静，根本没什么特别的反应，悬起的心才终于放了下去。

最炎热的酷暑时节尚未来临，南巷的樟树上就已有了夏蝉。

任佳坐在书桌旁安静地做题，笔尖划过纸张"沙沙"作响，暑期生活和在学校之时没什么两样。

不过，暑假一到，她的手机倒是一天天热闹了起来。

任佳给了童念念号码后，童念念时不时就会找任佳聊上几句，聊着聊着，还把她的联系方式给了二人的共同好友何思凝。

何思凝的动作则更加迅速，一加上任佳为好友，她就直接把任佳拉进了九班班群，率先对她表示欢迎。

何思凝一打头阵，班里就有一堆人连连跟起了队形。任佳却怔了神，她发现，群里有个人的昵称很好记，简简单单一个字"岩"。

午夜时分，空白的试卷已被密密麻麻的字迹所填满，直到这时，任佳才终于昂起头来，有些艰难地摸到了白日里被她扔得远远的手机——这一天里，九班班群很热闹，大伙儿约打球的约打球，约自习的约自习，而陈岩的号只安静地躺在群成员列表之中，自始至终都不曾出现。

不知过了多久，秒针嘀嗒，任佳乍然回神，竟一下惊坐起身，紧接着，便如同划定任务一般，强令自己放下了笔去洗漱。

夏风愈盛，高树之上，蝉鸣声一天更比一天密集，一天天过去，任佳的生活已被她严格划分成了一个又一个的待办任务，而那个欢声笑语的群，她已有许久不曾点开。

好在，生活虽平淡，但偶尔还是会有惊喜。

这天一大早，胡雨芝尚未离开家时，任佳竟接到了姜悦的电话。

在与前海一中有关的所有人中，任佳无疑最挂念姜悦，因而听到姜悦的声音，才惊喜得不成样子，她甚至惊喜到忘了问，姜老师为什么会有她的号码。

姜悦提前告诉了任佳一个消息，听清那个消息后，任佳立刻冲进了厨房，跳着抱住了胡雨芝："妈妈！我进步了十一名！下学期我可以留在九班了！"

说完，任佳又意识到自己实在是太过激动，连忙和姜悦不好意思地道起了谢,而电话那头,姜悦也在跟着她笑,丝毫不吝啬赞扬。

不过,这一通电话中,姜悦还提起了下学期的带班变动,于是,宛若坐过山车一般,任佳的雀跃之心即刻偃旗息鼓,整个人无精打采地趴在了桌子上。

任佳的情绪变化得太过迅速,胡雨芝推门而入后,就瞧见她那蔫透了的模样,实在没忍住唠叨:"佳佳,怎么又不开心了?过去的半个暑假里,妈妈就没怎么见你笑过……"

闻言,任佳立刻对胡雨芝笑了笑,强打着精神轻声解释:"姜老师下学期就要去十七班了,虽然我一早就听说过了,但还是有些舍不得……"

她说得难过极了,胡雨芝却没放在心上:"这有啥好担心的?能去你们九班上课的老师都是一顶一的好老师,新老师的上课水平不一定比你那姜老师差的!"

这话一出,任佳的眼神便又再度暗去了几分。

不管胡雨芝再问什么,她都执拗地不肯应声了。见状,胡雨芝很想发作,又瞥见任佳一脸萎靡,终究还是被磨得没了脾气,长叹一口气出了门。

姜悦的学生缘向来很好,没过几天,她即将转去十七班当班主任的消息不胫而走,班群里再度刷起了屏。

任佳很久没有留意群消息了,也是在偶然瞥见"姜悦"两个字后,才仔细浏览了起来。

有不少学生在群里多愁善感地发出了依依不舍的感慨,其中更有几个爱热闹的,还撺掇起了大伙儿一起去看她。

屏幕上的消息划得很快,任佳亦看得非常认真,当旁胜问起有哪些人想一起同行时,任佳犹豫片刻,终于在班群里主动露了面。

晨光熹微,翌日一早,巷子口就有小贩叫卖起了热腾腾的早餐。

因为要去看望姜悦,任佳在这一日起得比平时还早,和胡雨芝打了声招呼就出了门。

快到达事先说好的地方时,任佳隔着老远就看见了那一帮嘻嘻笑笑的少男少女,她发现,九班众人皆在今日里换上了常服,与一月前穿着单调校服的模样相比,仿佛换了个人。

深吸一口气后，任佳有些踌躇地朝大部队走着，又察觉到大伙儿遥遥看向她的眼神也与昔日有些不同，视线里明显交杂着几丝惊诧。

直到走近了，她才终于得以听清楚，他们原来是在谈论上学期末的市内联考。

"任佳，听说你这次考得不错呀！"

何思凝不知从哪儿蹿了出来，她一来，任佳心情便陡然放松了不少，加快步伐走进了队伍里。

裴书意并未出现，众人在旁胜和何思凝的带领下买了几篮水果，热热闹闹地敲响了姜悦家的门。

开门时，姜悦似是没想到这群小鬼会起这么早，整个人一副哈欠连天的模样，脑袋上还顶起了几根翘起的头发丝。

把浩浩荡荡的一队人马请进家后，姜悦大咧咧洗净了学生们买来的苹果，表示自己绝不收受"贿赂"，勒令学生们不吃完不许走。

大伙儿倒也不和她客气，在客厅里各自找好了地方坐下，就"吭哧吭哧"啃起了手里的苹果。

见状，姜悦颇有些无奈："我只是换个班带而已，又不是要远走高飞，你们整这么大阵仗，到底是想来看我，还是只是想找个由头一起出来玩？"

她话一出口，学生们明显一脸被识破的表情，却极其夸张地提高了声音，争先恐后地表起了忠心。

这阵势让姜悦哭笑不得，在学生堆里环视一圈后，她自然而然地问起了陈岩的近况。

大道朝天，陈岩要走的是另一条路，不只是任佳，在场的所有人都默认了这一事实，于是，一说起他，屋子里即刻响起了几声或高或低的感慨，纷纷羡慕起了陈岩不用高考，离开了这座载着千军万马的独木桥……

任佳始终安静地坐在一旁，没有参与到这个话题里去。

许是高三即将来临，又过了一会儿，不知是谁先起了个头，屋子里的人便又不约而同地聊起了高考志愿，彼时，任佳正发着呆，人群中忽然有人看向了她，也好奇地问起了她的理想院校。

任佳的目标从来没有变过，只是，尽管她在市内联考里进步不小，那目标依然有些遥不可及。

任佳于是清了清嗓子，正想随便说个学校搪塞过去，然而一抬眼，瞥见姜老师眼含期待地望着她，鬼使神差地，竟就吐露出了心底的真实想法。霎时，数十道视线齐刷刷向她扫来，紧接着，客厅陷入到了长久的寂静之中。

这突如其来的诡异静谧让任佳几乎无地自容，她亦有些恍惚地回想起来，三个月前，陈岩背对着她站在夜色之下时，也曾问过她相同的问题。

——"你写在便利贴上的那个学校，能考上吗？"

怔神之际，姜悦似乎说了几句鼓励的话，没过一会儿，屋子里便再度被欢声笑语所填满，而任佳却仍然安静低着头，一时之间，已经有些分不太清楚，回忆与现实，究竟哪个更令她感到难捱。

离开姜悦家之后，任佳客客气气地拒绝了和众人一起去市中心逛逛的邀请，打算径直回家。可就在她转身的刹那，那个许久未见的人，竟倏然出现在了她视线之中。

不远处的路口拐角处，陈岩倚墙而立，任佳则蓦然停下了继续往前的步伐，眼底一映出少年人的挺拔背影，面上的情绪便如同宣纸上洇开的笔墨似的，缓缓淡了下去。

与此同时，更多的人发现了陈岩的存在，隔着老远就叫出了他的名字。

"陈岩！你怎么在这儿啊？"

九班众人一拥而上，任佳则逆着人群，不动声色地往后退了几步。

刹那间，陈岩应声回头，于是，于喧嚣之中，任佳对上了那双比记忆里疲惫许多的黑色眼睛。

"岩哥，你什么时候走啊？"

"早就想说了，走之前大伙儿一起再聚聚呗！！"

众人问得热情，陈岩面上竟难得闪过了几丝慌张，紧接着，他骤然转身，垂下的手却像是脱去了力气一般，在空中虚晃了几下，渐握成拳。

见状，有人不解地嘀咕了起来："怎么刚来就要走啊？正好路过吗？"

而还不等陈岩回答，任佳就已强令自己背过了身体，朝着与人群截然相反的方向，加快步伐朝前而去了。

任佳身后，众人的笑声与同陈岩拜别的声音相混杂，很快就变得越发渺远，任佳走得越来越快、越来越快，在众人七嘴八舌的声音彻底消失之际，脚步陡然一停，像是神思亦随之彻底飘远了似的，忘记了原本前行的方向。

她一停，说笑的人群便渐渐越来越近，她听见有人谈论，说陈岩来这一趟，应当是要找姜悦帮忙检查出国所需的英文材料。

闻言，任佳静默一瞬，继而，沉默垂下头去，再次加快了步伐。

回到家，任佳面无表情地拿出了口袋里一直响动的手机，发现班群里一整个早上都很热闹——自陈岩一大早不打招呼地出现在了姜悦楼下后，问起他近况的人就多了起来，但和往常一样，他自始至终都没出现过。

任佳最后瞥了眼手机屏幕，就将其锁在了书桌抽屉里，旋即，又在便利贴上"唰唰"写下了几行待办任务，拿出了厚厚一沓试卷。

再抬起头时，桌上已经多出了一碗冰绿豆粥。

盛夏时节，胡雨芝大半个暑假的闲暇时间都在忙着做各种消暑冰饮，一有空就会给任佳端去一碗，看来，在任佳埋头演算之际，她已经悄无声息地来过一回了。

一碗冰粥入胃，任佳从屋外携来的暑气终于冲淡了几分，恍惚的心绪也跟着清明了些许，重新看向了桌上的试卷。

屋外的大门则被"砰"一下关了个严实，胡雨芝去上晚班了。

自骨折一恢复，她照旧是打了两份工——经超市老板许可，那辆改装后用来吆喝着卖饼的摩托三轮大部分时间都被放置在了仓库里，每次白班一结束，胡雨芝就会赶往前海市的各大小吃街。

任佳早已习惯了胡雨芝的晚归，傍晚来临之际，她去厨房随便热了点儿饭，解决完晚饭，再重新坐至书桌前后，鬼使神差地，往外多看了一眼。

这一眼，让任佳一瞬间绷紧了身体。

不远处，一个许久未见的憔悴身影出现在了任佳视线里，是陈元忠。

即使只见过寥寥数面，任佳仍然对这张脸印象深刻，她记得他拿着烟头去烫小狗时的狰狞表情，记得他在医院面对陈岩时的歇斯底里，更记得他越发不合身的黑西装——那身西装无论何时看去都轻飘飘的,仿佛内里只是一具行将就木的腐朽躯壳……

他怎么会在这里?

任佳腾地起身,迅速拉上玻璃锁死了窗户,而陈元忠只遥遥看着她,并未继续往前。

看向任佳时,他面上现出了几抹近乎古怪的奇异兴奋,神情危险得像是一个孤注一掷的赌徒,就连眼里都泛出了幽幽的光。

半晌,陈元忠再度向任佳走近了几步,而就是这个时候,他的手机陡然响起。一接起手机,陈元忠立刻向四周环视了一圈,紧接着,他身体俯身往前,两手亦捧着听筒用力往后,将其紧紧贴在了瘦骨嶙峋的脸颊上。

接起电话后,像是听见了什么令人不可置信的天大好消息一般,陈元忠痴痴一笑,就连嘴角都上下翕动了起来。

一通电话打完,他头也不回地走出了巷子。

陈元忠来得快也去得快,任佳因而感到极不真实,心里难免生出了几分不安,幸而,接下来的半个月里,任佳再没在南巷见过他。

放眼望去,南巷的红墙青瓦一如既往,小贩的叫卖声亦时不时荡起了悠长的回音。

随着时间流逝,任佳也淡忘了那幅近乎诡异的画面,心无旁骛地投身进了书海之中。

距离开学还有一周时,任佳正忙着订正试卷,胡雨芝忽然推开了门,手里还拿着那只小小的刺猬夜灯。

任佳只扫了她一眼就低下了头:"怎么又翻出来了?"

"重新上了电池也不管用,应该是被压坏了。"胡雨芝咕哝完才看向任佳,"我一会儿大扫除,该洗的洗,该扔的扔,来和你说一声。"

"没事。"任佳握笔的手一刻也不停,淡淡道,"本来就早该扔了。"

胡雨芝于是又退回到客厅,乒乒乓乓地忙了起来。

她的动作很利索,不一会儿,任佳拉开窗帘,就看见被清出屋子的废旧杂

267

物已经堆满了一个整纸箱,而那只已经瘪了下去的刺猬夜灯,此刻正老实巴巴地躺在各类杂物的最上方,看上去竟有些委屈似的。

不远处的垃圾桶已经堆不下了,胡雨芝干脆把纸箱大咧咧放在了垃圾桶一旁,随着"砰"一声,那个皱巴巴的纸箱一落地,任佳只觉心头有数点雨丝倏然淌过,沾上了几丝不属于夏季的凉。

傍晚,樟树叶在夏风里窸窣作响,又订正完一张试卷后,任佳才终于抬起了头,她的视线也像不受控制一般,缓慢向前,最终,还是落定在了某个方寸之地。

清洁车只每日清晨来上一次,不远处,废纸箱仍在,而那只小小的刺猬夜灯却不知何时就没了踪迹,任佳茫然起身,意识到自己反应过大后,又更加茫然地坐了回去,只觉身体里某个角落像被人生生剜去了一块似的,空落落的。

半晌,她正打算强逼自己收回心绪,抽屉里的手机却忽然响了几声。

任佳心下奇怪,动作迟缓地拉开抽屉,然而只一眼,就看见了屏幕上那个再熟悉不过的字"岩"。

那一秒,她好像听到了风的呼啸。

屏幕上没有多余的内容,陈岩只是安安静静地躺在了她的好友申请列表里,像是笃定她早已经意识到了他的存在一般,没有多解释一个字。

凭什么?

任佳脑中几乎是第一时间就涌出了这三个字,紧接着,她生生挨着心头似有成百上千只蚂蚁细密啮过的异样酸涩,看也不看就把那个号放进了黑名单里。

手指划过屏幕的刹那,任佳猛地吸进一口长气,只觉这个再轻易不过的举动竟然快要耗费掉她全身的力气,疲惫不堪。

凭什么?

她还是该死的好在乎,她不明白,陈岩凭什么能够那么无动于衷,凭什么永远可以想来就来想走就走?

一想到此,任佳再次将手机锁进了抽屉里。

但连窗外的夜月光都在和她作对……

任佳轻抬眼皮后，只一秒，她就看见了红檐下那方被月亮照亮的角落，更看见了安静伫立在窄檐下的颀长少年。

"任佳。"

走近后，陈岩的声音很轻。

而任佳没有开窗，她只是隔着那层被胡雨芝擦得纤尘不染的玻璃，有些迷茫地望向了又已有半月不曾相见的人。

在她眼前，陈岩缓缓抬起了手，像是过去一样，轻轻在窗户上叩了叩，只是这一次，他动作里透出了几丝藏不住的颓败，仿佛整个身体都被碾过一遭似的，僵直得像是另一个人。

任佳还是不肯开窗户，陈岩用近乎破碎的语气开了口："任佳，对不起。"

这句话他是用气声说出口的，一落地更是即刻荡进了幽幽的风里，然而尽管微不可闻，一传至任佳耳畔，还是与夏夜的穿堂风融在了一起，只一瞬间，就化成了更加壮阔的声响。

刹那间，任佳有些忍无可忍。

"陈岩。""轰"一声，任佳一把推开了窗户，"又来可怜我吗？"

说完，任佳微一垂眸，就看见陈岩垂下的右手握得很紧很紧，而手中，是那只被扔在了垃圾桶旁的刺猬夜灯。

霎时，任佳鼻头一酸，刚脱口而出一个"你"字，却又一眼瞥见了他手背上一道还流着血的细长伤口。

往日的种种瞬间闯入了她的脑海，任佳用力闭了闭眼，心想，她早该知道才对，危险，刺激，格外愤怒的人，永远逼仄的街，还有……还有无论何时看去都密密麻麻的伤口，这才是与陈岩有关的一切。

由于隐隐察觉到了这些，所以从一开始，她的喜欢就携满惊惶。

而任佳一噤声，陈岩的眼睛竟就于一瞬间红了个彻底，哑声道："你还要不要我？"

你还要不要我？

这话一出，任佳再也无法与他直视，干脆利落关上窗户后，迅速转过了身体。

又过了许久，任佳背着他，艰难提高了说话的音量：

"陈岩，像我这样的人，如果有一道题错过一次，那我就一定不会让它错第二次。我知道生活不是做题，但大部分时候，我还是希望在精力有限的情况下，与我有关的事情能像做题一样简单。另外，我现在已经升高三了，不想把所有的时间都花在'等'和'找'这两件事上，更不需要任何人出于任何原因，把我当成格外需要照顾的可怜虫。"

话毕，任佳"唰"一下拉紧了眼前的窗帘，眼泪夺眶而出。

时至今日，尽管已过了数月之久，她只要一想到陈岩那日里轻飘飘脱口而出的"可怜你"三个字，还是会觉得心脏像被猛然攥紧了一般，疼得连呼吸都好艰难。

可原本，她不是一个爱哭的人。

初至九班，一群人因为她蹩脚的英语口音笑得上气不接下气时，她只是略微有些鼻酸；考试后，作弊传闻闹得沸沸扬扬，袁安和黄正奇用那种心照不宣的玩味眼神看向她时，她同样忍住了落泪的冲动；而在巷子里，徐锋嘲笑她来自穷乡僻壤，和一群人将她校服里的零钱撒得漫天飞扬时，她还是死憋着没在那群人眼前掉下眼泪。

——"陈岩，你为什么对我这么好？"

——"因为可怜你。"

可如果击中要害的那个人是陈岩……

刹那间，任佳眼泪越发汹涌，紧接着，她迅速擦掉眼泪，拿起书桌上剩下的几张试卷，头也不回地离开了卧室。

恰逢白班，胡雨芝一大早就端着碗豆花走进了任佳房间，彼时，任佳尚未开窗，揉了揉睡眼惺忪的眼睛后，小心接过满满当当的冰豆花，小口小口喝了起来。

"昨天没有按时睡觉吗？"胡雨芝嘀咕，"眼睛怎么肿成这样了？"

"没睡好。"任佳含糊带过。

"别一天到晚埋在书桌前，对眼睛不好。"胡雨芝立刻叮嘱了起来，"偶尔也要出去走走！"话毕，她一拍脑门，"对了！咱桌子上还有几碗豆花，纯手工制作的！喝完记得也给隔壁向奶奶家送点儿过去！"

向奶奶？

向奶奶又重新搬回南巷了吗？

闻言，任佳吃了一惊，走至书桌前"唰"一下拉开窗帘后，难以置信地拧起了眉头——此时此刻，对面大门之上那把锈迹斑斑的铁锁，竟已如一场梦一般，不复存在了！

时隔多月，再一次站在向奶奶屋前时，任佳心乱如麻，已连眼神都有些飘忽，皆因短短两天，陈岩和向奶奶接连出现，她不知道发生了什么。

不对，还有陈元忠……

任佳陡然记起，半个月前，陈元忠也在南巷里出现过一次。

看清来人是任佳后，向奶奶已经停下了手里的动作，神情却格外恍惚，眼底早不似往日那般布满笑意。

此时此刻，老人家背后的屋子还没收拾好，任佳想，二老应当是刚回南巷不久。

不过，沙发前的那张桌子倒是被腾出了地方，任佳一眼就看见了桌子上的黑白照片，照片边缘还有个黑框，被摆放得规规矩矩的，与周围的凌乱格格不入。

一开始，任佳没有意识到那是什么，便也并未仔细去看，因此，等到她捧着瓷碗小心朝前一步，看清画面的内容时，"当啷"一声，身体蓦然一僵，手里的瓷碗一下就落了地。

刹那间，瓷片碎裂声轰然作响，地上一瞬间洒满了汤汤水水。

任佳回过神来，连忙蹲身向下开始收拾，垂下的手已经小幅度发起了抖。

遗像……

她看见了陈元忠的遗像……

于是，任佳几乎是想都不想就问起了陈岩。

而这话一出，屋内霎时被一片突兀的寂静所笼罩，等到她怔怔抬起头来时，向奶奶的神色皆已愤怒而哀戚，无比苍凉。

紧接着，闻声而来的陈爷爷冷冷脸抬起了头："我们家养不出这样的人。"

一句话，宛如平地炸起的惊雷，直到回到房间，陈爷爷那句近乎漠然的陈述依旧回荡在了任佳耳畔。

不知过了许久,她手里的笔缓慢动了起来,然而"刺啦"一声,桌上的草稿纸立刻被划出了一道锋利的凸痕,任佳于是投降般放下了手里的笔。

这时手机突然响了起来,来电显示是一串完全陌生的号码,任佳迅速按下了接听键。

只是,接起电话,耳畔的声音却完全脱离了她的想象——打来电话的人竟然是纪行迟,也是陈岩校外的那些朋友中,她唯一一个叫得出名字的人。

任佳开门见山,问起了纪行迟为什么会知道她的号码,纪行迟却并未回答这个问题,他语气也不似往常那般恣意无谓,认真请求任佳和他见上一面。

烈日高悬,白日里的老街分外沉静,任佳从来没有想过,原来,她一开始就找对了地方。

"来了啊?"

纪行迟朝任佳走近几步,抬手指了指三楼某个窗帘紧闭的房间,任佳顺着他的视线向上看去,发现窗台上的水仙和兰草皆已枯了个彻底,一片萧瑟。

上了三楼,纪行迟随手摸出了一把钥匙,带着任佳一走进画室,任佳就看见了画架上那幅落款日期停留在了数个月前的钢笔画。

傍晚时分,月光透过细碎的樟树叶,层层密密地洒在了一扇窄窗边,窗后的女孩认真翻动着手里的书页,一派宁静。

而仔细看,画上还不止她一个人,就在那扇窗檐的右侧,一个女人一手拎着热气腾腾的宵夜,另一手推开了门。

那门才被她堪堪打开一道缝,缝隙里透出了一片微黄的暖光。

除了日期外,画的右下角只有两行简单的字,而每一行,竟然也都只有一个字,第一行已经被划去了数笔,然而由于力透纸背,任佳很快就辨认了出来,那是她写过无数次的一个字:佳。

第二行则没有被划去,构成了这幅画最终的标题,只是轻飘飘的,像是不敢落笔一般,就连笔画也是断断续续的。

任佳看了几秒才辨认出来,家。

一看清标题,任佳就迅速移开了视线,静默半晌后,她直截了当道:"你找我什么事?"

说话时,她表现得无比平静,纪行迟因而自然看不见,任佳背在身后的右手虚虚攥紧了一方空气,指甲已隐约泛了白。

纪行迟却倏地笑了起来:"我发现你和陈岩挺像的,对自己都够狠。"

闻言,任佳一挑眉,纪行迟立刻就敛去了笑:"说正事,找你帮个忙。"

任佳压根不问是什么忙,只看着他道:"为什么帮你?"

纪行迟想了想:"就当报答我那天请你们吃了一顿美味的烤肉?"

他话音刚落,任佳转身就要往外走,纪行迟只得万分无奈地站了起来:"任佳,拉他一把行吗?"

任佳身体一僵,见状,纪行迟立即找准时机加快了语速:"我知道我现在挺招人烦的,搁平常,我也不是这样的性格,毕竟我知道,我只是和那小子有点交情,和你实在算不上有多熟……"

任佳过了会儿才开口,声音喑哑:"为什么是我?"

纪行迟于是指了指桌上的手机:"喏,陈岩的,人不知去了哪儿了,手机也没带,刚刚那通电话我就是用这手机打给你的,他没设什么密码,通讯录里也就你一个人。"

话毕,纪行迟似是为了证明自己没有撒谎一般,当着任佳的面大大咧咧点开了陈岩的通讯录,而通讯录里也果然只有一个人,备注只有简简单单的一个字"她"。

任佳朝着那个字盯了许久,旋即,视线艰难飘向了别处:"既然你们是朋友,你为什么不直接去找他?他有可能在市中心的那家酒吧。"

纪行迟自然清楚任佳想搞明白什么,却答非所问道:"你知道陈岩锁骨上有一道十几厘米的缝线疤吗?"

任佳呼吸一滞,她当然记得,上个学期,徐锋那伙人在巷子里堵住她时,就是看见了陈岩脖子上的疤,才像想起了什么骇人听闻的事情一般,气焰一瞬间灭了下去。

"那是我欠他的。"纪行迟额上青筋一跳,声音一下低沉了下去,"那天我妈走丢了,不知道蹿到哪条巷子里,就遇见了几个喝醉酒的男人,对了,你应该不知道,我爸失踪后,我妈脑子就出了点儿问题,人已经疯了很多年了。"

纪行迟说得轻巧，任佳心脏却蓦然一沉，不光是为这毫不避讳般说出口的家事介绍，更是因为她记得，纪行迟的烤肉店正是开在老街，而就在停电的那一夜，她和裴书意深一脚浅一脚走在这附近时，就有一个女人曾扯着嗓子朝他们咯咯笑，分外狎昵地问他们是不是要去找乐子。

她清楚地记得裴书意那时的反应。

——"走，一个疯子。"

而裴书意口里的那个疯女人，正和纪行迟一模一样，有着一双眼角略微下垂的单眼皮眼睛……

纪行迟仍在继续："这事儿是被陈岩撞上了，所以才没出什么大事，但是老街这地儿鱼龙混杂的，他遇上的那几个人自然都不是什么善茬，其中有一个最狠的，拿着碎了的半截酒瓶生生在陈岩脖子下拉了一道，幸好那小子死咬着牙避开了颈动脉，才没出大事。"

纪行迟说得不疾不徐，任佳低着头，只觉自己再次听到了风的呼啸。

"那天如果不是有人报了警，而警察很快就赶到了，很可能真的会弄出人命来。"说着，纪行迟抬眼看向任佳，终于切入了正题，"而我之所以来找你，不只是因为你眼前的这幅画，还是因为上学期你转来前海一中后，他就很少和不务正业的那群人在一起了。"

说完，见任佳默然不语，纪行迟默了默："你不知道吧，这个地方是他妈留给他的。"

任佳缓缓抬眸，安静等着他说下去。

纪行迟却只苦笑着摇了摇头："其实我也没那么清楚，他从来不和别人提起她的，要不是陈元忠来这儿发疯时我偶然路过，我也不会知道这地方的由来。"

任佳于是问起了陈元忠，但她没有想到，原来，就连纪行迟都不知道，陈元忠已经不在人世了。

天色愈暗，陈岩自昨晚离开后就没再出现过，出门后更是连手机都扔在了画室里，任佳跟着纪行迟，在老街不发一言地走了许久，然而直到傍晚都一无所获。

最终，纪行迟见时间不早了，到底还是选择了放弃，转头对任佳道了谢。

　　任佳没有多客套什么，也没有提起陈岩那晚去南巷找过她，独自一人离开越发热闹的老街后，猛然吸进了一口新鲜空气，踏进了幽暗的夜色里。

　　"咔哒"一声，蓝色火焰倏然蹿起，陈岩想起任佳漠然表情的刹那，长指短促一痉挛，火焰瞬间消失。

　　九班教室里暗得昏昏沉沉，厚重的窗帘早已被拉得密不透风，和入夜的老街一般，似已不分昼夜。

　　这是她的座位，陈岩原对这儿再熟悉不过，此刻却莫名有些无所适从。

　　靠在椅背上静坐片刻后，他起身，走入杂物间找出了一个皱皱巴巴的装书纸箱，继而走至窗前，借着从窗外透出的几缕夜月光，认真端详起了纸箱上那个一笔一画的"岩"字。

　　女孩字写得极其认真，一如她做起事来的态度，一丝不苟。

　　在南巷失了睡眠的那些日子里，陈岩对此早有所觉——樟树后那扇透着淡淡微光的小窗从来都是在十二点刚到时就暗了下去，没有一分一秒的偏差。

　　而那些时日，他也是一如此刻一般，整个人安静陷在黑暗里，眼里只看得见那一点儿浅淡的光亮。

　　纸箱里东西不少。

　　一支笔盖被踩裂了的笔，早已用不了了，但他一直留着；一沓英语试卷，字迹早已写得密密麻麻，但他最终还是没去交给她；一本薄薄的作业本，除了第一面的那一百个单词，便再没了其余的使用痕迹。

　　不对，是一百零一个单词。

　　想到什么后，陈岩用力揉了揉眉心，半晌，才终于翻过了另一面。

　　那里还有被他划得面目全非的第一百零一个单词，令人着迷的，charming。

　　——"我没有作弊。"

　　在任佳于黑板上一笔一画地写下了额外的第一百零一个单词、轻而决绝地诉说着自己的清白之时，陈岩竟也和她一样，落笔就写下了那一刻的心绪。

　　charming——

　　他想，他早已为她着迷多时。

只是，一写完，他就更加快速地多划了几笔，交到她手里时，纸上只剩下了隐隐约约的一团漆黑。

书已被全都拿了出来，于是，被压在最底层的干燥糖纸终于得以重见天日。

这一次，陈岩没再细看，相反，伸出手从中抽屉里拿起一颗青柠糖后，竟像是再也无法忍受一般，迅速走出了教室。

——"陈岩，你自己都不记得，你招过我。"

糖被剥开的一刹那，记忆里带着哭腔的陈述轰然作响，陈岩仿佛被一双无形的大手摁住了，动弹不得。

为什么要哭呢？

分明在独自一人面对徐锋时，她都不曾让自己哭得这么狼狈。

于是那时，意识到那眼泪里所蕴含着的某种可能性后，他心中生出了一股巨大震颤，心疼、狂喜，再然后，便是倏然涌出的惧意……

假如一个人连自己的面目都深恶痛绝，那他又有什么资格伸出手去，搅乱那永恒清亮的一弯池水？

青柠糖的酸味有些发涩，陈岩独自一人走在教室外空荡荡的走廊上，右手不自觉向后腰划去，摸到了后腰处那块因烧伤植皮而造就的骇人伤疤。

细微的虬曲微微突起，丑陋不堪。

在这熟悉又陌生的逼仄黑暗中，陈岩静默许久，继而缩回手，用力攥紧了手中那张早已瘪了下去的塑料糖纸。又不知过了许久，他走出致远楼，无所适从地站定在公告栏前，定定看向了孟桢年轻的笑眼，将自己又一次抛向了那无尽浩劫的最初起点……

"岩儿。"

像以往一样，孟桢蹲身向下，与小陈岩视线平齐，认真而安宁地注视起了他的双眼。

她说："岩儿，妈妈想和爸爸分开一段时间。"

那时，八岁的陈岩显然不能彻底理解，孟桢口中的分开究竟意味着什么，他只是从她过分凝重的神情里，隐隐约约地感到妈妈要去一个很远很远的地方。

于是，几乎是循着一个小孩对未知危险的本能反应一般，他一下子扑进了妈妈的怀里："我不想和你分开！"

霎时，孟桢急喘着吸进了一大口气，情绪一下子奔向了失控的边缘，第一次在陈岩面前掉下了眼泪。

抬起头后，陈岩小心翼翼地伸出了手，分外笨拙地替她擦起了脸上的泪痕，孟桢却轻轻捧起了他的脸："岩儿，其实你都知道的，你知道妈妈不开心，对不对？"

——"你知道妈妈不开心，对不对？"

那就是孟桢留给陈岩的最后一句话，可是他没有回答。

甚至，他不但没有正面回答，还孩子气十足地攥紧了她的行李箱，一遍一遍求着她别走。

第二天，在陈元忠讶异又惊喜的神情里，孟桢和往常一样，自然而然地出现在了餐桌之上，只是当晚，她提出了分房一段时间，紧接着便收拾好衣物搬进了书房，那个离杂物间最近的房间。

而陈岩这一辈子都不会忘记，那场由于电路老化而导致的熊熊大火，就是从杂物间率先燃起来的。

站在孟桢病床前时，年幼的陈岩没有哭，他只是用力地掰开了爸爸和奶奶捂住他眼睛的手，双眼空洞地盯起了眼前的景象。

90%重度烧伤，病床上的女人已经很难用"人"这个字来形容了。

陈元忠几次三番要带他走，但他死活不肯。

被拖拽着向外时，受伤的部位疼出了陈岩一身冷汗，可他还是怎么都不肯走，无论如何也要留下来……只是，大人们的力气实在太大了，像沉重的山，也像牢固的锁链，陈岩那时太过年幼，根本不能与之抗衡。

"砰"一声，从门被关上的那一刻开始，他掉进了没有尽头的噩梦里。

每一个从梦中惊醒来的时刻，陈岩耳畔回响的都是孟桢那最后一句如怨如诉的呢喃。

——"你知道妈妈不开心，对不对？"

他当然知道。

孟桢究竟是从什么时候失去笑容的，他分明比谁都更加清楚……

"妈妈,我怎么没在电视里看见你了呀?"

原本,孟桢是每天都会出现在电视上的新闻主持人,可某一天,她忽然就脱掉了西装和高跟鞋,开始灰头土脸地拿着话筒往人堆里蹿,小陈岩感到不解,于是跑去问她,电视里的那个妈妈怎么不见了。

"天天待在电视里不好玩呀!"孟桢抱着陈岩坐在了自己的膝盖上,"妈妈现在是调查记者,可以悄悄对镜头做鬼脸!"

说着,她大笑着逗弄起了陈岩,毫无形象地对他做了一个鬼脸。

从主持人转成记者后,孟桢肉眼可见地一天更比一天忙了起来,家里的气氛却陡然间低沉了下去,昔日里,总是滔滔不绝的陈元忠忽然不再说话了,偶尔在客厅里和奶奶打电话,也是说孟桢一点都不懂事,也不知道为小孩多考虑考虑。

于是,准时守着电视机盼望孟桢出现的人,便就只剩下了陈岩一个人。

有一次,窗外电闪雷鸣,陈岩正准备关掉电视跑回房间,就看见了雨中的妈妈。

呼啸的风中,孟桢一只手拿着话筒,另一手撑着一把被风吹得歪歪扭扭的红伞,仿佛就连站稳都要用上许多力气,丝毫不似往日那般优雅从容。

看着看着,陈岩眼眶蓦然一红,立刻就有种想要冲进电视把妈妈拉回来的冲动,只是下一秒,画面切回到了演播厅,孟桢整个人忽然小了下去,快要变成演播厅左上角晦暗的一团。

见状,陈岩立刻跳下了椅子,随着画面缩放而朝电视徐徐走近,眉头紧皱的小脸几乎要贴在了屏幕上。

出乎他意料的是,那个小框快要消失的刹那,孟桢像是知道有个小人儿一直在认真看着她一般,朝镜头悄悄指了指,快速做了个鬼脸。

陈岩一下就被逗笑了,跳起来大喊了一声:"妈妈!"

路过的陈元忠"啪"一下关掉了电视。

陈岩清楚地记得,在孟桢转岗的那段日子里,陈元忠在家时的心情越发糟糕了,可是不知为何,从某一天开始,又倏地重新轻松了起来,而就在那之后不久,孟桢拖着笨重的行李箱回到了家里,奶奶亦随之而来,将厨房一下变成了她的地盘。

那些日子里，无论何时看去，桌上的饭菜都丰盛无比，只是除了吃饭，孟桢已经很少走进客厅了。

陈岩不知道发生了什么，直到有一天，桌子上忽然出现了一块大大的蛋糕，他才从奶奶口中得知，他可能要有一个弟弟或一个妹妹了。

陈岩立刻向妈妈看去，却发现她只是很安静地低头吃着饭，像是神思已游离于现实世界一般，和周遭的热闹格格不入。

陈岩因而总是去卧室陪着孟桢。

只因当二人窝在卧室里时，妈妈还是像一起一样，愿意回答他各种各样稀奇古怪的问题。

"妈妈，为什么你变成记者了，就不再出现在电视机里了？"某一天，陈岩又问起了这个问题。

而孟桢埋首于书桌前，眉头略微拧起，一边在密密麻麻的纸张上写写画画，一边认真告诉他，这个世界上其实有很多很多的新闻工作人员，但不是所有人都会出现在电视上的。说着，她食指轻轻叩了叩桌上那张纸，陈岩看见了诸如矿难、特大事故、危险作业等几个他依稀认得的字眼。

陈岩看不明白，孟桢于是把他抱了起来，再次让他坐在了自己的膝盖上。

"你知道吗岩儿？"忽然，孟桢有些担忧地看着陈岩，"这个世界上是有坏人的，有一些人，他们一整颗心都是黑的。"

陈岩懵懂地点了点头，但紧接着，他又问，爸爸是坏人吗？奶奶是坏人吗？

孟桢写字的动作一僵。

"为什么这么问啊？"她反问陈岩。

陈岩认真想了想："因为你在他们面前的时候不开心。"

"当然不是。"孟桢笑着回答，"他们都不是坏人，但他们是……"

"是什么？"问完，陈岩像忽然想起了什么一般，万分小心地跳下了妈妈的膝盖，弯下腰轻轻俯身过去，听起了孟桢肚子里的动静。

而孟桢仍在继续往下说着："他们是一股力量……"

说到此，她手里的笔动得越来越快，语气也一下子急切了起来，仿佛再也顾不得眼前的小孩能不能听懂，只是在与自己对话一般，分外激动地提高了音量。

"他们是一股妈妈要对抗的力量。

"是那种日复一日来自于你身边的、最亲近的人的力量。

"这种力量平凡、庸俗、随处可见……

"可是、可是却需要用千钧之力才能撼动一隅……"

那时,陈岩似懂非懂,直到数年过去后,当他一次又一次从大火漫天中骤然惊醒,一次又一次回想起孟桢面上那难以流尽的滚烫眼泪,才终于得以明白,原来,在孟桢想要挣脱的那些日常力量中,他就是最为牢固坚硬的那一环。

90%烧伤,一尸两命……

忆及此,陈岩痉挛般深深吸进一口气,一双手怔怔伸向了眼前的照片,却又在触及孟桢带笑的眼睛后,骤然顿在了半空中。

已经过去太久太久了,他本以为,当这一天终于到来,他心底会有快意,可却没有。

陈元忠被推去火化的那一天,老人们抱回骨灰后呵斥他跪下,声音威严又肃穆,似是恨不能把他生吞活剥,可尽管如此,那一双双苍老的眼睛里却有着相似的惧意,看向他的眼神亦根本毫无底气,像是战战兢兢看向了一头茹毛饮血的兽。

而陈元忠生前与他最后一次相见时,眼睛里也有着如出一辙的惧意。

最后一次见陈元忠,是半个月前,陈岩亲眼目睹他徘徊在任佳窗前的那天。

那天,陈元忠捏着他自己都不敢触碰的软肋,赌徒一般给出了最后的警醒,于是,陈岩以同样的方式还了回去。

究竟有多久,他不曾感受过那般盛大的呼啸与轰鸣?

站在原地冷静注视着陈元忠的黑色越野朝自己而来的那一瞬间,陈岩发现车里的男人早已不似记忆中那般高大,相反,瘦弱得如同摇尾乞食的饥饿野狗。

而就在电光石火的那个瞬间,男人大汗淋漓地打了一把方向盘,于是陈岩明白,他赢了。

而他根本也输不了,只因他和陈元忠截然相反,早把自己那条命看得足够轻贱。

打那之后,陈元忠彻底远离了任佳所在的那一扇小窗,于是,那个自患病以来便越发歇斯底里的男人，竟就那么慢慢安静了下去，到最后，不知不觉，就安静成了骨灰盒中一团能够一眼望尽的黑灰。

出殡那天，尖锐的丧乐声无比高昂，却依然盖不住越发激烈的怒骂，可直到逆着人群走入街流，陈岩嘴角都始终勾了点儿笑，没有正眼看他们任何人。

但脱离人群后，他就彻底失去了方向，像是灵魂被抽走了一般，咬牙扶着墙才没能让自己彻底倒下去。

他不知道自己走了多久，只知道落日西沉，无边天幕越发幽深，而在月光的清辉笼上树梢之时，他眼底已然多出了一扇透着微光的窗户。

这扇窗户他曾画过的，鹅黄色的窗帘、暖黄色的光，每有微风吹起，布帘便如麦浪一般随风涌动，一派安宁。

一开始，他只是想画她安静埋首于书桌的面容，可后来，又想多画一张书桌，再后来，想多画一扇窗户，再渐渐地，她匆匆晚归的妈妈也跃然于画纸之上，甚至就连那棵屹立于巷中已过百年的老樟树，也贡献出了几抹青葱的绿。

于是，右下角那个早在落笔前就已写上的"佳"字便被寥寥几笔匆匆掩上，取而代之的，是他落笔时连手都在抖的一个"家"。

——劳于思念时，他还是没能守住给自己定下的规矩，一笔一画勾勒出了和她有关的一切。

校园里风中绿叶的摇曳声沙沙作响，再回过神来时，陈岩就看见了怀里的旧纸箱中正安静躺着一只早已干瘪下去的、根本发不出光来的刺猬夜灯。

还是被丢掉了。

过了许久，陈岩昂起头，神情迷茫地对上孟桢的眼睛，有许多问题想问，又觉得，仿佛连问题本身都没有出口。

他不是最希望被她搁下吗？

可为什么，那日在垃圾桶旁捡起那只小灯时，他甚至都注意不到一旁分外锋利的旧铁丝，被堪堪划破了一道比掌纹还长的伤口。

又为什么，刺痛之下，他心底会涌出那么巨大的恐慌。

过去的这么多年，他明明是没有怕过的。

他不怕被至亲血肉戳着脊梁骨骂畜生，不怕在老街扛着一条烂命和人硬抗，也不怕从无数个永无宁日的梦魇中大汗淋漓地醒来，更不怕往自己身上多添几道血淋淋的枷锁……可他竟然会怕窗后的那个女孩真的下定决心要忘记他。

一想到此,陈岩就再也无法冷静,再也没法死挨着让自己放手,急匆匆敲响了任佳的窗户。

而在女孩决绝回头的那一瞬间,他才猛然间明白过来,原来,他心底也会生出惶惶不可终日的畏惧,原来,他那颗早已自甘沉沦的烂心烂肺,还能被当场戳出一滩血肉来。

原来……

他也即将像那个又脏又旧的物件一样,被那么轻易地一丢,就永远脱离掉她的生活。